RÉDUIRE SALTER AU SILENCE

SÉRIE « LES MYSTÈRES DE LUCA »

DAN PETROSINI

DAN PETROSINI
MYSTERY & SUSPENSE AUTHOR
www.danpetrosini.com

Disponible en versions imprimée et numérique: 978-1-960286-92-5

Printed Naples, FL, USA

LIVRES DE DAN PETROSINI

Art Of Payback

Autres œuvres de Dan Petrosini

REMERCIEMENTS

Un grand merci à Julie, Stephanie et Jennifer pour leur amour et leur soutien, et merci au Squad Sergeant Craig Perrilli pour ses conseils sur le monde réel des forces de l'ordre. Il m'aide à faire en sorte que tout sonne juste.

1

J'ÉTAIS MAL À L'AISE, SANS POUVOIR VRAIMENT METTRE LE DOIGT sur la cause. Notre petite fille, Jessica, était un vrai bonheur, et Mary Ann et moi profitions pleinement de nos nouveaux rôles de parents. Les craintes que j'avais eues, que la paternité nuise à ma relation avec ma femme, s'étaient révélées infondées. Jusqu'à présent. Même la douleur intermittente que je ressentais au ventre avait disparu.

La vie était belle. Je n'aurais pas pu imaginer qu'elle soit plus douce. Alors pourquoi avais-je l'impression d'être sur la corde raide ? Quelque chose semblait couver juste sous la surface. Ce sentiment ne m'était pas inconnu, mais il était généralement la conséquence d'un problème imminent, comme les complications avec mon ex-femme, la mort de mon ancien coéquipier, ou la lutte contre mon cancer.

On était à court de couches, et j'ai dû faire un saut à Walmart avant d'aller au bureau. Un nouveau site web d'articles de puériculture avait des prix très intéressants, mais un service de livraison déplorable. Après avoir passé une brassée de couches à Mary Ann, j'ai sauté dans ma Cherokee et j'ai pris la direction du travail.

Derrick m'a appelé alors que je passais devant Bayfront.

« Quoi de neuf ? »

« Tu es en route pour le bureau ? »

« Ouais, sur le point de prendre la Quarante-et-Une. Pourquoi ? »

« On a reçu un appel pour un cadavre. »

J'en étais sûr. « Où ça ? »

« À l'arrière d'un endroit appelé Stone Heaven. C'est un entrepôt de granit sur J and C Boulevard. »

« Envoie-moi l'adresse par texto, j'y vais directement. Assure-toi que quelqu'un établit un périmètre de sécurité. Je ne veux personne à moins de trente à cinquante mètres du corps. »

En tournant sur Airport Pulling Road, j'ai réalisé qu'on était le 20 février et que le printemps n'arrivait que dans un mois. Au lieu de voir la vie en rose, les choses avaient pris une tournure bien plus sombre.

———

TROIS VOITURES DE PATROUILLE ÉTAIENT GARÉES DEVANT STONE Heaven. Je n'ai pas vu celle de Derrick. La propriété n'avait pas de portail. Le poids des plaques exposées suffisait à décourager toute tentative de vol.

Un agent en uniforme a soulevé le ruban de la scène de crime. En me glissant dessous, j'ai senti la douleur dans mon abdomen réapparaître. En signant le registre, je me suis dit que j'étais reconnaissant d'avoir un rendez-vous avec le médecin qui m'avait enlevé la vessie.

En remontant l'allée, je n'ai détecté aucune caméra de surveillance. Il y avait tout un éventail de plaques de la taille de portes de garage, dans différentes teintes de blanc, certaines avec des veines gris foncé, d'autres d'une blancheur immaculée.

Le bâtiment était une construction industrielle de deux

étages dont la façade avait été adoucie pour accueillir une petite salle d'exposition. En regardant à travers la vitre, j'ai aperçu deux bureaux avec des chaises et des présentoirs qui me rappelaient un magasin de carrelage. À part ça, c'était le strict minimum.

Sur le côté droit du bâtiment se trouvait un parking étroit. Vers l'arrière, des dizaines de fines plaques se tenaient à quelques centimètres les unes des autres. On aurait dit un jeu de cartes géant étalé. Deux agents montaient la garde une dizaine de mètres plus loin. J'ai joué au softball avec l'un d'eux quand je suis arrivé à Naples. C'était un bon gars, mais un sacré petit malin.

« Salut, Frank. Comment ça va ? J'ai entendu dire que tu es rangé maintenant, avec une femme et un bébé. »

« C'est exact. Et toi, comment tu vas, Dillon ? »

« Tout va bien. On aurait besoin d'un deuxième base cette année, si tu n'es pas occupé à changer des couches. »

« Ha ha. Qu'est-ce qu'on a ? »

« L'équipe de livraison chargeait les plaques de la journée, et le gars qui conduisait le chariot élévateur, Julio Barza, a trouvé le corps. »

« Quelqu'un a touché à quelque chose ? »

« Non. Le type a dit qu'il avait sauté du chariot et qu'il avait couru dans l'entrepôt pour aller chercher le contremaître. » Il a montré du doigt. « Le corps est juste après la plaque noire. »

Il y avait un espace plus grand entre les plaques, et le corps gisait face contre terre sur deux chevalets à plaques vides. Je l'ai remarqué tout de suite.

Ça ressemblait à un contrat : les mains liées, une balle dans la nuque, du ruban adhésif sur la bouche. La victime était un homme blanc, entre la fin de la quarantaine et le début de la cinquantaine. Un mètre quatre-vingts, environ quatre-vingts kilos. Je me suis accroupi. Il avait une belle peau et il était bien soigné.

J'ai posé le dos de mon poing sur la main droite de la victime. Elle était froide. J'ai déplacé mon poing vers son abdomen. Il n'y avait pas beaucoup de souplesse. Il était mort depuis plusieurs heures au moins. Peut-être tué entre 1 heure et 5 heures du matin.

La victime portait une chemise blanche à manches longues, un pantalon bleu foncé et des mocassins de luxe. J'ai mis des gants et j'ai vérifié ses poches arrière. Rien. Est-ce que les gens avec ce genre de moyens n'avaient pas besoin de portefeuille, ou était-ce un vol ?

Prendre le temps de déposer un corps dans un endroit comme celui-ci ne collait pas avec un vol à l'arraché. Celui qui avait tué ce type lui avait probablement pris ses papiers pour gagner du temps et un peu d'argent.

L'équipe de la scientifique aurait un scanner d'empreintes digitales mobile. Peut-être qu'on obtiendrait rapidement une identification. J'ai fait le tour du corps. Les traces de sang indiquaient qu'il avait été jeté là. Au cas où, j'ai cherché une douille, tout en sachant que s'il avait été abattu ici, le tueur n'en aurait pas laissé derrière lui.

Qui était cet homme ? Pourquoi avait-il reçu une balle dans la nuque, comme lors d'un règlement de comptes mafieux ? Je savais que les stéréotypes étaient à proscrire, mais la victime n'avait pas l'air de faire partie du crime organisé.

Peut-être que ça venait de mon expérience dans le New Jersey, mais peu importe l'élégance de la tenue et le soin apporté à l'apparence de quelqu'un, je savais reconnaître les gangsters, voyant clair dans leurs costumes Brooks Brothers.

Ils étaient la personnification du vieil adage : ce n'est pas en mettant du rouge à lèvres à un cochon qu'on en fait une princesse. Peu importe le nombre de manucures ou de costumes en soie qu'ils portaient, rien ne pouvait adoucir leur cœur.

Je pourrais rendre mon insigne si l'homme qui gisait là était un gangster. Ça ne collait pas. Qui était ce type et pourquoi a-t-il été exécuté ? J'ai marché jusqu'à l'arrière de la propriété, qui n'avait pas de clôture. Elle donnait sur un bâtiment abritant quatre petites entreprises : un atelier de réparation informatique, un décorateur, un magasin de musique et un cabinet comptable.

La propriété à gauche était une carrosserie, et à droite un fournisseur de plomberie. C'était une zone industrielle animée, et j'espérais que nous trouverions un ou deux témoins oculaires. Je suis retourné devant et j'ai attendu l'équipe de la scientifique.

2

« JOYEUX ANNIVERSAIRE, MA PETITE PUCE. JE N'ARRIVE PAS À croire que tu as déjà quatre mois. »

J'ai pris Jessica des bras de Mary Ann, en l'embrassant sur les deux joues. Elle était magnifique. Un véritable ange aux cheveux blonds et aux joues potelées. Elle ressemblait à une version plus claire de ma femme. Jessie s'est mise à pleurer. Je l'ai rendue à Mary Ann, et elle s'est calmée aussitôt.

J'ai tendu un doigt en espérant que Jessie l'attraperait. « Tu as des pouvoirs magiques ou quoi ? »

« Elle est juste fatiguée. J'allais la mettre à la sieste, mais j'ai entendu la porte du garage. »

Je me suis penché et j'ai humé son odeur. Les bébés avaient une odeur bien à eux et c'était enivrant. « Fais une bonne sieste, Papa. Je te vois plus tard, d'accord ? »

« Il faut que tu arrêtes avec ce truc de "Papa". Elle va tout mélanger avec son prénom. »

« C'est ridicule. »

« Laisse-moi la coucher pendant que tu vas te changer. »

En entrant dans la chambre, j'ai remarqué l'heure. Il n'était que 17 h 30. Je ne savais pas si c'était à cause de Jessie ou de la nécessité d'identifier le corps avant de pouvoir traquer le tueur, mais je n'ai ressenti aucune culpabilité à quitter le travail à dix-sept heures.

Le cadavre était le premier homicide depuis la naissance de Jessica. Il y avait de nombreuses inconnues dans cette nouvelle affaire, et la principale était de savoir si j'arriverais à maintenir un bon équilibre entre vie de famille et vie professionnelle.

Mary Ann est entrée dans la pièce sur la pointe des pieds, les épaules rentrées vers les oreilles. Pourquoi les gens faisaient-ils ça ? Pensaient-ils vraiment être plus légers sur leurs appuis en haussant les épaules ?

« Elle s'est endormie dès que je l'ai couchée. »

« Elle couve quelque chose ? »

« Non. Elle n'a pas dormi si longtemps que ça cet après-midi. Tu aurais dû la voir. Elle babillait à chaque fois que je mettais le mobile en marche. »

« Je parie qu'elle va parler tôt. Hier soir, elle essayait de dire papa pendant que tu prenais ta douche. »

« Tu peux toujours rêver, Frank. »

« Non, je te jure. On aurait dit qu'elle essayait de dire "papa". »

« C'est peut-être parce que tu n'arrêtes pas de l'appeler Papa. »

« Très drôle. J'allume le gril ? »

« J'ai sorti des crevettes du congélateur. Je vais réchauffer la soupe d'hier. »

C'était la troisième fois de la semaine qu'on mangeait des crevettes. Je voulais courir au Burger King me prendre un Whopper et des frites, mais Mary Ann essayait de retrouver la ligne, et je devais la soutenir. Je suis sorti sur la véranda, sachant que j'aurais mon burger pour le déjeuner du lendemain.

Quand je suis revenu, Mary Ann avait mis la télé, mais le

son était coupé. J'ai montré du doigt une photo à gauche du présentateur.

« C'est qui, cet homme ? »

« Je ne sais pas. Pourquoi ? »

« Il ressemble au type qu'on a trouvé mort sur J and C Boulevard ce matin. »

« Un homicide ? »

« Sans aucun doute. Ça ressemblait à un contrat. » J'ai attrapé la télécommande et j'ai monté le volume.

« Frank ! »

La photo de l'homme a disparu, remplacée par une carte météo. J'ai commencé à zapper, espérant revoir ce qui aurait pu être le visage de notre victime. Mary Ann a pris la télécommande et a éteint la télé.

« Tu veux manger avec Jessie sur les genoux ? Parce que moi, je ne la prendrai pas. »

« D'accord, d'accord. »

JESSIE NE S'ÉTAIT LEVÉE QUE DEUX FOIS PENDANT LA NUIT. L'accord que j'avais avec Mary Ann, c'était qu'elle se levait la première, puis on tournait. C'était fou, mais ça ne me dérangeait jamais de me lever pour elle. C'était comme si on avait notre moment spécial à nous, au milieu de la nuit. Cette petite était incroyable.

Le café que Derrick m'avait apporté était tiède. Je me suis levé pour l'apporter à la cafétéria quand le téléphone de mon bureau a sonné.

« Inspecteur Luca, brigade criminelle. »

« Frank, c'est le Dr Esposito. »

C'était le légiste. « Comment allez-vous, Docteur ? »

« Je m'apprête à commencer l'examen post-mortem. Je suis presque sûr de savoir qui est la victime. »

« Vraiment ? »

« Je suis quasiment certain que c'est Elby Salter. »

« Comment ça s'écrit ? »

J'ai noté le nom en demandant : « Qu'est-ce qui vous fait penser que c'est lui ? »

« Mon beau-frère a sponsorisé une table au Gala du Ritz contre le cancer il y a quelques mois. Maggie et moi y sommes allés, et Elby Salter était soit le président, soit le coprésident de l'événement. »

J'ai tapé Elby Salter dans la barre de recherche et je suis allé dans les résultats d'images. Une série de photos d'un homme en smoking est apparue. Il ne ressemblait pas à l'homme que j'avais vu à la télé la veille au soir.

« À quel point en êtes-vous sûr ? »

« Quasiment certain. Je l'ai vu une autre fois, il y a des années. Les Salter sont une vieille famille de Floride, très riche, et Elby s'occupait toujours d'une œuvre de charité ou d'une autre. J'espère que ce n'est pas lui, mais... »

« Très bien, alors. Nous allons contacter la famille. Voir si sa disparition a été signalée. Je vous tiendrai au courant si on trouve quelque chose. En attendant, faites l'autopsie, et dites-moi ce que vous trouvez. Ce serait bien si vous pouviez découvrir quelque chose pour nous aider à résoudre ça rapidement. »

En tendant le nom à Derrick, j'ai dit : « Contacte la famille. Vois si Elby Salter est porté disparu. Esposito pense que ça pourrait être le cadavre. Je vais faire réchauffer mon café. »

En descendant le couloir, j'avais le sentiment que c'était lui. Si c'était le cas, nous savions qui était la victime. Maintenant, il fallait trouver pourquoi il avait été abattu, et par qui.

3

DERRICK M'A REJOINT DANS LE COULOIR. « ON DIRAIT QU'ELBY
Salter a disparu. Sa femme a dit qu'elle ne l'avait pas vu depuis
deux jours. »

« Elle a fait une déclaration de disparition ? »

Il a secoué la tête. « Elle a dit qu'elle savait qu'on ne pouvait
pas faire de déclaration avant quatre jours de disparition. »

« Quoi ? Ça n'a jamais arrêté personne. »

« Elle a dit qu'elle supposait qu'il était avec sa maîtresse. »

« Pendant deux nuits ? Sacré mariage. »

« Ils sont riches. Peut-être qu'elle reste pour l'argent. »

« Ou elle a son propre petit ami. »

« On appelle ça un mariage libre. »

« J'appelle ça de la folie. Tu lui as dit qu'il fallait qu'elle
vienne voir le corps pour vérifier si c'est lui ? »

« Ouais, elle a dit qu'elle passerait chez le légiste d'ici une
heure environ. »

« Ne me dis pas qu'elle a vraiment dit qu'elle
« passerait » ? »

« C'est le terme qu'elle a employé. »

« Appelle Esposito ; dis-lui qu'elle arrive. Je ne veux pas qu'il commence à charcuter ce type avant que la femme n'arrive. »

« Je m'en occupe. »

« Comment s'appelle la femme ? »

« Annabelle. »

« Annabelle. Joli prénom. C'était un des prénoms que Mary Ann aimait bien. Je n'arrive pas à imaginer Jessie s'appeler Annabelle, maintenant. »

« Tu as fait le bon choix. Je préfère Jessica. »

« Je vais descendre à la morgue, en discuter avec Esposito en attendant qu'elle arrive. Il devrait avoir une heure de décès pour nous. »

J'AI ENFILÉ LE PULL QUE JE GARDAIS DANS MON COFFRE ET J'AI boutonné mon blazer avant d'entrer dans le bâtiment bas qui abritait le bureau du médecin légiste de Collier. J'avais encore froid. Le Dr Esposito était dans son bureau. Les mains fourrées dans les poches, je me suis engagé dans un couloir sans fenêtres vers le bureau du légiste.

Une tasse à café, sur laquelle on pouvait lire « *Les médecins légistes le font au scalpel* », était posée sur le coin du bureau du docteur. Esposito portait un casque audio et tapait sur un clavier. Il a levé la tête en pointant un doigt en l'air. Il a tapé encore quelques mots avant de retirer son casque.

« Comment tu vas, Frank ? »

« Tout va bien. »

« Comment va le nouveau bébé ? »

J'ai souri. « Assez incroyable, si je puis me permettre. »

« C'est un don du ciel. »

J'ai sorti mon téléphone. « La voilà. »

« Elle est mignonne, Frank. Je vois beaucoup de toi en elle, un peu de ta ressemblance avec George Clooney. Profites-en tant que ça dure. »

Tant que ça dure ? « C'est ce qu'on fait. »

« Derrick a dit qu'Elby Salter n'avait pas été vu et que sa femme allait venir. On dirait que tu avais raison. »

« C'est un sacré gâchis. Il n'avait que cinquante-trois ans. »

« Doc, tu as une heure de décès pour moi ? »

« Quelque part entre une et deux heures du matin, le vingt février. »

« D'accord. C'est évident, mais je dois demander : cause du décès ? »

« Blessure par balle à l'arrière de la tête. Je dirais un .357 ou peut-être un .44, mais je ne vais pas l'extraire avant que le parent le plus proche ne confirme l'identité. »

« Je sais que tu n'as pas commencé, mais est-ce qu'il y a quelque chose que tu peux me dire ? »

« Un examen externe n'a rien indiqué d'extraordinaire. Une cicatrice abdominale qui semblait provenir d'une opération pour une hernie et une sur le genou qui était probablement le résultat d'une réparation chirurgicale de son LCA. »

« Aucune ecchymose ? À la tête ou sur le corps ? »

« Aucune. »

La victime avait été surprise par ses agresseurs ou les connaissait. Il n'avait pas résisté ou n'avait pas eu besoin d'être réduit au silence. Quelqu'un aurait pu s'approcher par-derrière, lui coller le canon de l'arme dans le dos et le faire monter dans une voiture ou une camionnette, où on l'aurait ligoté.

« J'apprécierais que tu fasses une analyse de sang complète. Si c'est Elby Salter, il avait de l'argent, et on ne sait jamais quelle substance il aurait pu prendre. »

« Il est peu probable qu'il ait pris une substance illicite. »

« Qu'est-ce qui te fait dire ça ? »

« Premièrement, il semble être en excellente santé, et deuxièmement, ce n'est pas le genre de personne à s'exhiber en public. C'est une famille privée et discrète. »

Je ne voulais pas insulter le docteur en contestant son ignorance. « On verra ce que les analyses sanguines nous disent, si elles disent quelque chose. »

Le téléphone d'Esposito a sonné. Mme Annabelle Salter était là. Je ne lui avais pas parlé et je ne savais rien de cette femme, mais cela ne m'avait pas empêché de me faire une image mentale d'elle.

Il y avait deux femmes dans le hall d'entrée. La première pensée qui m'est venue à l'esprit a été *The Stepford Wives*. Je n'avais jamais vu le film ni ne savais de quoi il parlait. Je me suis approché des femmes en espérant penser à me renseigner sur le film. Les femmes avaient des visages et des silhouettes similaires. Elles semblaient apparentées et étaient habillées dans un style sobre, toutes deux en pantalon sombre, l'une avec une veste courte sur un chemisier blanc, l'autre portant un chemisier crème à manches longues. Elles avaient les mêmes cheveux couleur miel et portaient des escarpins en cuir à talons bas.

« Bonjour, mesdames. Je suis l'inspecteur Frank Luca. »

La femme qui portait la veste s'est avancée en tendant la main. « Annabelle Salter. C'est un plaisir de vous rencontrer. Voici ma sœur, Savannah. »

J'ai remarqué un tremblement dans sa main avant de la serrer. « J'aurais préféré que ce soit dans d'autres circonstances, Madame. »

Annabelle a fait un bref signe de tête. « On y va ? »

Elles n'avaient aucune idée de l'endroit où elles allaient,

mais je me suis entendu dire : « Après vous. » Je me suis écarté, puis j'ai dit : « C'est la troisième porte à droite. »

Savannah a attrapé la main de sa sœur alors qu'elles s'arrêtaient devant une porte marquée *Privé*. Passant devant elles, j'ai demandé : « Prêtes ? »

Annabelle s'est mordu la lèvre inférieure et a hoché la tête. J'ai ouvert la porte qui donnait sur une petite pièce. Une vitre translucide dominait le mur de gauche. Deux canapés étaient alignés le long du mur opposé.

Fermant la porte derrière elles, je me suis placé à côté de la vitre. J'ai posé la main sur un interrupteur mural. « Prête ? »

Annabelle a pris une profonde inspiration. « D'accord. »

J'ai actionné l'interrupteur, et la vitre est devenue transparente. Un drap recouvrait le corps sur le brancard. Le Dr Esposito se tenait près des épaules du cadavre, me regardant droit dans les yeux. J'ai hoché la tête, et il a retiré le drap, révélant la tête.

Un hoquet, puis : « Oh mon Dieu, Elby. » Annabelle s'est mise à pleurer, et sa sœur l'a éloignée de la vitre pendant qu'Esposito recouvrait le visage d'Elby Salter.

« Vous voulez vous asseoir ? »

Elle a secoué la tête.

« Est-ce bien votre mari, Elby Salter ? »

Les lèvres tremblantes. « Oui. »

« Pourquoi ne ramèneriez-vous pas votre sœur à la maison ? Nous parlerons plus tard si elle se sent d'attaque. »

DERRICK A DIT : « COMMENT ÇA S'EST PASSÉ ? »

« Disons simplement que c'est la partie la plus merdique du boulot, mais au moins, on est sûrs que c'est Elby Salter. »

« Écoute, on a reçu un appel. Un type qui promenait son chien sur J & C cette nuit-là pense avoir vu quelque chose. »

« Là, ça devient intéressant. Qu'est-ce qu'il a dit ? »

« Son chien était en train de faire sa crotte juste à côté de Stone Heaven, et il a vu un Explorer blanc s'engager dans l'allée. »

« Il a vu quelqu'un ? »

« Ouais. Je le fais venir pour travailler avec un portraitiste. »

« On aura peut-être de la chance. »

4

J'AI SUSPENDU MA VESTE ET, TOUT EN DESSERRANT MA CRAVATE, j'ai dit : « Derrick, on doit en savoir le plus possible sur Elby Salter. Je veux tout savoir de ce qu'il a fait durant les quarante-huit heures qui ont précédé sa mort. Avec qui il était, où il était. Vérifie ses cartes de crédit, ses relevés téléphoniques, la totale. »

« Je m'en occupe. Après ton appel, j'ai fait une recherche sur Internet. Les racines de la famille Salter en Floride remontent à l'époque où la Floride est devenue un État. Je ne sais pas si c'est des conneries ou pas, mais tu savais que la Floride avait sa propre monnaie avant de devenir un État ? »

« Aucune idée. Qu'est-ce que tu as appris d'autre ? »

« Il n'y a pas grand-chose. C'est le fils de Delilah et Prescott Salter. J'ai trouvé une notice nécrologique pour la mère, mais rien sur le vieux. Ils ont eu un autre fils, Chadwick ; lui et Elby contrôlent une société appelée Southern Motor Works. Ils possèdent un tas de concessions automobiles dans tout l'État. Il y avait une mention de quelques projets immobiliers dont il faisait partie, un truc sur sa tentative de faire déménager les Red Sox à Naples, et tout un tas d'œuvres de charité. »

« D'où est-ce qu'ils opèrent ? »

« Je ne sais pas. Je ne me souviens de rien concernant un siège social ou quoi que ce soit. »

Je me suis dirigé vers le tableau blanc, j'ai pris un marqueur orange, j'ai écrit *Elby* et je l'ai entouré. J'ai tracé un trait vers la gauche et j'ai écrit *Annabelle/épouse*. À droite, *Chadwick/frère*. En dessous, *affaires*.

« Trouve-moi des photos d'eux trois et affiche-les ici. C'est par là qu'on va commencer. En premier, l'épouse. Toi, mets-toi au boulot avec les cartes de crédit et les relevés téléphoniques. Je vais chercher des informations sur Annabelle avant d'aller la voir. Au fait, tu as dit qu'elle avait l'air désinvolte quant à sa disparition quand tu l'as appelée, c'est bien ça ? »

« Ouais. J'ai été un peu choqué. »

« Elle a joué son rôle quasi à la perfection aujourd'hui. »

« Qu'est-ce que tu veux dire ? Tu penses qu'elle faisait semblant ? »

« Je ne sais pas ce que je veux dire, juste qu'elle était réservée, appropriée. »

« Être dans une morgue, ça peut te faire cet effet-là. »

« Ouais. Au boulot. »

J'ai consulté l'acte de mariage d'Annabelle et Elby Salter. Ils s'étaient mariés il y a vingt-trois ans, quand Elby avait trente ans et sa nouvelle épouse, vingt-cinq. Le nom de jeune fille d'Annabelle était Baker. J'ai noté les informations sur la demande, y compris son domicile de l'époque.

L'adresse indiquée était enregistrée au nom de Thomas et Mavis Baker. Ce devaient être ses parents. Je suis allé sur Google Earth. Ce qui est apparu était une immense propriété avec plusieurs bâtiments. Visiblement, l'argent avait épousé l'argent.

LA MAISON DES SALTER SE TROUVAIT SUR GORDON DRIVE, UNE rue huppée. Je l'appelais l'allée des millionnaires. La rumeur voulait qu'il y ait plus de PDG du classement Fortune 500 vivant dans la région de Naples que n'importe où ailleurs dans le pays. Compte tenu de New York, Greenwich, San Francisco et d'autres enclaves riches, je n'en étais pas sûr, mais si c'était vrai, il était probable qu'ils habitaient sur Gordon Drive.

Dépassant une maison colossale après l'autre, j'ai ralenti à mesure que les adresses se rapprochaient de ma destination. M'attendant à une entrée tape-à-l'œil, j'ai vérifié deux fois l'adresse de l'allée sans portail qui était ma cible.

Une cinquantaine de mètres plus loin sur l'allée de gravier, celle-ci se terminait en T. J'ai regardé droit devant, plissant les yeux sous le soleil que reflétait le golfe du Mexique. L'allée de gauche menait à une grande maison de style colonial géorgien. J'ai remarqué une plaque circulaire usée par le temps avec une flèche pointant vers la gauche. On y lisait *Elby and Annabelle*. J'ai cherché un panneau indiquant où menait l'allée de droite, mais je n'ai rien trouvé. Il y avait une maison dans cette direction, mais elle était masquée par un bouquet de palmiers éventail.

Je me suis dirigé vers la demeure jaune, me demandant comme ce serait agréable de s'asseoir sur une de ces galeries, un verre de vin à la main, et de contempler le golfe. La maison à deux étages avait des galeries aux deux niveaux, qui encerclaient le bâtiment, avec des colonnes rondes soutenant le vaste auvent. Ma première pensée a été pour le film *Autant en emporte le vent*. Je n'aurais pas su dire pourquoi, vu que je n'avais pas vu ce film non plus.

Bien que l'aménagement paysager soit minimaliste, il y avait beaucoup à observer. Devant la maison se trouvait une fontaine en forme de dauphin, entourée d'un parterre de fleurs violettes. Deux lucarnes sur le pan de la toiture de la maison ressemblaient à une paire d'yeux de grenouille. Un court de tennis se trouvait à droite et une piscine à gauche.

Même si la maison et le cadre étaient extraordinaires, il y avait une certaine normalité dans la propriété. On ne pouvait pas dire qu'elle n'était pas entretenue, elle l'était, mais pas au niveau impeccable des maisons en bord de mer le long de Gordon Drive.

Alors que je réalisais que la maison était discrète, tout comme la femme que j'avais rencontrée aujourd'hui, la porte d'entrée s'est ouverte. La belle-sœur du défunt, Savannah, m'a fait un signe de la main.

« Comment va votre sœur ? »

« Elle va bien. Enfin, je suppose... »

« Je sais que cela peut sembler indélicat, mais il est préférable que je lui parle dès que possible. »

« Annabelle est consciente que la police doit lui parler. Elle est derrière, sur la véranda. »

Véranda ? C'était une galerie. Une sacrée belle galerie, mais une galerie. J'ai été déçu qu'elle me fasse contourner la maison par la galerie plutôt que de la traverser. On ne sait jamais ce qu'on peut apprendre en voyant l'intérieur de la maison d'une victime. Mais, en vérité, la vraie raison de mon mécontentement était de ne pas avoir eu la chance de voir à quoi ressemblait l'endroit.

Nous avons dépassé plusieurs ensembles de sièges confortables en nous dirigeant vers l'arrière. Des ventilateurs de plafond tournaient tous les six mètres environ. La maison était presque aussi profonde que large. La vue sur le Golfe s'élargissait à chaque pas. À quelques mètres de l'arrière, j'ai vu Annabelle. Elle portait une robe à fleurs qui correspondait à l'environnement, mais qui était déplacée, vu les circonstances.

Elle s'est levée pour m'accueillir. Ses yeux étaient rouges.

« Bienvenue chez nous, inspecteur. »

« J'apprécie votre volonté de parler si peu de temps après le... »

« Puis-je vous offrir un verre de limonade ? »

« Ce serait très agréable. »

Savannah a disparu dans la maison, et Annabelle a dit : « Je vous en prie. Asseyez-vous. »

Ses dents étaient blanches, mais ce n'étaient pas des facettes. Elle portait des boucles d'oreilles en perles, mais aucun autre bijou hormis une simple alliance. Je ne me souvenais pas si elle la portait plus tôt dans la journée. Il y avait quelque chose chez cette femme. Je pouvais sentir son attrait.

« Je sais que c'est difficile pour vous, mais il est plus facile de trouver la personne qui a fait ça si nous commençons rapidement. »

« Il faut battre le fer tant qu'il est chaud, j'imagine. »

Savannah est apparue de nulle part avec un verre de limonade sur un plateau.

« Merci. » J'ai pris le verre glacé. En buvant une gorgée, j'ai vu Savannah se glisser à nouveau dans la maison. Elle ne voulait rien avoir à faire avec ça. Ou était-ce par respect pour l'intimité de sa sœur ?

J'ai reposé le verre. « Parlez-moi de votre mari, Elby. »

« Eh bien, il n'y a pas grand-chose à dire. Nous nous sommes rencontrés au mariage de ma cousine Magnolia et nous nous sommes mariés un an plus tard. »

« Des enfants ? »

« Non. J'ai bien peur que non. »

J'ai eu envie de lui dire qu'elle ne savait pas ce qu'elle manquait, mais il était encore trop tôt dans la partie pour moi. « Que faisait votre mari dans la vie ? »

« La famille Salter a divers intérêts commerciaux. »

« Je sais qu'il est impliqué dans des concessions automobiles. Quoi d'autre ? »

« L'immobilier, l'agriculture, l'industrie, à peu près tout ce que vous pouvez imaginer. »

Cela signalait-il quelque chose d'illégitime ? J'ai attrapé mon verre. Il était humide de condensation. Si on cherchait le mot rafraîchissant dans le dictionnaire, on y trouverait peut-être une photo de ma limonade.

« Gérait-il activement une entreprise en particulier ? »

« Je ne décrirais pas cela comme gérer une entreprise ; c'était plus de la supervision stratégique. Elby se concentrait sur la planification à long terme. Il ne manquait jamais ses réunions stratégiques mensuelles, quoi qu'il arrive. »

« Quels étaient les centres d'intérêt ou les passe-temps de votre mari ? »

« En plus de présider plusieurs œuvres de charité, Elby avait une addiction au baseball, en particulier les Red Sox de Boston. »

« Était-il de Boston ? »

« Bonté divine, non. Il est né et a grandi ici même. Sur cette propriété. »

« Oh. Alors, pourquoi les Red Sox de Boston ? »

« Je ne suis pas sûre. C'est peut-être parce que la famille avait une maison à Martha's Vineyard, mais c'est probablement lié aux origines de la Révolution américaine. »

J'ai eu envie de demander s'il était un de ces types qui se déguisaient et rejouaient des scènes de la lutte pour l'indépendance, mais je me suis abstenu.

« Parlez-moi des éventuels ennemis qu'Elby aurait pu avoir. »

« Des ennemis ? Nous parlons d'Elby. Tout le monde aimait Elby. »

« Pas de problèmes avec des partenaires commerciaux ? »

« Elby ne discutait jamais d'affaires avec moi. C'était une règle de la famille Salter. Les affaires étaient un sujet de famille.

Si vous n'étiez pas né Salter, vous ne faisiez pas partie de la famille, même en épousant un membre de la famille. »

Ça semblait étrange, mais je pouvais imaginer que les riches étaient sensibles aux étrangers.

« Quand mon partenaire vous a appelée ce matin, je crois que vous avez fait une allusion au fait que votre mari pourrait être avec une autre femme. »

« Les hommes Salter ont l'habitude de batifoler, peu importe leur statut marital. »

« Y avait-il une femme en particulier avec qui il passait du temps récemment ? »

« Il faudrait demander à son frère. »

« Chadwick ? »

« Oui. »

Si elle était assez contrariée pour tuer son mari à cause de ses infidélités, ça ne se voyait pas. Ça devait durer depuis des années. Cela laissait l'argent comme mobile possible pour qu'Annabelle fasse tuer son mari. Ça ne semblait pas probable, car ses parents paraissaient aisés, mais je ne pouvais pas l'exclure.

Maintes et maintes fois, deux constantes dans un homicide étaient que le tueur était généralement proche de la victime et que le mobile était la cupidité. Je voulais lui poser des questions sur un contrat de mariage, mais je ne pouvais pas imaginer qu'une famille comme les Salter n'y ait pas insisté. C'était une question à laquelle le frère pourrait répondre.

« Savez-vous où se trouvait votre mari le jour où il a été assassiné ? »

Sa lèvre a tremblé. « Ça semblait être une journée normale. Nous avons pris le petit-déjeuner ici et il est parti. »

« Pour le travail ? »

« C'est ce que j'ai supposé. »

« Comment était-il habillé ? »

« Chemise et pantalon habillés, mais sans cravate. »

« Portait-il habituellement une cravate ? »

« Non, il détestait porter une cravate. »

« Quand l'attendiez-vous pour son retour ? »

« Il a dit qu'il avait un dîner d'affaires à Fort Myers. »

« Était-ce inhabituel ? »

« Non. Mais franchement, ça aurait pu être une couverture pour un rendez-vous avec une amie. »

« Nous pourrions avoir besoin de votre aide pour accéder à ses relevés téléphoniques. Ils pourraient fournir des informations cruciales. Seriez-vous prête à nous aider si nous en avons besoin ? »

« Oui. Bien sûr. »

J'ai posé quelques questions secondaires, j'ai fini ma limonade et j'ai jeté un dernier regard sur le Golfe avant de partir. Après en avoir appris davantage sur Elby Salter, je reviendrais avec d'autres questions pour Annabelle.

5

JESSICA DORMAIT PROFONDÉMENT DANS SON BERCEAU. MARY Ann lui a jeté un dernier regard et s'est glissée dans le lit. En sortant de la salle de bains, j'ai réglé le thermostat.

« Tu as baissé la clim ? »

« Ouais. »

« Je ne veux pas qu'il fasse trop froid pour elle. »

« Je l'ai réglée à vingt-trois degrés. »

« Bien. Ça devrait aller pour elle. »

J'ai sauté dans le lit, attrapant la télécommande sur la table de chevet. « Il fait chaud. J'ai mis le ventilateur au minimum. »

« D'accord. » Mary Ann s'est tournée sur le côté et m'a embrassé sur la joue. « Je t'aime. Bonne nuit. »

« Tu sais, on devrait faire un testament. »

« Un testament ? »

« Ouais, on a Jessie maintenant... »

« Est-ce que tu t'inquiètes parce que tu as eu un cancer ? »

Même si c'était le cas, j'ai répondu : « Ce n'est pas seulement ça. Il pourrait nous arriver quelque chose à tous les deux, et alors ? Qui s'occuperait de Jessica ? Chez qui vivrait-elle ? »

Mary Ann s'est redressée sur un coude. « Est-ce que tout va bien, Frank ? »

Je l'espérais, mais j'étais rempli de doutes. « Calme-toi. Je parle de Jessica. On a la responsabilité de subvenir à ses besoins. Franchement, on a été irresponsables. Les emmerdes, ça arrive sans crier gare, et je ne veux pas que n'importe qui soit son tuteur. »

« Tu as raison. Ça demande beaucoup de réflexion. À Dieu ne plaise qu'on en arrive là. Je ne sais pas chez qui j'aimerais qu'elle vive. Je n'arrive même pas à y penser. »

« Il le faut. »

« Tu pensais à qui ? »

« Je ne sais pas. Les deux seules personnes qui me viennent à l'esprit pour le moment sont Derrick et les Blazer. »

« Derrick n'est même pas marié. Jeanie et Paul ont Brian, et ce sont des parents merveilleux. »

« On ne les connaît pas vraiment, Mary Ann. Je connais Derrick ; c'est mon coéquipier. »

Elle a souri. « Tu as vraiment tourné la page sur toute cette histoire avec Garrison, n'est-ce pas ? »

« Le gamin a fait une erreur. C'est quelqu'un de bien, sur le plan éthique et moral. Je pense que s'il nous arrivait quelque chose, il prendrait ses responsabilités et s'occuperait de Jessie. Vraiment. »

« Il n'est pas encore marié, et il n'a aucune expérience pour élever un enfant. »

« Et alors ? Nous n'avions aucune expérience, aucun nouveau parent n'en a. »

« Je sais. Ce n'est pas ça, c'est... »

« Je comprends. C'est parce que c'est un homme. »

Elle a détourné le regard. « Non. Non, ce n'est pas vrai. »

C'était vrai. « Ce n'est rien, Mary Ann. Je comprends. Une mère, c'est spécial. Tu ne pourrais pas imaginer un homme faire ce que tu fais. Tu as raison, mais Lynn fera une bonne mère, et Jessie a l'air de beaucoup l'apprécier. »

« Je l'aime bien, mais... »

« C'est on ne peut plus important. On y réfléchit et on en reparle cette semaine. D'accord ? »

« Ça fait peur d'y penser, mais merci d'avoir abordé le sujet. »

J'ai basculé mes jambes hors du lit. « Dors bien. »

« Où est-ce que tu vas ? »

Je me suis approché du berceau sur la pointe des pieds et j'ai regardé ma petite fille avant de remonter dans le lit.

DERRICK A POSÉ UN CAFÉ SUR MON BUREAU. « SALUT, FRANK. »

« Salut. »

« Quelque chose ne va pas ? »

Je le dévisageais, me demandant quel genre de père il serait. « Non, non. Je pensais juste à Elby Salter. »

« J'ai les relevés téléphoniques. »

« Bien. » J'ai porté le café à ma bouche et je me suis arrêté. C'était peut-être l'excès de café qui me barbouillait l'estomac. J'ai reposé la tasse.

« Qu'est-ce qui ne va pas ? J'ai juste mis une touche de lait, comme tu aimes. »

« J'ai mal à l'estomac. »

« Je t'ai vu te le frotter hier. »

« Ce n'est rien, juste les nerfs ou un truc du genre. »

« Tu devrais te faire examiner, Frank. On ne peut pas plaisanter avec ces choses-là, surtout après ce que tu as traversé. »

Derrick tenait vraiment à moi. C'était une autre raison pour laquelle je pensais qu'il s'occuperait de Jessie si nécessaire.

« Je sais. J'ai pris rendez-vous chez le médecin. »

« Bien. »

J'avais besoin d'un coup de fouet, et un café de plus ne pouvait pas faire de mal, n'est-ce pas ? J'ai pris une gorgée de café et j'ai dit : « Le café est parfait, comme d'habitude. Qu'est-ce qu'on a sur les numéros de Salter ? »

« Deux appels sortants vers Chadwick Salter, deux vers une certaine Cindy Baylor, un vers Prescott Salter, c'est son père, n'est-ce pas ? »

« Oui. Et les appels entrants ? »

« Pour les appels entrants, il y a eu un appel de sa femme, un de Chadwick, et quatre appels de Cindy Baylor. La veille, il y a eu aussi trois appels d'une Marie Redoux et un appel d'un Ronald Weaver. C'est le même nom que le gars qui jouait en première base pour Boston. »

« Ça pourrait être lui. Sa femme a dit qu'Elby était un grand fan de baseball et qu'il adorait les Red Sox. »

« Beaucoup de joueurs, surtout de Boston, vivent ici puisqu'ils s'entraînent à Fort Myers. »

« Ouais. Les Sox et Minnesota sont à Fort Myers, les Orioles à Sarasota, et les Yanks à Tampa. »

« Les Red Sox construisent un nouveau stade à Collier. Une des choses qui sont apparues quand j'ai cherché sur Internet, c'est un truc qui relie Salter à ce déménagement. »

« Tu l'avais dit. Ça m'a rappelé avoir vu quelque chose à la télé à propos d'un marché pour le terrain. Mais il faudra probablement deux ou trois ans pour le construire. »

« On devrait aller voir un match avant la fin de l'entraînement de printemps. »

« Ça a l'air sympa, peut-être quand ils joueront contre les Yanks. »

« Ce serait quelque chose, surtout depuis que Peters est passé chez les Yanks. »

« Ils lui ont donné quoi, genre vingt millions par an ? »

« Ouais. Vingt-deux millions. Ça devient n'importe quoi. Je

suppose que c'est pour ça que les Red Sox l'ont laissé partir. Je vérifierai plus tard qui joue où. »

« D'accord. On doit commencer les interrogatoires. J'aimerais commencer par le frère, et je parie que cette Cindy Baylor était la petite amie d'Elby. »

« Probablement. Tu penses que sa femme le trompait aussi ? »

« Normalement, je dirais qu'une femme comme elle ne ferait pas ça. Mais on ne sait jamais. Elle a peut-être fait quelque chose par vengeance. »

« Et la seule bonne vengeance est celle qui est allée trop loin. »

« Hé, c'est ma phrase, ça. »

« Et elle est bonne. C'est tellement vrai. »

« Tu dois m'en attribuer le mérite si tu utilises mes Luca-ismes. »

« De la pure sagesse. J'apprends aux pieds d'un véritable maître. »

Je lui ai lancé une boule de papier. « Allez, au boulot. »

« Qu'est-ce que tu veux que je fasse ? »

« Viens avec moi voir Cindy Baylor. Voyons voir si elle est la petite amie et ce qu'elle a à dire. »

« Je croyais que tu voulais commencer par le frère ? »

« J'ai changé d'avis. On pourrait obtenir quelque chose d'elle qui nous dirait si le frère ment ou cache quelque chose. »

La douleur sourde dans mon ventre a commencé à s'intensifier. « Je vais pisser un coup. Trouve-la pendant que je suis parti. »

En entrant dans une cabine, j'étais en avance sur mon programme, devançant mon réveil-pipi pour la première fois en un an. Pourquoi est-ce que j'avais des soucis ? Était-ce parce que j'avais largement dépassé les recommandations du médecin qui m'avait dit d'uriner toutes les deux heures ? Avais-je moi-même créé le pépin qui se préparait dans mon ventre ?

J'étais père. Je ne pouvais pas prendre de risques avec ma santé. J'avais l'impression que c'était un problème sérieux. Peut-être que la vessie qu'on m'avait fabriquée était en train de lâcher parce que j'en avais abusé. Si ce n'était pas cela, et que Dieu tirait la sonnette d'alarme, j'allais écouter.

En me caressant l'abdomen, j'ai commencé à penser que c'était une erreur d'attendre que Jessica ait six mois pour la faire baptiser. Et si quelque chose arrivait ? À moi, ou, Dieu nous en préserve, à notre petit ange. Je ne croyais pas l'Église quand elle prétendait que les enfants non baptisés qui mouraient allaient dans les limbes. Ça semblait inventé et intéressé, mais je ne voulais pas prendre de risques.

J'allais en parler avec Mary Ann plus tard et fixer une date dès que l'église le pourrait. Il nous faudrait un parrain et une marraine. La question était encore de savoir qui, ai-je pensé, alors qu'un filet d'urine s'écoulait.

À mesure que le débit augmentait, la douleur dans mon ventre s'est dissipée. J'étais soulagé qu'elle disparaisse, mais effrayé que cela confirme qu'il y avait un problème avec ma tuyauterie. J'ai envisagé d'appeler le médecin pour voir si je pouvais avancer mon rendez-vous, tout en finissant.

Après m'être lavé les mains, j'ai envoyé un texto à Mary Ann pour lui dire qu'il fallait qu'on parle du baptême de Jessica plus tard.

Derrick était rivé à son écran. J'espérais qu'il ne devenait pas accro à Internet, comme la plupart du pays.

« Tu es prêt à y aller ? »

« Le rapport d'autopsie d'Esposito est arrivé. »

« Imprime-en une copie pour le dossier. »

« Je viens de les lancer. Elles sont sur l'imprimante. »

J'ai attrapé une poignée de feuilles encore tièdes sur l'imprimante et j'ai commencé à lire en retournant à mon bureau.

La balle était une .357 Magnum à pointe creuse, du type qui se déforme à l'impact pour causer un maximum de dégâts aux tissus. Elby Salter n'avait eu aucune chance. La police scientifique n'avait pas trouvé de douille sur les lieux. Le tireur l'avait soit ramassée avant de partir, soit utilisé un revolver. J'étais sûr que c'était un revolver. Ça avait l'air professionnel, et n'importe qui avec de l'expérience aurait voulu éliminer tout risque qu'un lien soit établi.

Des résidus de tir ont été détectés à la base du crâne. L'arme était pressée contre le crâne au moment du tir. La trajectoire de la balle était de quarante degrés et elle s'était logée dans la région du gyrus précentral du lobe frontal. La cause du décès était une hémorragie massive.

Aucune trace de substance étrangère, légale ou illégale, n'a été trouvée dans l'organisme de la victime. Elby Salter ne se droguait pas et n'avait pas été drogué par son meurtrier pour le maîtriser. Soit il connaissait le tueur, soit il avait été surpris et immobilisé par lui. Elby Salter avait une infime quantité d'alcool dans le sang, ce qui, d'après Esposito, correspondait à la consommation de moins d'un verre d'une boisson alcoolisée.

Hormis la blessure par balle, il n'y avait aucune autre abrasion, ecchymose ou lacération sur le corps d'Elby Salter. Il était en bonne santé générale, bien qu'il ait un foie légèrement hypertrophié et de petites cicatrices sur les poumons.

S'il n'avait pas été abattu, Salter aurait eu une chance raisonnable de vivre jusqu'à plus de quatre-vingt-dix ans. Au lieu de jouer au pickleball et de se remémorer la vie chanceuse qu'il avait menée, Salter devait être incinéré le lendemain. Rien dans le rapport ne soulevait d'objection ; je devais rendre le corps à la famille.

Je fixais la photo d'Elby Salter que Derrick avait collée sur le tableau blanc. Comment ce type de la haute s'était-il fait tirer une balle dans la nuque comme un dealer ? Que s'est-il passé, Elby ? Dans quel pétrin t'es-tu fourré ?

« Derrick, tu n'as pas besoin de lire tous les panneaux. »

« Je sais. Je le parcourais juste une nouvelle fois, je ne voulais rien rater. »

Il était prudent. Un bon trait de caractère pour un inspecteur, et pour un tuteur. « L'autopsie ne nous a rien appris de plus que ce qu'on savait déjà. »

« Il a bu un verre, ou au moins la moitié d'un. »

« C'est vrai. Savoir où il l'a bu pourrait aider, mais je pense que c'était aussi simple qu'un verre de vin au déjeuner. »

« Il a pu se passer quelque chose au déjeuner, ou il a reçu un appel pendant le déjeuner qui l'a fait se lever et partir. C'est peut-être pour ça qu'il n'a bu qu'un demi-verre environ. »

« C'est possible, parce que son estomac était vide, mais on va le découvrir. S'il déjeunait quelque part, ça devrait être assez facile à confirmer. Allons voir Cindy Baylor. »

LA PETITE AMIE D'ELBY SALTER VIVAIT DANS L'UNE DES MAISONS individuelles qui avaient été construites à l'arrière de Mercato. Je me souvenais du moment où les premières maisons blanches de style Key West avaient été construites. Un panneau indiquait des prix à partir d'un million. Le panneau avait été modifié plusieurs fois, et la dernière fois que j'avais vérifié, les prix tournaient autour de 1,8 million de dollars. C'était une somme folle pour vivre à côté du parking d'un Whole Foods.

Nous avons franchi le portail et Derrick a dit : « C'est plutôt cool par ici. »

C'était peut-être sa jeunesse qui parlait. « Ce n'est pas pour moi. Une galère à chaque fois pour entrer et sortir d'ici. »

« Ce n'est pas si terrible. On peut aller à pied à tous les endroits de Mercato. Tu n'as même pas besoin de ta voiture pour faire les courses. »

Je me suis garé devant la maison de Cindy Baylor. Elle était nichée au bout du petit lotissement, et elle n'avait personne d'un côté. C'était un agencement plus agréable que ce à quoi je m'attendais, mais même si je gagnais au loto, ce n'était pas pour moi.

Derrick a sonné et la porte vert marin s'est ouverte.

Sans surprise, Cindy Baylor ne ressemblait en rien à Annabelle Salter. Elle portait un short en jean effiloché avec un trou à mi-cuisse et un chemisier rouge soyeux. C'était peut-être à cause de ses yeux injectés de sang, mais elle avait l'air vulnérable. Baylor n'était pas vulgaire. Elle dégageait un magnétisme indéniable. Une attirance sexuelle. Dix ans plus tôt, j'aurais peut-être tenté ma chance avec elle.

Je nous ai présentés et j'ai été content que Derrick ne lui tende pas la main pour la serrer comme je l'avais fait. Il utilisait sa tête pour réfléchir, contrairement à beaucoup d'hommes.

« Entrez. »

Elle nous a conduits dans un espace avec de l'herbe sur le mur et des fauteuils bas avec des accoudoirs et des pieds chromés. Un bol bleu et un magazine *Gulf Shore Life* trônaient sur la table en Lucite au centre du salon.

En m'asseyant, j'ai dit : « Nous sommes désolés pour votre perte, mais nous avons quelques questions à vous poser. »

« Je comprends. Je n'arrive pas à croire que c'est réel. »

Derrick a dit : « Depuis combien de temps voyiez-vous Elby Salter ? »

« Un peu moins de quatre ans. »

« Il vous a acheté cette maison ? »

« Euh, il a un peu aidé ; l'indemnité de mon divorce était presque suffisante pour me la permettre. »

J'ai dit : « Le divorce remonte à quand ? »

« Il a finalement été prononcé en février dernier. »

Derrick a dit : « Donc, vous voyiez M. Salter alors que vous étiez mariée ? »

Baylor a plissé les yeux, mais n'a rien dit.

J'ai dit : « M. Salter vous a passé deux appels le jour où il a été assassiné. Pouvez-vous nous dire la nature de ces appels ? »

« Vous savez probablement qu'Elby et moi parlions presque tous les jours. Nous devions nous voir ce soir-là. Il m'a appelée après le match et m'a dit qu'il allait à une réunion et qu'il me rappellerait plus tard. »

Derrick a dit : « Match ? »

« Un match d'entraînement de printemps des Red Sox. Lui et Ronnie allaient à presque tous les matchs. »

Derrick a demandé : « Ronnie qui ? »

« Ron Weaver. Il a joué pour les Red Sox et il est, genre, le directeur général maintenant. Lui et Elby sont de bons amis. »

« D'accord, continuez. »

« Eh bien, il a rappelé. Je crois que c'était vers six heures du soir. Il a dit qu'il était retenu et qu'il me rappellerait plus tard. Mais il ne l'a jamais fait. »

« Et vous l'avez appelé quatre fois ? »

« Qu'est-ce que j'étais censée faire ? J'étais inquiète. Elby n'était pas parfait, mais s'il disait qu'il allait faire quelque chose, il le faisait. »

J'ai dit : « Il n'y a aucun mal à l'appeler. »

Un texto de Mary Ann est arrivé. Jessica avait de la fièvre, et elle était chez le pédiatre. J'ai répondu en demandant à combien montait la fièvre.

Derrick a dit : « Que savez-vous des ennemis qu'Elby Salter avait ? »

« Je, je ne sais rien à ce sujet. C'était un homme bon. Je veux dire, il était souvent têtu, mais je pense que ça venait de la façon dont il avait été élevé. Venant de cette famille, Elby avait l'habitude de faire à sa guise. »

La façon dont elle avait dit *cette famille* méritait une question de suivi, mais le texto de Mary Ann disait que Jessica avait 39,3 °C de fièvre. Je devais filer d'ici.

« Merci de votre temps. Nous vous recontacterons. »

Je me suis levé et j'ai regardé Derrick, qui était toujours assis. « On doit rentrer. »

En nous dirigeant vers la porte d'entrée, j'ai dit à Baylor : « C'est la première fois que je viens par ici. J'aime bien, c'est vraiment sympa. Depuis combien de temps vivez-vous ici ? »

« J'ai été l'une des premières à m'installer ici, il y a environ trois ans. »

Elle avait menti sur qui avait payé la maison. Si le divorce avait été finalisé treize mois plus tôt, elle n'aurait pas eu l'argent pour acheter sa nouvelle maison. L'argent devait venir de quelque part, et quel meilleur endroit que chez son riche petit ami ?

Peut-être craignait-elle de perdre la maison, ou alors c'était quelque chose de plus troublant. Les mensonges, c'était comme les moustiques : s'il y en avait un, on pouvait être sûr que d'autres suivaient.

Avant même que j'aie refermé la portière du Cherokee, Derrick a demandé : « C'était quoi, ça ? »

« Jessie est malade. Elle a beaucoup de fièvre. Mary Ann l'a emmenée chez le médecin. »

« Oh non. Elle a combien ? »

« Presque trente-neuf et demi. »

« Je sais que c'est angoissant, mais les enfants font de grosses fièvres. Tu te souviens de mon neveu, non ? Il est monté à quarante plusieurs fois. »

« Trente-neuf et demi, c'est beaucoup, mec. »

« Tu veux que je te dépose pour que tu rejoignes Mary Ann chez le médecin ? »

« Ce serait super. C'est tout près, à côté du NCH sur Immokalee. »

« Pas de problème. Et Baylor, t'en as pensé quoi ? »

« Elle a menti en disant que l'argent du divorce avait servi à payer la majeure partie de la maison. »

« On pourrait croire qu'elle aurait un peu honte de sortir avec un homme marié pendant quatre ans. »

Derrick gagnait des points pour devenir parrain. « Je ne

cautionne pas, mais il faut être deux pour ça, et on dirait qu'Elby aimait bien danser. »

« On devrait jeter un œil à son mari. Il pourrait être impliqué. »

« Il est évident qu'il faut le mettre hors de cause, mais pourquoi attendre si longtemps ? Leur relation durait depuis quatre ans. »

« Peut-être que quelque chose l'a récemment poussé à bout. Peut-être que la réalité de perdre sa femme a fini par percuter. Il se met à boire, il voit tout en noir. »

« On dirait le scénario d'une série télé que tu nous inventes. »

« La vraie vie est plus étrange que les merdes qu'ils passent à la télé. »

« C'est clair. On la reverra après le frère. Il est possible qu'il sache quelque chose sur la réaction du mari. »

Derrick s'est garé devant le cabinet médical. « Bonne chance, je suis sûr qu'elle va s'en sortir. »

« Merci. »

« Tiens-moi au courant pour elle dès que tu sais quelque chose, d'accord ? »

J'ai franchi les portes vitrées de l'immeuble en trombe et j'ai monté les marches quatre à quatre jusqu'au troisième étage. Mary Ann sortait du cabinet du Dr Amato.

« Comment elle va ? »

« Otite. »

Jessie dormait. « Elle est toute rouge. »

« Tu l'aurais vue avant que le docteur lui donne du Tylenol pour bébé. Le docteur Amato a dit de surveiller et de lui en redonner si la fièvre remonte. Elle a envoyé une ordonnance d'amoxicilline à la pharmacie CVS. »

« Rentrons à la maison, j'irai la chercher. »

J'ai envoyé un texto à Derrick pour lui dire que Jessie allait mieux et qu'il pouvait passer me prendre chez moi.

J'AI FIXÉ L'ADRESSE DE CHADWICK SALTER. SANS BLAGUE ? J'AI essayé de comprendre pourquoi Annabelle ne m'avait pas dit qu'il habitait juste à côté, sur la même propriété. Était-ce une omission volontaire ? Ou un simple oubli ?

Le frère de la victime s'était montré cordial au téléphone, mais il voulait me rencontrer à son bureau sur la Route 41. Deux entretiens avec des Salter, et je n'aurais pas le moindre aperçu de leurs domiciles. Était-ce orchestré ? Ou étaient-ils à ce point soucieux de leur vie privée ?

Le bureau de Chadwick se trouvait au deuxième étage d'un immeuble peint en bleu ciel et rose. La peinture était fraîche et le bâtiment bien entretenu, mais il datait. Il avait probablement été construit dans les années soixante-dix. J'ai cherché un ascenseur ou un hall d'entrée. Il n'y en avait pas. Des escaliers menaient à des coursives qui longeaient l'avant et l'arrière du bâtiment pour desservir les différents bureaux. Cet endroit avait peut-être été érigé dans les années cinquante.

En marchant le long de la coursive arrière, j'ai balayé le parking du regard. Rien de cher ne sortait du lot. La plaque sur la porte de la suite 208 indiquait : *Southern Enterprises.* Ce n'était pas voyant ; ça frisait l'invisible.

Il y avait deux rangées de quatre bureaux chacune, et une paire de bureaux derrière. Chadwick se trouvait dans celui sans fenêtre qui donnait sur l'espace de travail carrelé. Il s'est levé quand on m'a fait entrer. Son bureau avait un tapis, mais il n'était ni neuf ni moelleux. Un mur était couvert de plusieurs photos de Chadwick et de ses partenaires de golf. Deux autres photos montraient Elby et les mêmes hommes en train de pêcher sur un grand bateau.

Chadwick Salter avait quatre ans de moins que son frère. Cheveux blonds cendrés et yeux bleus, Chadwick avait une mâchoire carrée. Il était mince mais pas maigre. Il avait une petite cicatrice au-dessus du sourcil droit.

« Mes condoléances pour la perte de votre frère. »

Sa voix grave m'a pris par surprise.

« Merci. Ça laisse un vide immense dans mon cœur et dans ma vie. Je ne crois pas qu'il sera un jour comblé. »

« Je suis désolé, ça doit être difficile. Je suppose que vous étiez proche de votre frère. »

« Elby était mon grand frère. On a eu nos hauts et nos bas en grandissant, mais il était mon protecteur. »

Protecteur ? Contre quoi ?

« Juste vous deux ? »

Il a expiré. « Oui, juste Elby et moi. »

« Je sais que c'est une maigre consolation, mais je vais faire de mon mieux pour trouver qui l'a tué. »

Chadwick s'est caressé le menton en silence.

« Puisque vous étiez proches, vous avez peut-être une idée de qui aurait pu faire ça. »

« Pas vraiment. »

« Pas vraiment ? Dites-moi ce que vous pensez. »

« Non, ce n'est rien. »

« Le plus petit indice peut être utile. Qu'est-ce que vous vouliez partager ? »

« Ce n'est probablement rien, mais Elby, il aimait les femmes et il a eu plusieurs petites amies au fil des ans. Je n'approuvais pas. Il était marié, après tout. Je lui disais tout le temps que c'était dangereux, surtout avec des femmes qui étaient mariées. En plus, il y a toutes les maladies sexuellement transmissibles qui traînent. On ne veut pas ramener ça à la maison. »

« Êtes-vous marié ? »

« Oui, depuis quinze ans maintenant. »

« Nous avons déjà parlé à Cindy Baylor. Y a-t-il quelqu'un d'autre qu'il voyait et à qui nous devrions parler ? »

« Vous avez déjà parlé à Cindy ? »

« Oui. Pourquoi ? »

« Eh bien, elle était mariée quand Elby a commencé à la fréquenter. Je peux vous dire que son mari n'a pas apprécié cette liaison. »

« Y avait-il une quelconque indication qu'il voulait se venger ? »

« Je ne sais rien personnellement, mais Elby avait mentionné qu'il était très remonté. »

Je me suis demandé comment il qualifierait les actes d'un tueur.

« Nous allons nous pencher là-dessus. Vous et Elby étiez partenaires en affaires, n'est-ce pas ? »

« Jusqu'à un certain point. »

« Pourriez-vous développer ? »

« Nous avons eu la chance de faire partie d'une famille qui a fait, et continue de faire, des investissements dans l'État de Floride. Les véhicules d'investissement pour la majorité des actifs familiaux sont des fiducies. »

« Quels types d'investissements ? »

« Ils sont variés mais orientés vers le bien commun, aidant à construire un État avec une infrastructure adéquate pour soutenir des entreprises durables et en croissance, et des opportunités de loisirs pour favoriser une population saine et heureuse. »

Il n'était pas en politique, mais il aurait dû l'être. « C'est un objectif d'envergure. »

« Papa disait toujours de rêver en grand, de se fixer des objectifs, puis de passer à l'action. »

« Un conseil solide. Je sais que la famille possède des concessions automobiles dans tout l'État, mais quelles sont les autres entreprises ? »

« Nous sommes une famille discrète, inspecteur Luca, et ce sont des entreprises privées. »

« J'essaie de comprendre s'il y a un lien entre des intérêts commerciaux et la ou les personnes qui ont tué votre frère. »

« Et j'apprécie vos efforts à cet égard. »

« Et qu'en est-il des entreprises en dehors de la fiducie ? Étiez-vous partenaires, vous et votre frère ? »

« Non. »

« D'accord. Avait-il d'autres partenaires ? »

« La famille avait une règle, et Papa s'y tenait. Quatre-vingt-dix pour cent de nos investissements se faisaient en famille. Cependant, il voulait encourager la créativité et la prise de risque en permettant à chacun de nous de faire cavalier seul ou avec des partenaires de notre choix. Mais la règle était un maximum de dix pour cent. »

Une règle ? « Comment cette règle était-elle appliquée ? »

« Si vous tenez à le savoir, c'est codifié dans l'acte de fiducie. »

Encore quelqu'un qui contrôlait les choses depuis sa tombe. « Parlez-moi des entreprises personnelles de votre frère. Quels types d'activités, et avait-il des partenaires ? »

« Elby n'était pas aussi discipliné dans ses propres affaires qu'il devait l'être avec les investissements familiaux. »

« Donc, il faisait des erreurs en affaires ? »

Il a hoché la tête. « Il était têtu. J'ai essayé de le mettre en garde, mais il disait qu'il avait sa propre opinion et qu'il investirait dans ce qu'il voulait et avec qui il voulait. »

« Est-ce que ça contrariait votre famille ? »

« Bien sûr. Pas les investissements, mais parfois les gens qu'il fréquentait. »

« Seraient-ils le genre de personnes qu'on appellerait des gangsters ? »

Il a reniflé. « Ne soyez pas ridicule. »

« À quoi faisiez-vous référence alors ? »

« Je préférerais ne pas le dire. Peu importe comment je l'exprimerais, ça sonnerait mal. »

« S'agirait-il de milieu social ? De gens de différentes classes sociales ? »

Un soupçon de sourire a affleuré. J'avais ma réponse et elle ne me surprenait pas.

« Tout le monde doit bien venir de quelque part. Bon, je vais avoir besoin de comprendre quels étaient les intérêts commerciaux de votre frère et qui pouvaient être ses partenaires. »

« Je vais devoir parler à nos avocats de ce qui doit être divulgué. »

« C'est juste. Mais j'aurai besoin d'un accès aussi rapide que possible. »

« Je comprends. Dès que la famille aura consulté, vous recevrez un appel. Ça ne devrait pas être plus tard que demain. »

8

SENTANT UNE DOULEUR AU VENTRE, J'AI POSÉ LE SAC DE COURSES sur le comptoir.

« Où est-elle ? »

« Elle fait la sieste. »

« Est-ce qu'elle a de la fièvre ? »

Mary Ann a mis le lait dans le frigo. « Je te l'ai dit il y a deux heures, Frank : non. »

« Je sais, mais ces otites peuvent revenir. Je t'ai parlé de tous les problèmes que j'ai eus avec ça en grandissant. »

« Tout ira bien pour elle. »

« J'espère qu'elle n'a pas hérité du gène défectueux que j'avais et qui me donnait des otites à répétition. Tu te souviens, je t'ai dit que ça commençait à affecter ma parole, et ma mère m'a emmené à une messe de guérison ? »

« Comment pourrais-je l'oublier ? Ça a été un miracle que tu aies été guéri par ce prêtre. »

« Tu penses que ce genre de choses se transmet ? »

« Je ne sais pas. Je suppose que c'est possible, mais on ne peut rien y faire. »

« On doit garder un œil dessus. Lui prendre sa température tous les jours ou quelque chose comme ça. »

Elle a reposé le chou-fleur qu'elle tenait. « Qu'est-ce qui se passe, Frank ? »

« Rien. Je m'inquiète juste pour Jessie, c'est tout. »

« Elle a eu une otite. Tous les bébés du monde en ont eu. »

« Je sais, mais cette histoire de gènes m'a fait réfléchir... »

« Au cancer ? C'est ça qui t'inquiète ? »

« Ouais. Tu te souviens de Croce, à la brigade financière ? Sa femme a eu un cancer du poumon, comme sa mère, sa grand-mère et sa sœur. »

« Je pense que ça dépend. Je sais qu'il existe des thérapies géniques pour traiter certains cancers, mais ils ne sont pas tous héréditaires. Si c'était le cas, ça se verrait. Je ne pense vraiment pas qu'on ait à s'inquiéter qu'elle ait un cancer de la vessie. »

« Peut-être qu'on devrait demander au médecin. Voir ce qu'elle en dit. »

« Bien sûr. Il existe toutes sortes de tests de nos jours. Si elle pense que Jessica doit être testée, on le fera. »

« C'est une bonne idée. »

« Il faut que je prépare le dîner avant qu'elle se réveille, mais on n'a jamais parlé de son baptême. »

« C'est juste que je pense qu'on ne devrait pas attendre, c'est tout. N'importe quoi peut arriver. »

« Tu deviens un grand angoissé. Rien ne va arriver à Jessica. »

« Je sais, mais... »

« Si ça peut te faire plaisir, j'appellerai Sainte-Agnès demain matin pour voir leur planning. »

« Bien, je ne pense pas que ce soit un problème. De nos jours, ils baptisent dix bébés à la fois. »

« J'espère qu'il n'y en aura pas trop quand on le fera. Ça ne semble pas aussi spécial quand il y a foule. »

« L'important, c'est de la faire baptiser. »

« On doit prendre une décision pour les parrains et marraines. Mais je ne le fais pas maintenant ; il faut qu'on mange avant que Jessica se lève. »

Ce n'était pas un problème pour moi. Je voulais aller pisser. La douleur que j'avais ressentie en arrivant s'était considérablement atténuée, et j'espérais qu'en me soulageant, elle disparaîtrait. Il me restait encore deux jours avant mon rendez-vous chez le médecin.

———

AU LIEU D'ALLER VOIR RON WEAVER, QUI ÉTAIT PARTI EN VOYAGE en Arizona, je suis allé voir l'ex-mari de Cindy Baylor. Fred Baylor possédait une agence qui s'occupait de l'expertise en sinistres pour les assureurs automobiles. Elle était située dans un immeuble juste à côté de la Cinquième Avenue.

Il y avait une poignée de fumeurs devant le bâtiment, en train de prendre leur dose de nicotine, chacun d'eux rivé à son téléphone. Qu'est-ce qui poussait la société à chercher des réponses instantanées à des questions futiles ?

Il y avait une douzaine de bureaux dans l'open space principal, chacun occupé par des employés portant des casques-micros. C'était un endroit animé, qui générait assez d'argent pour payer un tueur à gages.

La pancarte sur la porte du bureau de Fred Baylor indiquait *Directeur des expertises*. C'était un bureau sans fioritures avec un bureau en métal et des œuvres d'art bon marché, mais il y avait une belle vue par la fenêtre. Il était au téléphone, mais il s'est levé quand on m'a fait entrer. Un mètre quatre-vingts, musclé, avec une coupe en brosse. Avait-il été dans les Marines ?

« Désolé, c'était un de nos meilleurs clients. »

« Pas de problème. C'est vraiment animé ici. »

« On ne manque pas d'accrochages en ville. Entre les touristes qui ne savent pas où ils vont, les téléphones portables et beaucoup de conducteurs de quatre-vingts ans, on reste occupés. »

« Je voulais vous poser des questions sur Elby Salter. »

« J'ai vu ce qui lui est arrivé dans le journal. »

« Votre ex-femme et lui avaient une relation. Que savez-vous à ce sujet ? »

« Qu'est-ce que ça veut dire ? Bien sûr que je n'étais pas content, mais je ne suis pas allé le tuer pour autant. »

« L'avez-vous déjà menacé ? »

« Non. »

« Nous avons un témoin qui dit que vous avez menacé Elby Salter, lui disant de rester loin de votre femme, sinon il le regretterait. »

« Écoutez, vous êtes marié ? »

« Ça n'a rien à voir avec cette affaire. »

« Ouais, eh bien, imaginez qu'un type riche débarque et vous pique votre femme. Qu'est-ce que j'étais censé faire, rester là sans rien dire ? Je ne savais pas quoi faire. J'ai confronté Cindy, mais ça n'a pas marché. »

« Alors, vous avez essayé d'effrayer Salter avec des menaces ? »

Il a haussé les épaules. « Je ne savais pas quoi faire. Je savais que Cindy était en partie responsable, mais ce type, il avait de l'argent et il lui en jetait à la figure. Vous savez, il a acheté ce restaurant, le Mercato, pour elle. »

« Nous sommes au courant. Mais ce n'est pas un crime. »

« Eh bien, ça devrait l'être. Il a utilisé des merdes comme ça pour voler ma femme. C'est comme offrir des bonbons à un gamin pour l'attirer dans la voiture d'un pédophile. »

Ce n'était pas le cas, mais discuter de ce point, c'était comme essayer d'expliquer l'Amérique à un imam islamiste radical.

« Si vous avez fait autre chose pour intimider Elby Salter,

dites-le-moi maintenant. On le découvrira de toute façon, alors autant me le dire tout de suite. »

Il m'a regardé droit dans les yeux et a soutenu mon regard. « Je voulais juste récupérer ma femme, c'est tout. J'ai proféré quelques menaces, mais je ne suis jamais allé plus loin ni quoi que ce soit. Vous savez, Salter a déjà fait ça. Il y a plein de maris en colère contre ce salaud. »

Fred Baylor n'était pas complètement honnête. Il fallait creuser davantage, mais je n'avais pas l'impression que c'était le tueur.

Derrick était rivé à son écran. « Comment ça s'est passé avec l'ex-mari de la petite amie ? »

« Il cache quelque chose. Il a admis avoir essayé d'effrayer Salter, mais je ne pense pas que ce soit notre homme. »

« Pourquoi tu dis ça ? »

« Juste une impression pour l'instant. On va devoir creuser davantage de son côté si on n'a rien d'autre. »

« On n'a rien. Je suis en train de relire le rapport de la scientifique sur la scène de crime. »

« Ne me dis pas qu'il n'y a rien. »

« Que dalle. Deux des cheveux trouvés sur le corps de Salter n'étaient pas les siens, mais ils les ont passés dans le système ADN, et aucune correspondance n'est sortie. »

« Merde. Ils ont comparé à la banque de données nationale ? »

« Yep. Mais on ne sait jamais, au rythme où l'ADN est ajouté au système... »

« Le pays entier devrait faire ce que la Floride a commencé à faire au début de l'année. »

« Tu veux dire la nouvelle loi qui est entrée en vigueur ? »

« Exactement. Tu te fais arrêter, on te fait un prélèvement ADN, et ça entre dans la banque de données. »

« Je n'ai jamais compris en quoi c'était différent de se faire prendre les empreintes digitales quand on se fait arrêter. »

« Certaines de ces conneries sur la vie privée sont complètement stupides. Quand on t'embarque, on prend des photos d'identité judiciaire, tes empreintes, et on crée un dossier avec tout ça. Il y a des années, on prenait des photos pour identifier les gens. À mesure que les méthodes se sont améliorées, on a commencé à prendre les empreintes. Le prélèvement d'ADN n'en est qu'une extension naturelle. »

« Il y a quelques États qui l'ont fait avant la Floride. Je parie que dans quelques années, tous les États le feront. »

« Peut-être qu'on aura enfin une affaire facile à résoudre, alors. »

« Ce serait bien d'avoir un système automatisé pour l'ADN dans les affaires classées afin de le comparer aux nouveaux échantillons qui arrivent. »

« Je serai à la retraite depuis longtemps d'ici là, si ça arrive un jour. »

« Combien de temps tu penses que tu vas encore faire ça ? »

« Avant, je disais jusqu'à ce que j'en crève. Traquer les tueurs, c'est ce qui me fait vibrer, mais je dois dire que, maintenant que je suis père et tout, je dois m'assurer d'être là pour Jessie. Encore un ou deux tarés comme Dwyer qui s'en prennent à moi, et je vais y réfléchir à deux fois. Je le dois à ma famille. »

9

CHADWICK A TENU SA PAROLE. NOUS AVIONS RENDEZ-VOUS AVEC un avocat qui représentait la famille. Malheureusement, c'était un avocat qui représentait de nombreux ultra-riches. Ce n'est pas que Peter Gerey soit un mauvais bougre, c'est juste qu'il était doué pour protéger ses clients. Pour lui, la vie privée était plus sacrée que la vie elle-même.

Il a représenté les Boggs, l'une des familles les plus riches de Naples, dans une affaire sur laquelle j'ai travaillé il y a deux ans. Il n'a jamais enfreint aucun protocole, mais il n'a jamais rien offert non plus. Il protégeait si bien les Boggs que je me le représentais comme une version juridique de Superman : torse bombé, mains sur les hanches, ses clients derrière un mur impénétrable. Il ferait un bon tuteur pour Jessica.

Le cabinet White, Gerey et Blackburn occupait un bâtiment de deux étages en stuc blanc juste au nord de Golden Gate. Niché dans le coin d'un petit parking qui desservait deux autres immeubles, il fallait un microscope pour voir leur enseigne. Une paire de Mercedes de modèle récent encadrait la porte unique de leurs bureaux.

Derrick a dit : « Tu avais raison, cet endroit est quasi invisible. La plupart des avocats de premier plan que j'ai rencontrés ont des bureaux tape-à-l'œil. »

« C'est ça, le truc. La plupart des clients de Gerey veulent rester discrets. »

J'ai appuyé sur le bouton de l'interphone et on nous a ouvert.

Gerey était assis dans un coin reculé, signant des documents à une table ronde lorsque nous sommes entrés. Il en a paraphé deux autres avant de se lever pour nous accueillir, écartant d'un geste une secrétaire qui s'était avancée vers nous. Il avait visiblement vieilli au cours des deux dernières années. Était-il tombé malade, ou était-ce la pression de protéger ses clients qui l'avait usé ? Nous nous sommes serré la main.

« C'est un plaisir de vous revoir, inspecteur Luca. »

« De même, Maître. Je vous présente mon partenaire, l'inspecteur Derrick Dickson. »

« Ravi de faire votre connaissance. »

« Pareillement. »

« J'ai entendu dire que vous aviez épousé votre ancienne partenaire et que vous avez maintenant un enfant. Est-ce exact ? »

« Oui. Vous vous êtes intéressé à ma vie privée, Maître ? »

« Non. C'est simplement apparu lors de la collecte des données que vous avez demandées. Comment se passe la vie de père ? »

« C'est formidable. »

« Excellent. Entrons dans mon bureau. »

Le bureau de Gerey était lambrissé d'un bois sombre qui ressemblait à du noyer. De lourds rideaux bloquaient la majeure partie de la lumière. Gerey s'est glissé derrière un bureau surdimensionné, et Derrick et moi avons pris place dans des fauteuils à oreilles en cuir.

« Désirez-vous boire quelque chose, messieurs ? »

Nous avons décliné.

« Je comprends votre intérêt pour les participations commerciales de feu Elby Salter. Ce sont des entreprises privées et leurs activités n'ont aucun rapport avec le décès de M. Salter. »

« Ça, nous n'en savons rien. Nous menons une enquête sur son meurtre, et ses intérêts commerciaux peuvent ou non avoir un lien avec celui-ci. »

« Les participations sont étendues, et dans la faible éventualité où il existerait un lien, il ne concernerait qu'une seule entité. Nous ne pouvons permettre qu'une myriade d'activités soit perturbée ou que des réputations soient ternies par votre enquête. »

Derrick a dit : « M. Gerey, vous avez notre parole que nous serons discrets en vérifiant la possibilité que le meurtre de M. Salter soit lié à ses affaires. »

« Bien que votre assurance personnelle soit la bienvenue et appréciée, j'ai conseillé à la famille une approche raisonnable. Nous sommes fermement convaincus que la voie la plus sensée est une voie limitée. Nous communiquerons les informations progressivement. Cela garantira que la vie privée de la famille ne sera compromise que de manière contrôlée. »

J'ai dit : « Maître, nous enquêtons sur un homicide, la mort d'un membre de la famille Salter. Nous n'allons pas nous disperser, mais nous ne nous laisserons pas bloquer si nous pensons avoir une piste à suivre. »

« Inspecteur Luca, soyez assuré que l'intérêt premier de la famille est sa sécurité. Ils veulent que l'auteur de ce crime odieux soit traduit en justice et coopéreront, de manière contrôlée et raisonnable, pour y parvenir. »

« C'est une bonne chose, Maître, mais nous ne pouvons pas accepter que vous nous donniez les informations au compte-gouttes. Cela entravera notre enquête. »

« Je suis disposé à vous aider, mais vous devez comprendre que j'ai les mains liées. »

Derrick a posé sa main sur mon bras. Il savait que j'étais sur le point de lui dire que j'allais contourner ses putains de manœuvres dilatoires. Derrick a dit : « Nous comprenons vos préoccupations, M. Gerey. Donnez-nous les informations que vous êtes prêt à communiquer, et nous nous en irons. »

Le visage de Gerey s'est détendu, puis s'est aussitôt crispé. Il avait l'habitude de gagner, mais pas aussi vite. Il a marqué une pause avant d'ouvrir un tiroir et d'en sortir un dossier.

« J'ai préparé une liste des participations, limitée aux entités qui n'ont aucun membre de la famille comme associé. » Il a fait glisser le dossier sur le bureau. « Dans un esprit de coopération, je me suis permis d'inclure également quelques entreprises qui ont échoué. »

La famille Salter n'avait donc pas le don de Midas. J'ai ouvert le dossier. Il ne contenait qu'une seule feuille de papier. Dix entreprises y étaient listées. Gerey considérait ça comme une liste limitée ? Combien d'entreprises y avait-il au total ?

Mes yeux ont dérivé vers les trois dernières. Elles portaient l'annotation *Activités Cessées*. La dernière, Power Supplements Ltd., avait fermé juste un mois plus tôt. Un nom qui m'était vaguement familier était listé comme partenaire. J'ai eu l'impression que nous avions de quoi travailler.

Nous sommes montés dans le Cherokee et j'ai dit : « Tu t'es comporté comme un pro. Ces avocats peuvent être tellement arrogants. »

Derrick s'est engagé sur la Route 41. « Je me suis juste dit que peu importe ce qu'il nous donnerait, ça nous servirait de point de départ. »

« Tu as raison. Gerey va protéger ses clients, mais je ne pense pas qu'il cacherait quoi que ce soit en lien avec un homicide, à moins que la famille n'ait quelque chose à y voir. »

« Je n'imagine pas ça. »

« À ce stade, moi non plus, mais je n'ai pas besoin de te

rappeler que lorsque les lions le doivent, ils mangent leurs propres petits. »

« Je pensais que c'était un mythe. »

« Non. Quand la nourriture se fait rare, un lion mange ses petits pour survivre. Les humains ne le font pas pour la nourriture, sauf en de très rares occasions ; ils le font pour se protéger, pour garder un secret, secret. Mais assez parlé de ça. Il y a une société sur cette liste qui a fermé il y a un mois. Le partenaire est Robert Freidman. Ça me dit quelque chose, mais je n'arrive pas à me remettre le nom en tête. »

« C'est pas le type qui faisait ces télé-achats ? »

« Merde, tu as raison. Il y a eu un tas d'allégations selon lesquelles ils n'expédiaient pas les mêmes produits que ceux de la publicité, c'est ça ? »

« Je ne me souviens pas exactement, mais il m'avait l'air d'un escroc. »

« Peut-être que Gerey ne nous a pas fait la vie dure, après tout. Il devait y avoir une raison pour qu'il mette des sociétés fermées sur la liste. Il essaie peut-être de nous envoyer un signal. »

10

Friedman était membre du Quail Creek Country Club et a voulu qu'on s'y retrouve. J'ai été surpris par l'animation qui régnait dans le clubhouse. Deux jeunes voituriers s'occupaient des voitures et une longue file de voiturettes de golf bordait l'allée.

Le restaurant du clubhouse semblait plein. L'arôme de viande rôtie m'a mis l'eau à la bouche. L'hôtesse m'a désigné Robert Friedman, assis près d'une fenêtre, vêtu d'un pull blanc, qui lisait un journal. Je suis passé devant une rangée de postes de découpe et j'ai frappé sur sa table. Nous nous sommes serré la main, et je me suis assis.

Robert Friedman était un de ces hommes qui s'étaient fait refaire le visage pour tenter de conserver une apparence jeune. Sans vouloir porter de jugement, ce qui était déroutant, c'est qu'il prenait assez le soleil pour avoir un bronzage soutenu. Autre contradiction : ses cheveux et sa moustache. Ils étaient quatre tons trop foncés pour ses soixante-sept ans sur cette planète. Ne voyait-il pas, comme d'innombrables autres hommes, que ça n'avait pas l'air naturel, et que ça révélait en fait leur âge ?

Je n'en étais pas encore là, mais j'espérais que j'aurais la présence d'esprit de vieillir avec autant d'élégance que mon ego me le permettrait. J'étais sûr qu'avec les années qui s'accumuleraient, un bras de fer s'ensuivrait. J'étais déjà devenu père sur le tard, et je ne voulais pas que Jessie s'inquiète que son papa soit plus âgé que les parents des autres enfants.

« Il y a beaucoup de monde ici. »

« C'est votre première fois ici ? »

« Oui. »

« C'est un club très actif. La plupart des membres n'habitent même pas ici. Le personnel est merveilleux. Le golf est super, et ils disent toujours du bien du programme de tennis. J'ai entendu dire qu'ils viennent d'embaucher le pro de Pelican Marsh. »

« Depuis combien de temps êtes-vous membre ? »

« Au moins dix ans. J'étais membre d'Imperial avant, mais c'était trop snob pour moi, si vous voyez ce que je veux dire. »

Une serveuse s'est approchée et Friedman a commandé un gin tonic. J'ai demandé un Coca Light.

« Le club Imperial, c'est là que vous avez rencontré Elby Salter ? »

« Je ne savais pas qu'Elby en était membre. »

Moi non plus. « Où l'avez-vous rencontré ? »

« Nous nous sommes rencontrés par l'intermédiaire de John Heights, un ami à moi qui était ami avec Ron Weaver. Comme vous le savez probablement, Ronnie et Elby sont, euh, étaient, de bons amis. »

« John Heights ? Ce nom ne me dit rien. »

« Il dirige des programmes de renforcement pour quelques équipes de la ligue majeure, et je sais qu'il a aussi travaillé avec les Cowboys à une époque. »

« A-t-il créé un de ces trucs de perte de poids et de musculation que vous vendiez à la télé ? »

Il a enlevé le journal de la table pour le poser sur une chaise.

« Nous proposions beaucoup de produits qui ont été bien accueillis. »

La serveuse a apporté nos boissons. « Voilà pour vous, Monsieur Friedman. Est-ce que vous êtes prêts à commander, messieurs ? »

Friedman a dit : « Je vais prendre la salade de thon. Dites à André de ne pas trop mettre de sauce. »

« Absolument. Et vous, monsieur ? »

« Un hamburger, saignant. »

« Frites ou fruits ? »

« Euh, je vais prendre les frites, mais ne le dites pas à ma femme. »

« Pas de souci, monsieur. J'espère que ça ne vous dérange pas, mais vous savez, vous ressemblez à George Clooney. »

« On me l'a déjà dit. Merci. »

La serveuse est partie et Friedman a dit : « La gamine a raison. Vous lui ressemblez. »

« Ce serait bien d'avoir son argent. Maintenant, parlez-moi de Power Supplements Ltd. Vous et Elby Salter en étiez partenaires. Comment en êtes-vous venus à vous associer ? »

« Le secteur des compléments nutritionnels est une industrie énorme. L'année dernière, il y a eu plus de cent trente milliards de dollars de ventes, et il connaît une croissance de près de dix pour cent par an. La taille et la croissance du marché plaisaient à Elby. Le fait qu'il soit en grande partie non réglementé l'attirait aussi. »

« Qu'était Power Supplements ? »

« Eh bien, nous avions la vision d'une entreprise intégrée. Nous nous concentrerions sur la dernière tendance pour peaufiner un produit et le commercialiser avant les grands acteurs du marché. »

« Vous me perdez. »

« Prenons l'exemple des compléments de calcium. La plupart ne se différencient que par le dosage. Ce que nous faisions, c'était y ajouter un bienfait nouveau. Quelque chose comme un extrait de champignon qui a des effets bénéfiques sur le plan neurologique. »

Pour moi, ça ressemblait à une multivitamine. « Donc, quelqu'un prendrait une seule pilule et obtiendrait deux bienfaits. »

« Exactement. Les gens ne veulent pas prendre un nombre illimité de pilules. Mais la clé, c'était d'utiliser des pratiques médicales en évolution, d'introduire des composés thérapeutiques de pointe avant qu'ils ne deviennent grand public. »

« Oh, vous aviez des gens qui recherchaient de nouveaux composés... »

« Non. Il y a plein de recherches en cours. Aucune raison de dupliquer ces efforts. Nous voulions être l'entreprise qui les apporterait aux gens en premier. Tout était une question de rapidité de mise sur le marché. »

« Je vois. Que s'est-il passé ? »

« Eh bien, nous avons pris un bon départ. Nous avons pris les gros bonnets au dépourvu. Ils se sont réveillés et se sont lancés. Ils sont arrivés plus vite que notre business plan ne le prévoyait. Nous savions qu'ils finiraient par arriver, mais nous pensions que nos propres installations de production seraient opérationnelles à ce moment-là. »

« Vous sous-traitiez la production ? »

« Nous avions une longueur d'avance. Nous ne pouvions pas attendre la construction d'installations, ça aurait pris trop de temps. Nous aurions perdu notre avantage. Nous avions assuré une capacité de production suffisante pour tenir deux ans avant que notre usine ne soit construite. Ça nous coûtait plus cher, et par conséquent nous perdions de l'argent, mais Elby savait que nous serions dans le rouge jusqu'à ce que nous ayons notre propre usine. »

« Que s'est-il passé ? »

« Il avait deux terrains dans le comté de Collier : un à Harker, près de la Vingt-Neuf, l'autre à Sunniland, et une parcelle de secours dans le comté de Lee, juste après Lehigh Acres, réservée aux installations de fabrication. Nous avons déposé des plans, et ils ont été rejetés huit ou neuf fois. Nous avons perdu un an à galérer avec les ingénieurs et les architectes à essayer d'obtenir l'approbation. C'était frustrant au possible. Collier a rejeté le projet, même si nous allions créer deux cents emplois bien rémunérés. Ils ont prétendu avoir des inquiétudes concernant les rejets chimiques. Nous avons décidé de construire dans le comté de Lee et avons tout recommencé. »

« Ça faisait combien de temps, à ce moment-là ? »

« Dix-huit à vingt mois. »

« Et vous perdiez de l'argent tous les mois ? »

Il a hoché la tête. « Cent cinquante mille dollars par mois, plus tout l'argent que nous dépensions en consultants, ingénieurs et putains d'avocats. Mais Elby n'avait pas l'air de s'en soucier au début. Il a les reins solides, comme vous le savez. En plus, nous avions un business plan. Nous l'avions élaboré ensemble. Il montrait que nous perdrions trois à quatre millions avant de construire notre propre usine. En fait, nous étions en avance sur le calendrier, pas de beaucoup, mais en avance. »

« Monsieur Salter a tout arrêté ? »

Il a hoché la tête. « Il est passé du chaud au froid, comme un putain de robinet. Il ne voulait rien entendre, on ne pouvait pas lui parler. Écoutez, je n'ai pas mis la même somme que lui, mais j'y avais mis un demi-million. »

« S'est-il désintéressé ? Ou a-t-il senti que le plan que vous aviez établi n'allait pas fonctionner ? »

« Ça aurait fonctionné. Je l'ai montré à un tas de gens, des investisseurs et tout. Vous savez, je discute avec deux personnes qui sont intéressées pour aller de l'avant. Juste pas ici. »

« En Floride ? »

« Non, l'État ne pose pas de problème, juste pas le Sud-Ouest de la Floride. Un de mes gars est intéressé. Il a de l'influence en Alabama et pense que nous pourrions même obtenir des crédits d'impôt pour nous aider à construire là-bas. Il garantit qu'il n'y aura aucun problème pour obtenir les permis. »

« Qu'est-ce qui a fait changer d'avis Monsieur Salter ? »

« J'aimerais bien le savoir. Comme je l'ai dit, nous respections le plan, et d'un coup, il s'est retiré. »

« Ça a dû être contrariant. »

« Et comment ! L'enfoiré, euh, désolé, c'était déroutant. Nous étions sur la bonne voie, et j'y croyais. Vous voyez ? »

Ce que je voyais, c'est que nous devions chercher ce qui avait fait basculer Elby. Était-ce quelque chose qu'il avait appris sur Friedman ? Ou autre chose ? Ou simplement un caprice de riche ?

J'ai fini mon hamburger, qui était peut-être la raison pour laquelle le restaurant était si bondé, et je suis parti. En allant vers ma voiture, j'ai reçu un texto de Derrick : *Appelle-moi quand tu peux. On a un truc !*

11

Repenser à ce que Derrick m'avait dit a fait germer toute une série d'idées. Dès que j'ai mis les pieds au bureau, je lui ai dit : « La première chose à faire, c'est de vérifier toutes les vidéos de surveillance qu'on peut trouver. »

« J'ai vérifié auprès de l'agence Chase. C'est un distributeur automatique extérieur, accessible en voiture. J'ai demandé à Sanchez d'y aller et de récupérer la vidéo. »

« Le retrait de trois mille dollars n'a aucun sens. Je n'ai jamais entendu parler d'un plafond aussi élevé. Le mien est limité, je crois, à huit cents dollars par jour. »

« Le mien est plafonné à mille. »

« Appelle la banque, pose la question au directeur. Il y a peut-être une piste à creuser. »

« Tu penses que c'était un vol ? Qu'on l'a forcé à retirer de l'argent à un distributeur avant de le tuer ? Genre un car-jacking qui a mal tourné ? Ou un toxico qui a paniqué ? »

« Je ne pense pas. Ce n'était pas un coup de panique, c'était planifié. Les mains liées, une balle dans la nuque et balancé là. »

« Tu as raison, un drogué pourrait tuer pour trois mille dollars, mais il ne s'y prendrait pas comme ça. »

« Si ce n'était pas un retrait forcé, alors pourquoi aurait-il eu besoin de trois mille dollars ? C'est beaucoup d'argent, même pour quelqu'un qui en a les moyens. »

« Tout le monde utilise des cartes de crédit, PayPal ou des chèques. L'argent liquide est en voie de disparition. »

« Sauf quand on veut cacher quelque chose ou ne pas payer la TVA. Mais la TVA sur trois mille dollars, c'est cent quatre-vingts dollars. Je ne pense pas qu'il ait besoin d'économiser ça. »

« Tu serais surpris, Frank. Certains des gens les plus riches sont les plus radins. »

« C'est comme ça qu'ils sont devenus riches, au départ. »

« Ne dépense pas plus que ce que tu gagnes. Ça marche pour tout le monde. »

Personne n'allait détrôner Derrick de son piédestal de sage.

« Amen. Remuons-nous les méninges. Pourquoi aurait-il eu besoin d'autant de liquide ? La réponse évidente, c'est pour acheter de la drogue. »

« Tu penses qu'il se droguait ? »

« Le fait est que je n'ai jamais pensé à poser cette question à qui que ce soit parmi ceux à qui nous avons parlé. Il faut qu'on creuse cette piste. »

« Je vais recontacter sa femme, sa petite amie et son frère. »

« Merci. Bon, l'autopsie n'a pas révélé la présence de drogues illicites dans l'organisme d'Elby. S'il en consommait, ce n'était pas avant d'être assassiné. Peut-être qu'il allait faire un achat, ou qu'il donnait l'argent à une petite amie pour qu'elle le fasse. »

« Peut-être qu'il achetait un bijou pour une femme et qu'il ne voulait pas laisser de trace. »

« Annabelle ne me donne pas l'impression d'être le genre de femme à éplucher les relevés de carte de crédit. Ils ont proba-blement un family office qui s'occupe de toutes leurs factures.

Et si on laissait ça mûrir et qu'on creusait la piste de la banque et de la drogue ? »

« Ça me va. »

« Un peu plus tard ou demain, j'aimerais te parler de quelque chose, quelque chose de personnel. »

« Bien sûr, Frank. Quand tu veux. »

« Ce n'est rien de mal, c'est une bonne nouvelle. Mettons-nous au travail. »

LE RETRAIT A ÉTÉ EFFECTUÉ À 17 H 43 À L'AGENCE CHASE d'Estero, sur Corkscrew Road. En supposant que personne ne l'avait forcé à se rendre à un distributeur, je me demandais si Elby Salter se dirigeait vers le nord pour son rendez-vous à Fort Myers, ou si autre chose l'avait amené à l'angle de Tamiami Trail et de Corkscrew Road.

Derrick a inséré la clé USB de la banque. Je voulais voir s'il s'était passé quelque chose de suspect avant le retrait et je lui ai dit de faire une avance rapide jusqu'à 17 h 20.

Il a appuyé sur lecture. « On y va. »

Pour un distributeur accessible en voiture, les images étaient claires. Nous avons vu neuf voitures entrer dans la file du distributeur et effectuer des transactions. Par habitude, j'ai noté les numéros des plaques d'immatriculation à l'approche de 17 h 43.

Un Ford Explorer blanc, correspondant à celui immatriculé au nom d'Elby Salter, est apparu à l'écran.

« Fais un arrêt sur image et vérifie le numéro de plaque. »

Derrick a mis la vidéo sur pause et a vérifié les numéros. « C'est la sienne. »

« On dirait qu'il y a quelqu'un sur le siège passager. »

Le SUV attendait derrière une Porsche 911. Dès que la voiture de sport a terminé sa transaction, la voiture d'Elby

Salter s'est avancée jusqu'au distributeur. Elby était au volant. Il a pivoté vers la machine. Il a inséré sa carte. Je ne l'avais jamais rencontré, mais les traits de son visage n'avaient pas l'air crispés.

Il a tapé sur le clavier à plusieurs reprises et a regardé des deux côtés. Quelques secondes plus tard, il a tendu la main pour récupérer sa carte, puis l'argent. Il n'a pas demandé de reçu, ce que j'ai trouvé étrange. Mais avant de démarrer, il s'est penché et a passé ses doigts sur le clavier.

« Pause. Juste là, il étale le bout de ses doigts sur les touches au cas où quelqu'un lirait ses mouvements ou voudrait relever ses empreintes digitales. »

« Ce n'est pas un braquage au distributeur. »

« Exactement. »

« Donc, celui qui l'a tué a eu un bonus auquel il ne s'attendait probablement pas. »

« Si c'était un contrat, on lui aurait dit de prendre l'argent et les papiers d'identité pour faire croire à un vol. Mais avec trois mille dollars, je suis sûr qu'il n'en a parlé à personne. Remets la vidéo. »

Alors que l'Explorer s'éloignait, j'ai dit : « On dirait bien qu'il y a quelqu'un sur le siège passager. »

« Je ne sais pas. Si c'est le cas, ça n'a pas l'air d'être un homme. Peut-être un gamin ou une femme. »

« Les appuie-têtes sont bien trop grands de nos jours. Repasse-la au ralenti. »

Nous l'avons regardée deux fois de plus, mais nous n'avons rien pu distinguer d'autre. Ce que nous avons appris, c'est que ce n'était pas un retrait forcé, qu'Elby se trouvait à un lieu et une heure précis, et que nous en savions un peu plus sur lui. Il était prudent, du moins avec l'argent. Elby a regardé autour de lui pendant que la transaction se déroulait, et il a essayé d'empêcher quiconque de lire son code PIN.

12

« SALUT, FRANK. J'AI PARLÉ AU DIRECTEUR DE LA CHASE. IL A DIT que Salter avait une limite de cinq mille dollars par jour. »

J'ai attrapé le café que Derrick m'apportait toujours. « Cinq mille ? Ça fait beaucoup de liquide. » J'ai bu une gorgée, et il était parfait.

« Je sais. »

« Eh bien, il n'a pas atteint la limite. Je vais devoir réfléchir à ce que ça peut bien signifier. »

« Annabelle Salter m'a rappelé ce matin. »

J'ai regardé ma montre. Il n'était que huit heures quarante-cinq. « Déjà ? »

« Ouais, elle a appelé à huit heures et demie pile. »

« Tu n'as pas chômé ce matin. »

« Elle a prétendu ne pas savoir si Elby se droguait. »

« Pour moi, ça veut dire non. La femme d'un homme saurait s'il se droguait, tout comme elle saurait s'il la trompait. »

« Sauf s'il ne le faisait qu'avec sa petite amie. »

« C'est une faible possibilité. Je sais que beaucoup de gens se disent consommateurs occasionnels, mais leur définition d'« occasionnel » est beaucoup plus large que la mienne. »

« Peut-être que le liquide était pour un achat destiné à sa petite amie. »

« Ça se pourrait. Annabelle a appelé à huit heures et demie ? »

« Ouais, c'est ce que j'ai dit. »

« Pourquoi ? C'est tôt pour n'importe qui. On dirait une tentative de se montrer coopérative. »

« Ça pourrait être sincère, Frank. C'*était* son mari. »

« On doit en savoir plus sur les assurances-vie dont elle pourrait être la bénéficiaire et sur la teneur de leur contrat de mariage. Tirerait-elle un avantage financier à faire tuer son mari ? »

« Tu penses que c'est elle ? »

« Je ne porte pas de jugement, j'explore les possibilités. »

« À qui va-t-on demander ? À leur avocat ? »

« Non, commençons par Chadwick. Il pourrait nous donner quelque chose, mais avant d'y aller, je veux te parler. »

« Bien sûr, qu'est-ce qu'il y a ? »

J'ai fermé la porte de notre bureau.

« Mary Ann et moi en avons discuté hier soir, et nous aimerions te demander si tu voudrais être le parrain de Jessica. »

« Quoi ? Oh, mon Dieu. Bien sûr. Ce serait un honneur. »

Il s'est levé et m'a pris dans ses bras.

« Super. » Je me suis dégagé. « Nous n'avons pas encore choisi de marraine, mais nous prévoyons de faire le baptême à l'église Sainte-Agnès dans trois semaines. »

« Oh. Qu'est-ce que je dois faire ? »

« Il y a quelques papiers de l'église. Je les apporterai demain. Je voulais juste m'assurer que tu étais d'accord. »

« Je suis plus que d'accord. » Il m'a serré l'épaule. « C'est un privilège. J'adore Jessica, et je serai le meilleur parrain possible, Frank. »

« Je sais que tu le seras, c'est pour ça que je t'ai choisi. Elle va avoir besoin du soutien de gens bien comme toi au cours de sa vie. Les parents ne peuvent pas tout faire. »

« Tourne ici, c'est ce bâtiment. »

« C'est ici que Chadwick Salter a son bureau ? »

« Comme je l'ai déjà dit, les riches le deviennent en gardant un œil sur ce qui sort par la porte. »

Derrick s'est garé sur une place. « Mais ils sont bien plus que riches. Ils pourraient brûler des billets de cent dollars pour se chauffer en janvier. »

« C'est une famille de longue lignée. Personne née dans cette famille n'est obligée de travailler, mais on dirait qu'il y a des exigences pour faire quelque chose, pas seulement se tourner les pouces. J'ai bien aimé la façon dont Warren Buffett a résumé ça, quelque chose comme donner à ses enfants assez d'argent pour qu'ils puissent tout faire, mais pas assez pour qu'ils puissent ne rien faire. »

« C'est une excellente façon de voir les choses. »

En contournant l'arrière du bâtiment, j'ai dit : « On ne joue pas dans la même cour que ces types, mais on ne va pas pourrir Jessie. Si elle veut quelque chose, ça ne sera pas automatique. Je me souviens que je voulais un mini-scooter comme tous les autres gamins, mais même si mon père pouvait en acheter un, il a dit non. Si j'en voulais un, je devais travailler pour l'avoir. Et devine quoi ? La semaine suivante, je livrais des journaux. »

« Ton père était plein de sagesse. »

« Écoute, s'il nous arrive quelque chose, à Mary Ann et à moi, ne va pas gâter Jessica, même si tu as pitié d'elle. »

« De quoi tu parles, Frank ? Tu ne vas nulle part. »

« Espérons-le. »

« Il n'y a pas d'ascenseur ? »

« Non. »

Le bureau était plus animé que lors de ma dernière visite. Chadwick se tenait sur le pas de la porte de son bureau, parlant à un homme plus âgé. Ses épaules se sont affaissées quand il nous a vus. Nous l'avons attendu tandis que l'odeur du café en préparation emplissait le bureau. Une tasse n'aurait pas été de refus, et si on m'en proposait une, j'accepterais.

L'homme aux cheveux gris s'est dirigé vers nous, et Chadwick s'est retiré dans son bureau. Nous étions sur le point de nous faire éconduire sous prétexte d'un contretemps arrangé. Enlevant ses lunettes, cet homme avait l'air d'avoir l'habitude de chasser les importuns.

« Monsieur Salter est extrêmement occupé, messieurs, mais il a quelques minutes à vous accorder. Alors, s'il vous plaît, soyez brefs. »

Derrick a dit : « Absolument. »

« Bien. Allez-y, il vous attend. »

Chadwick s'est levé et nous a accueillis. Sa voix de Barry White me surprenait toujours. Quiconque lui parlait au téléphone ne l'imaginerait jamais en personne.

Derrick a dit : « Merci de nous avoir accordé une place dans votre emploi du temps. Nous avons juste quelques questions rapides. »

« Tout ce que je peux faire pour aider. »

Aucune offre de café. J'ai demandé : « Est-ce que votre frère se droguait ? »

« Non. Je ne crois pas. »

« A-t-il déjà consommé de la drogue dans son adolescence ? »

« Il a fumé un peu de marijuana il y a très longtemps, mais qui ne l'a pas fait ? Elby aimait bien la vodka en grandissant, généralement avec du cranberry. Il en buvait toujours, bien qu'avec du jus de cranberry light ces derniers temps. »

Son sourire s'est effacé lorsque j'ai demandé : « Je suppose que votre frère avait une assurance-vie substantielle. Qui en était le bénéficiaire ? »

« C'est une affaire privée. »

« C'est un mobile possible. Qui bénéficierait de sa mort ? »

« J'ignore si Elby avait des polices d'assurance supplémentaires, mais le protocole familial exige que les produits des assurances sur la vie de ceux qui sont venus au monde en tant que Salter aillent au profit du fonds fiduciaire de la famille Salter. »

J'ai remarqué que Chadwick n'avait pas regardé sa montre une seule fois.

Derrick a dit : « Compris. Mais concernant la distinction entre ceux qui sont nés Salter et ceux qui entrent dans la famille par le mariage, cela signifie-t-il qu'une personne comme Annabelle ne serait pas bénéficiaire du fonds ? »

« Messieurs, encore une fois, nous nous aventurons dans des domaines que pratiquement tout le monde considérerait comme privés. Tout ce que je suis disposé à dire, à ce stade, c'est que des dispositions suffisantes sont prévues pour un conjoint en cas de décès ou de divorce. »

« Votre frère et sa femme avaient-ils un contrat de mariage ? »

« Oui. »

Me souvenant d'une affaire précédente impliquant une famille riche qui utilisait le même avocat, j'ai dit : « Je suppose que le fonds fiduciaire en exige un pour pouvoir toucher les prestations. Est-ce exact ? »

« Oui. »

J'étais curieux au sujet des enfants que les femmes Salter mettaient au monde. S'ils prenaient le nom du père, ils ne viendraient pas au monde en tant que Salter. Je voulais poser la question, mais je savais qu'ils avaient réglé ça. À la place, j'ai demandé : « Je comprends l'aspect de la vie privée et je le respecte, mais pourriez-vous au moins nous donner une idée de ce qu'un conjoint recevrait en cas de divorce ou de décès d'un Salter ? »

« Disons simplement quelque chose pour compléter une existence de classe moyenne. Ils devraient subvenir à leurs propres besoins, mais un certain filet de sécurité serait là. »

« Indépendamment d'un long et heureux mariage ? »

« Le mariage d'Elby n'était ni long ni heureux. »

Derrick a poursuivi : « À quel point connaissiez-vous Cindy Baylor ? »

« Je connais Mme Baylor de nom. »

« Assez pour savoir si elle se droguait ? »

« Vous semblez préoccupés par l'usage de drogues. Y a-t-il quelque chose que je devrais savoir ? »

« C'est nous qui posons les questions ici, Monsieur Salter. Savez-vous si Mme Baylor consommait de la drogue ? »

« Non. Messieurs, j'aimerais avoir plus de temps à vous consacrer, mais je dois y aller. J'ai un rendez-vous dans vingt minutes et je ne peux pas être en retard. »

Nous avons quitté le bureau et, en marchant dans le couloir extérieur vers les escaliers, Derrick a dit : « Désolé, je n'aurais pas dû faire ce commentaire sur qui pose les questions. »

« Ça n'a pas d'importance. On a eu beaucoup d'infos. »

« J'imagine que la femme est hors de cause si elle ne touche pas le gros lot. »

En descendant les escaliers, j'ai dit : « Il y a quelque chose qui me dérange chez Chadwick. Je n'arrive pas encore à mettre le doigt dessus. J'aimerais attendre sur le parking pour voir s'il a vraiment un rendez-vous. »

« Tu veux le faire ? »

« Non, qu'est-ce que ça prouverait ? Nous sommes arrivés à l'improviste. Il n'a peut-être pas de rendez-vous, mais je suis sûr qu'il a des choses à faire, comme nous. »

13

D'IMMENSES GRILLES EN FER SE SONT OUVERTES ET JE SUIS entrée dans Talis Park. C'était à peu près ce qu'on pouvait trouver de plus huppé comme résidence. J'avais entendu dire que c'était encore plus sélect avant que le promoteur ne fasse faillite, et qu'ils aient dû construire tout un tas de petits immeubles et de « coach homes » pour que les comptes y soient.

J'ai attendu que l'allée pavée d'entrée se termine, mais elle débouchait sur une artère principale qui était également pavée. Après avoir longé un grand lac, un pont dont la Toscane aurait été fière est apparu. J'ai traversé le pont pour arriver sur un espace vert circulaire au centre duquel se dressait un obélisque de type Washington Memorial.

Le panneau indiquant le service de voiturier était droit devant. J'ai tourné en rond à la recherche d'une place et je me suis faufilée dans un emplacement même s'il était indiqué *Voiturettes de golf uniquement*. Je ne supportais pas de donner un pourboire à un gamin alors qu'une place de parking se trouvait à deux pas. Un dollar ou deux, ça va, mais de nos jours, on s'attendait à un minimum de cinq dollars. J'étais flic, pas banquière d'affaires.

Un hall élégant donnait sur une cour sobre et menait aux salles de restaurant, qui étaient petites pour Naples mais joliment aménagées. Il n'y avait pas une seule place de libre au bar. J'ai balayé la salle du regard, et une femme s'est approchée de moi pour m'indiquer une terrasse extérieure où se trouvait mon rendez-vous.

Je l'ai reconnu d'après les photos que j'avais vues et je lui ai fait un signe de la main. Ronald Weaver s'est levé de sa chaise en se déplaçant avec l'aisance de l'athlète qu'il avait été. Il avait cinquante-deux ans, mais il avait conservé une silhouette juvénile. Mesurant plus d'un mètre quatre-vingts, Weaver avait les cheveux bruns qui se clairsemaient, mais il était mince, et son polo de golf moulait ses biceps, lui donnant à peine la quarantaine.

Sa main a enveloppé la mienne. J'aimais bien quand un homme me regardait dans les yeux en me serrant la main.

« Dites, je suis vraiment désolé d'avoir été à Phoenix. Je n'y serais pas allé si j'avais su ce qui se passait avec Elby. »

« Je comprends. Aucun problème. »

« Vous voulez boire quelque chose ? Une petite bière ? »

Je convoitais le hamburger à moitié mangé dans son assiette. « Un Coca Light, s'il vous plaît. »

« Ça marche. »

J'ai contemplé la vue. Il y avait une différence dans la couleur des greens et des fairways. On aurait dit que ça avait été manucuré aux ciseaux. Sur la droite, des maisons aussi grandes que le club-house bordaient une rue sécurisée. Beverly Hills en aurait été jalouse.

« Je pourrais m'habituer à cette vue. C'est la première fois que je viens ici. »

« Je fais partie des premiers résidents. Si jamais vous voulez faire une partie de golf, faites-moi signe. »

« Ça me paraît bien, mais je ne joue pas. »

« C'est mieux comme ça. Ce jeu peut être terriblement frustrant. »

« Comment avez-vous atterri ici ? »

« Ça a toujours attiré les athlètes. Un des premiers à s'installer ici, c'était Rocco Mediate, un golfeur pro, et quelques gars des Sox ont acheté des maisons dans le coin. »

« Je crois savoir qu'Elby Salter était un grand fan des Red Sox. »

« Oh oui. Un immense fan. Nous sommes allés au match le jour où il a disparu. »

« Vous êtes resté avec lui tout le temps ? »

Une serveuse a versé mon Coca depuis la canette dans un verre.

« Pas tout le temps. On connaissait tous les deux pas mal de monde, et vous savez, on bouge pendant le match, on jacasse avec untel ou untel. »

« Vous êtes allés au match ensemble ? »

« Non. Elby m'a retrouvé là-bas. Je travaille toujours pour l'équipe, en fait comme recruteur, c'est pour ça que j'étais à Phoenix, pour les Sox. »

« J'avais entendu dire que vous étiez le directeur général. »

« Non, mon titre est directeur général adjoint, mais l'équipe en a deux autres. Je suis un dénicheur de talents, j'évalue les joueurs. Je fais des recommandations sur qui signer. C'est beaucoup plus compliqué qu'avant. Il ne s'agit plus seulement du talent du joueur. Maintenant, on doit équilibrer ça avec ce qu'ils sont payés. »

« Simple curiosité, avez-vous été impliqué dans la décision concernant Peters ? »

Weaver a levé les yeux au ciel. « Oui, et on aurait dit que j'avais envoyé le nouveau-né de quelqu'un dans un autre pays. Vous n'imaginez pas les lettres d'insultes qu'on a reçues. Ça continue d'arriver. J'ai eu besoin d'un service de sécurité pour aller à ma voiture pendant deux semaines. »

« Pour un joueur ? Certaines personnes prennent ce truc du sport un peu trop au sérieux. »

« C'était une décision facile à prendre. Le type était surpayé ; il voulait plus de vingt millions par an. On a ce gamin, Sanchez, en Triple-A ; il est exceptionnel. Je pense qu'il sera prêt pour la cour des grands d'ici la pause du match des étoiles. »

« Ça semble prometteur. Quand êtes-vous arrivé au stade ce jour-là ? »

« J'étais au stade vers onze heures ce matin-là. »

« Vous êtes partis ensemble ? »

« Non, j'ai dû partir plus tôt. Je ne sais plus ; c'était peut-être à la sixième manche ou quelque chose comme ça ; je devais aller voir un gamin qui joue pour les Twins. »

« C'était à quelle heure ? »

« Il était probablement à peu près quatorze heures trente ou quinze heures. »

« Vous avez déjeuné ensemble ? »

« Non, on a juste pris une bière et des cacahuètes. »

« Elby a bu une bière ? »

« Pas en entier. Écoutez, ne le prenez pas mal. J'adorais Elby. On était de grands amis, mais il était différent. »

« Dites-moi ce que vous voulez dire. »

« Il voulait s'intégrer par ici. C'est pour ça qu'il a conclu un accord pour déménager l'équipe. »

« Pour s'intégrer ? »

« Écoutez, je savais qu'il n'aimait pas la bière. Il en buvait un demi-verre à chaque fois, mais au lieu de dire non, il voulait être comme les autres. Il lui arrivait même de jurer de temps en temps. Écoutez, ça ne fait pas de lui un mauvais bougre. Il m'aurait donné sa chemise si je la lui avais demandée, et il adorait ce sport. Pour un gamin qui jouait à la crosse, ou je ne sais quoi, il connaissait les tenants et aboutissants du baseball. »

« Avez-vous une idée de qui aurait pu faire ça ? Elby avait-il des ennemis à votre connaissance ? »

Weaver a tracé des lignes dans la condensation qui se formait sur son verre. « La réponse courte est non. Mais est-ce que j'ai des idées folles sur qui aurait pu le faire ? Oui, j'en ai. »

« Rien n'est fou. Dites-moi ce que vous pensez. »

« Eh bien, pour commencer, Cindy Baylor est une croqueuse de diamants, d'accord. Je sais que ça ne fait pas d'elle une meurtrière, mais elle était là pour l'argent. »

« Mais je pensais que c'était une relation symbiotique. Elby obtenait ce qu'il voulait, peut-être le sexe, la compagnie, et elle obtenait de l'argent. »

« Il se plaignait d'elle, toujours à chercher de l'argent pour ceci ou cela. Il pouvait se permettre n'importe quoi, mais il n'aimait pas ça, c'est tout. Ce n'est probablement rien de plus que ce qui se passe tous les jours ici et dans un million d'autres endroits. » Il a fait un geste ample du bras.

Autant j'aurais aimé entendre quelques commérages, autant j'ai dit : « Et son ex-mari ? »

« Oh oui, j'allais l'oublier. Il s'en est pris à Elby quand Elby a commencé à se taper sa femme. Elby l'a pris au sérieux, et a même calmé le jeu avec elle pendant un petit moment. »

« S'en est pris ? Qu'est-ce qu'il a fait ? »

« Le type a suivi Elby partout avec sa voiture. Il essayait de l'intimider. Il est même venu au stade un jour. »

« Il harcelait Salter ? »

« Je suppose que c'est comme ça qu'on pourrait dire. »

« Qu'est-il devenu ? »

« Je ne sais pas exactement. Peut-être qu'il a fini par comprendre que sa femme était une garce. »

« Peut-être. »

« Vous savez, en parlant de harcèlement, Elby est sorti avec cette Française, Marie quelque chose. »

« Redoux ? »

« Oui, c'est elle. Alors, vous êtes au courant pour elle ? »

J'ai hoché la tête. « Dites-moi ce que vous savez. »

« Quand Elby a rompu avec elle, elle n'a pas voulu lâcher l'affaire. Elle le harcelait, l'appelant à toute heure de la nuit. Elle a même appelé Annabelle. »

« A-t-elle fait des menaces à votre connaissance ? »

Il a secoué la tête. « Non, juste qu'elle a très mal vécu la rupture. »

« Compris. Et quelqu'un d'autre ? »

« Friedman exaspérait Elby au plus haut point. Je veux dire, c'est une autre sangsue. Il a harcelé Elby pour qu'il avance l'argent pour l'entreprise de compléments alimentaires. Ce type n'était rien d'autre qu'un escroc. »

« Est-ce qu'Elby a déjà dit quelque chose sur lui ? »

« Oh oui, tout le temps. Il était furieux du flot continu de conneries qu'il recevait de Friedman. »

« C'est pour ça qu'il a fini par fermer l'entreprise ? »

« Je ne sais pas. Elby n'en a jamais beaucoup parlé. Je sais qu'il avait des problèmes avec le comté, mais je ne suis pas sûr. J'étais juste content qu'il se soit débarrassé de cette sangsue. »

« Il a rencontré Friedman par votre intermédiaire, n'est-ce pas ? »

« Pas du tout. Johnny Heights et moi étions amis, pas vraiment proches, mais on se voyait de temps en temps. Il connaissait Friedman. Comment il pouvait traîner avec Friedman me dépasse. Mais c'est comme ça qu'Elby s'est retrouvé embarqué avec lui. »

« D'accord. Je comprends qu'Elby aimait tromper sa femme. Et pour les autres femmes ? »

« Son problème, c'est que c'était toujours des femmes mariées. Je ne sais pas, peut-être que ça lui semblait plus sûr. Il y avait une nouvelle femme dans le circuit. Je crois qu'elle s'appelait Sue. Il allait la voir le soir où je suis parti pour Phoenix. »

« Le jour de sa disparition ? »

« Ouais. »

« Mais Cindy Baylor a dit qu'elle avait un rendez-vous avec lui ce soir-là. »

« C'est ce qu'il m'a dit. Peut-être qu'il allait planter Cindy. »

« Et elle était mariée ? »

« Oui. Comme d'habitude. »

« Et ce n'était pas son premier rendez-vous avec elle ? »

« Non, il l'avait déjà vue. »

« Pouvez-vous me dire autre chose sur cette femme ? »

« J'aimerais bien, mais je ne sais rien de plus sur elle, à part qu'il semblait fou d'elle. »

« C'était inhabituel ? »

« Oui, Elby était comme un lycéen quand il m'a parlé d'elle. »

« Et elle était bien mariée ? »

« Oui. C'était son mode opératoire. »

J'ai eu du mal à quitter une vue aussi paradisiaque, mais je devais donner suite à ce que Weaver m'avait dit. Peut-être que j'accepterais un jour l'offre de golf de Weaver.

14

C'ÉTAIT LE TROISIÈME JOUR D'AFFILÉE QUE JESSICA DORMAIT quand je suis rentré à la maison. J'ai marché sur la pointe des pieds pour ne pas déranger Mary Ann en me dirigeant vers le berceau. Elle était magnifique. Je lui ai caressé le visage et elle a bougé. J'ai déplacé sa main, et elle a ouvert les yeux. Elle m'a souri. Je me suis penché et je l'ai prise dans mes bras au moment où Mary Ann entrait dans la pièce.

« Qu'est-ce que tu fais ? »

« Elle était réveillée. »

« Non, pas du tout. Je t'ai vu la réveiller, sur le babyphone. »

Je l'ai soulevée au-dessus de ma tête. « Regarde, elle sourit. »

« C'est toi qui la recouches. Bon courage. »

Mary Ann a quitté la pièce, et j'ai posé Jessie sur notre lit. Je me suis allongé à côté d'elle et j'ai joué avec elle pendant vingt bonnes minutes avant de la remettre dans le berceau. Alors que je retirais mes vêtements de travail, elle s'est mise à pleurer.

Je l'ai reprise dans mes bras, et cinq minutes plus tard, elle dormait à poings fermés. Je suis sorti de la chambre sur la pointe des pieds.

« Elle dort comme un loir. »

« Je n'en reviens pas. Elle ne fait jamais ça. »

« Que veux-tu que je te dise ? C'est la magie de papa, voilà tout. »

« Ouais, c'est ça. Allume le barbecue. »

En attendant que le gril chauffe, j'ai pris le *Naples Daily News*. Il y avait la photo de trois hommes lors de la cérémonie d'inauguration des travaux pour un nouvel hôpital à East Naples. Leurs visages me disaient quelque chose, mais je n'arrivais pas à les situer.

J'ai reposé le journal et j'ai vérifié le gril, puis ça m'a frappé. C'étaient les mêmes hommes que sur les photos du bureau de Chadwick Salter. J'ai lu leurs noms : Robert Hamlet, Michael West et Marshall Bingham. J'ai lu l'article. Ces hommes étaient de riches habitants de Naples qui finançaient le projet à des conditions avantageuses, car ils étaient convaincus que la communauté avait besoin d'un autre établissement médical.

C'était un article optimiste sur des membres fortunés de la communauté qui prenaient le relais pour combler un vide alors que les banquiers se montraient trop gourmands pour garantir le projet. J'étais reconnaissant de vivre dans un si bel endroit pour élever Jessie.

CINDY BAYLOR A FEINT LA SURPRISE EN ME VOYANT, MAIS ELLE s'est souvenue de mon nom. Elle portait un jean, des tongs et un chemisier blanc qui laissait entrevoir sa lingerie fine. Elle était un aimant à hommes.

« Oh, inspecteur Luca, quelque chose ne va pas ? »

Si : votre petit ami a été retrouvé mort avec une balle dans la tête.

« J'ai quelques questions supplémentaires. »

Quand elle s'est écartée, j'ai remarqué un gros diamant qui pendait à son oreille. Il y avait dans l'air une odeur de cannelle qui m'a fait penser au lait de poule. Nous nous sommes installés dans les mêmes fauteuils bas qui entouraient sa table basse en Lucite.

« Je crois comprendre que votre ex-mari était contrarié par votre liaison avec Elby Salter. »

« N'est-ce pas une réaction courante ? »

« Probablement, mais ce qui est moins courant, c'est de proférer des menaces. »

« Fred est impulsif. Il a perdu son sang-froid et s'est défoulé. Ce n'était rien de plus. »

« Je crois savoir qu'il harcelait M. Salter. Que savez-vous à ce sujet ? »

Elle a laissé tomber une tong de son pied. « Elby m'a dit qu'il pensait que Fred le suivait partout, mais je lui ai répondu qu'il inventait. Elby était paranoïaque à ce sujet. »

« J'ai un témoin qui confirme que votre ex-mari le harcelait. »

« Quoi ? Vous pensez que Fred a tué Elby ? »

« Nous examinons toutes les relations de M. Salter. »

Elle a croisé les jambes. « J'imagine que cela m'inclut ? »

« La dernière fois que nous nous sommes vus, vous avez dit avoir utilisé l'argent de votre accord de divorce pour acheter la maison de Mercato. Mais ce n'était pas vrai, n'est-ce pas ? C'est Salter qui vous a donné l'argent pour l'acheter, non ? »

Son visage a rougi. « Je ne mentais pas. Le divorce prenait trop de temps, alors Elby m'a prêté l'argent. »

« Oh, une sorte de prêt-relais ? »

« Oui, un prêt-relais. »

« Avez-vous déjà remboursé le prêt de M. Salter ? »

« Euh, j'allais le faire, mais Elby a dit de ne pas m'en inquiéter. »

Elle devenait meilleure en interrogatoire, donnant une réponse qui ne pouvait pas être vérifiée.

« Vous a-t-il promis quoi que ce soit s'il lui arrivait quelque chose ? »

Elle s'est penchée en avant. « Qui vous a dit ça ? Chadwick ? »

« M. Salter vous a-t-il fait des promesses ? »

« Elby disait beaucoup de choses, mais rien de ce que vous insinuez. »

« Que savez-vous de Robert Friedman ? »

Elle a levé les yeux au ciel. « Comment il a pu passer à la télé restera toujours un mystère pour moi. On sentait son baratin à des kilomètres. »

« C'est un bon vendeur. Il a convaincu Elby de s'associer avec lui. »

« Elby ne parlait presque jamais de ses affaires. Nous avons rencontré Friedman dans un restaurant une fois ; c'est la seule fois où je l'ai vu. Il n'arrêtait pas d'appeler Elby « partenaire » et Elby n'aimait pas ça. »

« Salter avait toute la réussite qu'on peut imaginer, et pourtant l'entreprise qu'il avait avec Friedman a échoué. Savez-vous pourquoi ? »

« Comme je l'ai dit, il ne me parlait pas de ses affaires. Il disait seulement qu'il avait un dîner d'affaires le quinze de chaque mois. Il ne pouvait jamais rien faire avec moi parce qu'il devait se rendre à cette réunion. »

« Il n'a jamais mentionné de problèmes avec Friedman ? »

« Pas que je sache. »

« Saviez-vous que Salter voyait une autre femme ? »

La couleur a quitté son visage. Cela suggérait-il qu'elle n'était pas une croqueuse de diamants ?

« Je... je ne sais pas. Vous en êtes sûr ? »

« Elle s'appelait Sue. »

« Depuis combien de temps ça durait ? »

« Plusieurs semaines avant qu'il ne soit assassiné. »

Ses épaules se sont affaissées. « Ce n'était probablement qu'une aventure... »

« Permettez-moi de vous demander, aviez-vous vous-même des aventures ? »

« Pour quel genre de femme me prenez-vous ? »

J'étais en train de me faire une idée du genre de femme qu'elle était, mais la question à laquelle j'allais tout faire pour répondre, c'était de savoir si le tableau allait virer au noir.

15

JE SUIS RETOURNÉ À MON BUREAU APRÈS AVOIR FAIT LE POINT SUR l'affaire Salter avec le shérif Chester. Il était aussi perplexe que moi de voir que la presse ne montait pas l'affaire en épingle. Le shérif voulait résoudre l'affaire avant que la famille ne commence à faire pression.

Il a bien précisé que nous devions passer à la vitesse supérieure et trouver le tueur rapidement. Chester se représentait aux élections dans deux ans, et je savais qu'il ne voulait pas qu'une famille puissante vienne semer la zizanie.

La douleur dans mon ventre a refait surface tandis que je descendais les escaliers. Elle était légère, mais toujours inquiétante. Était-ce la pression que Chester me mettait qui en était responsable ? Peut-être que ce n'était rien d'autre qu'un ulcère. Je préférerais une ribambelle d'ulcères plutôt qu'un cancer. Je suis entré dans notre bureau et Derrick a dit : « Frank, j'ai enfin réussi à joindre Marie Redoux. Elle n'était pas là. »

« Et elle n'avait pas pris son téléphone avec elle ? »

« Elle était en France pour voir de la famille. »

« D'accord. Il faut qu'on la voie. Allons-y. »

« Elle travaille ; on va y aller. »

Auberge était un restaurant français traditionnel près d'Imperial Golf Course Boulevard. Alors que nous nous garions sur le parking du centre commercial où se trouvait le restaurant, je me suis demandé si Elby Salter était membre du club de golf privé et s'il l'avait rencontrée en venant déjeuner.

Il y avait un client solitaire qui prenait un déjeuner tardif à une table en terrasse. Derrick m'a tenu la porte et je suis entré dans un espace sobrement décoré. Mary Ann et moi étions allés à Paris, et l'endroit me rappelait un bistrot où nous avions mangé le jour où nous avions visité Versailles.

Je me demandais comment étaient les moules ici, tandis que Derrick demandait à un commis de salle d'appeler Marie. Je n'avais jamais aimé les moules auparavant, mais elles étaient sur tous les menus que nous avions vus en France, et au final, elles s'étaient avérées bonnes. Le problème, c'est qu'il me fallait une miche de pain pour me sentir assez rassasié.

Un bar sur ma gauche a attiré mon attention. Il était garni de pâtisseries et de piles colorées de macarons. Il y avait un casier à vin sur la droite, et j'examinais les étiquettes quand j'ai entendu des pas approcher.

Marie Redoux était grande et se déplaçait avec l'assurance que j'avais remarquée chez les Parisiens. Elle portait une robe champêtre qui épousait ses hanches voluptueuses. Si elle s'était maquillée, ce n'était pas visible. Redoux n'était pas d'une beauté renversante, mais elle était séduisante et avait un joli sourire.

Elle a dit quelque chose en français à un commis de salle avant de me saluer avec un accent.

« Asseyons-nous là-bas. » Redoux a désigné une table dans un coin, près de la fenêtre. « Je peux vous offrir quelque chose ? Un *café* ? »

Nous avons décliné et nous nous sommes assis sur des chaises de bistrot en bois.

J'ai dit : « Je crois comprendre que vous étiez en France. Comment s'est passé votre voyage ? »

« Très bien, mais il faisait froid. Ça fait du bien de rentrer. »

J'aurais pu l'écouter parler toute la journée. Est-ce que ça deviendrait agaçant à la longue ?

« Vous êtes née en France ? »

« Oui, à Fécamp, sur la côte normande, au bord de la mer. Vous connaissez peut-être Le Havre ? C'est tout près. »

J'ai décidé que sa voix ne me dérangerait jamais. « Je n'y suis allé qu'une fois, surtout dans la région parisienne. »

« La France est un beau pays, mais la situation politique me fatigue. Ce n'est pas le meilleur endroit pour élever ma fille. »

Je voyais bien comment Elby Salter avait pu tomber sous le charme de son sourire. « Je crains de ne pas y connaître grand-chose. Bon, je crois comprendre que vous avez eu une relation avec Elby Salter. »

Elle a hoché la tête.

« Comment l'avez-vous rencontré ? »

Elle a souri. « Il était à un rendez-vous galant, ici même, à cette table. »

Derrick a dit : « Il était avec une autre femme, et il vous a abordée, devant elle ? »

« Elby a été discret. Il avait des questions sur la carte des vins. Nous n'avons que des vins français. Je suis venue à la table et j'ai fait une recommandation qu'il a acceptée. Il a demandé au serveur de me faire venir. Elby n'arrêtait pas de parler du vin, mais je savais qu'il s'intéressait à moi, et quand il est allé aux toilettes, il m'a demandé mon numéro. »

Après que Derrick a marmonné quelque chose sur le culot de Salter, il a demandé : « C'était il y a combien de temps ? »

« Il y a un an et demi. »

J'ai dit : « Nous croyons savoir qu'il a mis fin à votre relation, et que vous l'avez mal vécu. »

« Non, non. Il était temps que ça se termine. Chaque chose a son temps, et le nôtre était révolu. »

Derrick a poursuivi : « Pourquoi l'avez-vous appelé trois fois la veille de sa mort ? »

« Parce que j'avais une bouteille du même vin que je lui avais recommandé le soir de notre rencontre. J'étais un peu ivre et d'humeur mélancolique. »

Sa réponse est venue trop vite ; elle semblait répétée. J'ai demandé de quel vin il s'agissait, en partie pour voir si elle mentait et en partie pour voir si je pouvais en trouver une bouteille pour l'essayer.

« Un Chêne Bleu, leur Abelard 2012. »

Je voulais savoir de quelle région de France il venait, mais j'ai demandé : « Nous avons parlé à des gens qui étaient au courant de votre relation avec M. Salter, et ils disent que vous avez mal supporté la rupture, que vous n'arrêtiez pas d'appeler M. Salter et que vous avez même appelé sa femme. »

« Eh bien, ça ressemble à quelque chose que son frère dirait. »

« Ça ne venait pas de Chadwick Salter. Alors, avez-vous appelé Elby Salter après la fin de votre relation ? »

« Ça devient ridicule. Est-ce que j'ai été contrariée par la dureté dont Elby a fait preuve à mon égard ? Oui. Ça a pris quelques semaines, mais je m'en suis remise. »

« Je comprends. Savez-vous qui aurait pu faire ça à Elby ? »

« Eh bien, ce n'est pas moi. J'étais en France à ce moment-là. »

Un vieux proverbe français m'est venu à l'esprit : qui s'excuse, s'accuse. Son voyage en France était-il l'alibi parfait ?

16

Fred Baylor ne voulait pas qu'on se revoie dans son bureau. J'ai compris et j'ai accepté de le retrouver au Grouper and Chips. Après tout, il faut bien manger. Le petit centre commercial qui abritait ce restaurant populaire se trouvait de l'autre côté de la rue du NCH Downtown.

Baylor attendait près de la porte d'entrée. Nous avons décidé de prendre notre déjeuner et de nous asseoir à une table en extérieur. Le restaurant était plein. La plupart des tables étaient occupées par des gens en tenue de bloc. Ils étaient là pour la nourriture, pas pour la décoration.

Les murs étaient peints d'un rose vif qui s'accordait avec un sol rouge et un comptoir vert fluo où nous avons passé notre commande. Mary Ann n'était nulle part en vue, alors j'ai demandé une barquette de mérou frit avec des frites et un Coca light. Baylor a opté pour une assiette de mérou noirci.

Nous nous sommes installés sur des chaises en plastique autour de la table la plus éloignée. Tout en mangeant, nous avons parlé de la météo (il faisait chaud), du baseball (l'entraînement de printemps battait son plein) et des rumeurs selon lesquelles une grande chaîne hôtelière allait construire une autre tour en face de l'historique Tin City.

La mention de Tin City par Baylor était intéressante. C'était un autre exemple de l'influence des Salter. Dans les années 1920, les bâtiments aux toits de tôle de Tin City étaient la plaque tournante du commerce et des transports. C'était le cœur de l'industrie de la pêche de Naples, avec des usines de transformation du poisson et des chantiers navals.

Alors que la structure économique de la région s'éloignait de la pêche, la menace que Tin City soit remplacée par des complexes résidentiels était bien réelle. Désireux de préserver cette zone historique, les Salter sont intervenus, conservant son charme de la vieille Floride tout en la transformant en un mélange de boutiques, de restaurants et d'activités nautiques.

C'ÉTAIT DIFFICILE DE FAIRE MIEUX. JE SUPPOSE QUE C'EST POUR ça que le fish and chips était si populaire en Angleterre. J'ai refermé ma barquette vide avec une pointe de culpabilité. Je devais voir le médecin le lendemain, et il voulait que je mange sainement. Dès que Baylor a fini son déjeuner, j'ai dit : « J'ai encore quelques questions à vous poser sur vous et Elby Salter. »

Il m'a regardé, mais n'a rien dit.

« Vous avez admis l'avoir menacé. Je crois que vous avez dit que c'était par frustration à cause de la liaison de votre ex-femme, mais que c'était tout. »

« Oui, c'est exact. »

« Comment se fait-il que vous ne m'ayez pas dit que vous traquiez Elby Salter ? »

« Ce n'était pas de la traque. C'est ridicule. »

« Alors, c'était quoi ? »

« Je l'ai juste suivi un peu, c'est tout. Vous savez, dans ma voiture. Je tournais en rond, je faisais en sorte qu'il me voie. »

« Ne l'avez-vous pas également suivi dans le JetBlue Stadium ? »

Il a soupiré. « Ça, c'était stupide. J'ai fait une erreur. J'étais furax, c'est tout. »

« Vous êtes sûr qu'il n'y avait que ça ? »

« Oui, bien sûr. Je me sens comme un con. Je veux dire, Cindy n'en valait même pas la peine. Elle le trompait aussi. »

« Votre ex-femme avait une autre liaison pendant qu'elle était avec Elby ? »

« Ouais, vous y croyez ? Je vous jure qu'elle n'était pas du tout comme ça quand on s'est mariés. Je ne sais pas ce qui a bien pu lui arriver, mais ce n'est pas la femme que j'ai épousée. »

« Si ce n'est pas indiscret, qui était l'homme avec qui elle trompait Elby ? »

« Je ne connais pas son nom de famille, mais je l'ai entendue au téléphone un jour parler à un certain Chad. »

Un morceau de mérou frit m'est remonté dans la gorge. Était-ce possible que ce soit Chadwick Salter ? Je devais analyser les possibilités, mais il y avait une question plus importante à poser : « Où étiez-vous la nuit du vingt février ? »

Il s'est raidi. « Vous ne pensez quand même pas que j'ai quelque chose à voir avec ce qui est arrivé à ce type, si ? »

« Répondez à la question, s'il vous plaît. Où étiez-vous cette nuit-là ? »

« C'était quel jour de la semaine ? »

« Un mardi. »

« J'étais chez moi cette nuit-là. »

« Vous en êtes sûr ? »

« Ouais, aucun doute. Le lundi, je vais au bowling avec une bande de potes. On est dans une ligue et, enfin, on a tendance à forcer sur la boisson. Le mardi, je me le garde pour récupérer. Je ne récupère plus comme avant. »

Je savais exactement ce qu'il voulait dire par là. Ma propre résistance à l'alcool avait aussi atteint ses limites.

« Vous êtes resté chez vous toute la soirée ? »

« Oui. »

« Est-ce que quelqu'un est passé et peut en témoigner ? »

« Non. J'étais seul, juste à regarder la télé. »

Pourquoi avais-je envie de le croire ? Était-ce parce que sa femme l'avait pris pour un con et que je compatissais ? Il n'avait pas été honnête avec moi, cachant son harcèlement envers Salter, mais était-ce le signe que c'était un tueur ?

J'AVAIS JESSIE SUR MES GENOUX, ET ELLE SE TENAIT ASSISE BIEN droite, sans beaucoup de soutien. « Regarde-moi ça. Bientôt, elle va marcher. »

« À la vitesse où le temps passe, tu as probablement raison. Je n'arrive toujours pas à croire qu'elle va avoir cinq mois la semaine prochaine. »

« C'est fou. Tu sais, si tu veux rester à la maison avec Jessie, on peut se le permettre encore six mois si tu veux. »

« Je ne veux pas continuer à puiser dans nos économies, Frank. Il ne nous restera plus rien si je ne retourne pas travailler bientôt. »

« Ce serait bien d'avoir un an de congé payé au lieu des trois mois que tu as eus. Mais j'imagine que ça coûterait beaucoup trop cher. »

« Nous devons décider ce qui est important. Je n'aurais pas pu imaginer laisser Jessica après seulement trois mois. Je serais dans tous mes états, à m'inquiéter pour elle au travail. »

« Je veux que tu sois à la maison avec elle le plus longtemps possible. On peut y arriver, et plus elle grandira, plus ce sera facile de la laisser à quelqu'un. Peut-être que tu pourras y aller progressivement, disons trois jours par semaine au début. »

« Je ne sais pas. À la vitesse où elle grandit, je pense qu'à six mois, ça ira pour que je retourne travailler. »

C'était dans environ cinq semaines. J'espérais que ce serait assez de temps, non seulement pour que Jessie fasse la transition, mais aussi pour que je résolve ce qui me rongeait de l'intérieur. Qu'elle reprenne le travail pendant que j'étais sur la touche n'allait pas beaucoup aider nos finances, sans parler de mon état mental.

17

LA SALLE D'ATTENTE DU DR BROWN ÉTAIT BONDÉE. JE ME SUIS inscrit et j'ai remarqué quelqu'un qui portait une de ces fines cravates en lacet. C'était Frank Morgan, qui avait assuré un court intérim en tant que shérif quand Joe Liberi était tombé malade.

Morgan était né et avait grandi à Naples, et il n'aimait pas beaucoup les changements qu'il voyait dans sa ville natale. J'étais un nouveau venu dans le sud-ouest de la Floride quand il remplaçait le shérif, et il m'a mené la vie dure, me considérant comme un étranger. C'était étrange de le voir ici, pas seulement parce que c'était hors contexte, mais aussi parce que l'affaire de meurtre que j'avais résolue pendant son mandat impliquait les Boggs, une autre famille riche.

Morgan fixait ses santiags quand j'ai dit : « Shérif Morgan. Comment vas-tu ? »

« Luca ? Comment tu vas, mon garçon ? »

« Bien, shérif. Et toi ? »

« Je deviens sacrément vieux, voilà tout. Qu'est-ce que tu fiches ici ? »

Avait-il oublié mon cancer de la vessie ? « Je viens tous les six mois. Ils doivent me garder à l'œil. »

« Oh, mince, désolé, j'avais oublié tes problèmes. »

« Et toi ? »

« Ma foutue prostate qui déconne. Je ne peux pas dormir une heure sans aller pisser. »

« Désolé. »

« T'en fais pas pour ça. Tu travailles sur l'homicide de Salter ? »

« Ouais. Mais ce n'est pas une mince affaire. »

« Les Salter sont une famille de la vieille souche. Ils sont là depuis plus longtemps que la mienne. »

« J'ai entendu dire qu'ils étaient là depuis la création de l'État. »

« Et je vais te dire, sans eux, cette ville et toute la côte sud-ouest n'auraient pas cette allure. Ils se sont assurés qu'on ne deviendrait pas un autre foutu Miami. »

« Comment ont-ils fait ça ? »

« Ils ont collaboré avec d'autres promoteurs et propriétaires terriens pour s'assurer qu'un plan d'urbanisme était en place. Ils ont limité les gratte-ciel et veillé à ce que les infrastructures précèdent les constructions. »

« Eh bien, on dirait qu'ils ont gagné beaucoup d'argent en faisant ça. »

« Ouais, beaucoup d'argent, mais il y a eu des tragédies. »

« C'est dommage, il n'avait que cinquante-trois ans. »

« Je ne parle pas d'Elby. Je parle du vieux, Prescott, de sa sœur, Florence ; elle a disparu quand j'étais adolescent. »

« Ouah. Je ne savais pas ça. Qu'est-ce qui lui est arrivé ? »

« On ne l'a jamais retrouvée. Si tu veux mon avis, c'est parce que les Salter n'ont jamais coopéré avec la police. »

« Pourquoi auraient-ils fait ça ? »

« Aucune idée. Ils ont sorti le couplet sur la vie privée, mais ça n'avait aucun sens pour moi. »

« Tu penses qu'ils étaient impliqués d'une manière ou d'une autre ? »

« Je ne sais pas vraiment. Après avoir été dans la police un certain temps, j'ai jeté un œil au dossier, mais il n'y avait rien. »

« Il était vide ? »

« Non, juste rien de concret. »

La réceptionniste a appelé le nom de Morgan, et nous nous sommes dit au revoir. Attendre les vingt minutes avant qu'on ne m'appelle a été facile, car je ressassais ce que Morgan avait dit. Y avait-il un lien entre le meurtre d'Elby et la disparition et la mort présumée de sa tante ? Quelle était la probabilité que deux membres d'une même famille connaissent des fins inexplicables ?

Fouiller dans l'histoire de la famille Salter était quelque chose que j'avais envie de faire. Mais que pourrais-je apprendre des générations précédentes de leur clan ? Ce serait intéressant, mais probablement une perte de temps.

Le Dr Brown semblait sérieux. Savait-il quelque chose que j'ignorais ?

« Qu'est-ce qui vous tracasse, Frank ? »

« J'ai une petite douleur au ventre. »

« Montrez-moi où. »

J'ai touché là où ça faisait mal. « Par ici. Vous pensez que ça a un rapport avec ma nouvelle plomberie ? »

« Enlevez votre chemise et allongez-vous sur la table. »

Le papier qui recouvrait la table d'examen a immédiatement collé à mon dos.

« Défaites le bouton de votre pantalon. »

Je savais que c'était un médecin, mais entendre une voix masculine donner cet ordre était gênant. J'ai rentré le menton dans la poitrine et je l'ai regardé enfoncer deux doigts dans mes entrailles.

« Dites-moi quand vous sentez quelque chose. »

J'ai senti une légère traction, mais pas de vraie douleur. Il s'est déplacé vers le bas de mon abdomen.

« Aïe. Ça fait mal. »

Il a appuyé de nouveau. « Ici ? »

« Ouais. »

Penché, le Dr Brown a silencieusement sondé la zone. Puis il s'est redressé et a attrapé une paire de gants.

« Descendez de la table et baissez votre pantalon, Frank. »

« Qu'est-ce qui se passe ? »

« Je veux vérifier quelque chose. »

S'il me disait de poser les coudes sur le lit, je prendrais mes jambes à mon cou. J'ai baissé mon pantalon et il m'a dit de tourner la tête vers la droite et de tousser. Il a mis une main gantée sur mes testicules. J'ai toussé.

« Toussez encore. »

Je me suis exécuté.

« Tournez-vous vers la gauche et toussez. »

Il m'a de nouveau palpé les testicules, puis il a retiré les gants. « Vous pouvez vous rhabiller maintenant. »

J'ai attrapé mon sous-vêtement. « Qu'est-ce qui se passe, docteur ? Ma nouvelle vessie qui lâche ? »

« Non. Vous avez une hernie. »

« Une hernie ? »

« Oui. On dirait que vous avez une hernie incisionnelle. Si vous vous souvenez, je vous avais dit que vous deviez faire des exercices pour la région abdominale après l'opération, pour renforcer les muscles. Vous n'en avez pas fait assez, et une hernie s'est développée là où le chirurgien a fait une incision. »

Même s'il critiquait ma condition physique, j'avais envie de l'embrasser maintenant que j'étais rhabillé.

« C'est bien mieux que ce à quoi je m'attendais. »

« Les hernies sont courantes, mais la vôtre aurait pu être évitée si vous aviez suivi les instructions post-opératoires. »

J'ai laissé passer la leçon ; après tout, c'était une hernie, pas un cancer. « Quelle est la prochaine étape ? »

« Une opération pour réparer la déchirure. Ça se fait généralement par laparoscopie. Ce n'est pas très invasif. »

« Combien de temps avant d'être de nouveau sur pied ? »

« Quelques jours, au maximum. Vous aurez mal les deux ou trois premiers jours, mais vous pourrez vous déplacer. »

« Je travaille sur une affaire en ce moment ; est-ce que je peux attendre pour faire ça ? »

« Je ne l'ignorerais pas ; ces déchirures peuvent s'agrandir, et vous aurez alors un problème beaucoup plus important. »

Il ne me faisait pas confiance parce que j'avais manqué quelques jours de salle de sport ? « Je ne vais pas l'ignorer. Je voulais juste savoir si je pouvais reporter l'opération de deux semaines environ. »

« Retarder toute procédure nécessaire comporte un risque, mais si vous estimez que c'est indispensable, je ne laisserais pas passer plus de six semaines. »

Il m'a donné le nom d'un chirurgien, mais m'a dit de vérifier auprès de l'équipe de médecins qui m'avaient retiré la vessie et fabriqué ma nouvelle plomberie.

J'ai quitté le cabinet en me sentant bien. Ce n'était rien de grave, et je serais encore là pour voir Jessie grandir.

18

Devant le tableau blanc de l'affaire Salter, mon dos a commencé à me faire mal. Il ne me donnait rien. J'ai dit à Derrick : « Une des choses les plus utiles que tu puisses faire dans une enquête pour homicide, et c'est simple, c'est de faire le point, de voir ce que tu as, surtout dans les affaires où il y a plusieurs pistes, sans véritable axe principal à suivre. »

« Je me souviens que tu m'as dit ça la première semaine où je suis arrivé. On va faire ça pour Salter ? »

« Yep. » J'ai tapoté la photo d'Elby Salter. « Un homme de cinquante-trois ans, issu de l'une des familles les plus anciennes et les plus riches du comté, a été tué à la manière d'une exécution mafieuse. Marié, pas d'enfants. Il multipliait les liaisons, parfois deux à la fois. Était philanthrope. Aimait le baseball et possédait des parts dans un nombre incalculable d'entreprises. Il avait un partenaire louche. Ce n'est probablement pas juste envers Friedman ; disons plutôt qu'il est visqueux. Il faut l'examiner de plus près. »

« Je vais creuser de son côté. »

« Bien. Maintenant, il pourrait y avoir un lien entre son

meurtre et ses histoires de cul. Quelque chose de passionnel ou motivé par l'appât du gain. »

« Cindy Baylor. Salter lui a donné l'argent pour acheter la maison du Mercato. C'est un mobile à un million de dollars. »

« Mais Salter ne semblait pas vouloir récupérer l'argent. Peut-être qu'il considérait ça comme le prix à payer. »

« Ouais, mais il avait cette nouvelle femme. Peut-être qu'il allait larguer Baylor et voulait récupérer son argent. »

« Ces gens valent des milliards. Je n'imagine pas qu'il se soit pris la tête avec elle pour l'argent de la maison. Ça doit être plus que ça, bien plus. Personne dans cette affaire n'est du genre à tuer pour de l'argent, à moins que ce ne soit un paquet de fric. Un gros versement d'assurance, ou aussi fou que ça puisse paraître, un accès à un compte en banque ou quelque chose comme ça pour elle s'il mourait. »

« Je ne vois pas comment elle aurait pu tirer de l'argent de sa mort. Elle avait besoin de lui pour financer son train de vie. »

« Tu as raison. Mais il y a une infime chance qu'il ait mis quelque chose en place pour s'occuper d'elle. »

« Tu crois ? »

« J'en doute, mais on doit garder l'œil ouvert. »

« Et son mari ? »

« Tu sais, avant qu'il ne me dise qu'elle trompait Elby, il était presque en haut de la liste avec cette histoire de harcèlement. Mais maintenant, je ne pense pas qu'il ait fait plus que ce que n'importe quel homme blessé aurait fait. »

« Pas moi. Si ma femme me trompe, c'est terminé. Je la rayerais de ma vie en une seconde. »

Derrick était trop jeune pour comprendre comment les gens peuvent se retrouver complètement chamboulés. « Ce n'est pas aussi simple que tu le penses. Je suis d'accord avec toi, mais c'est beaucoup plus compliqué que ça. »

« Qu'est-ce qu'il y a de si compliqué dans le fait qu'une femme trompe son mari ? »

« Je ne dis pas que c'est acceptable et que tu devrais lui pardonner, mais tu dois regarder la situation dans son ensemble. C'est tout ce que je dis. Ne nous égarons pas. On doit fouiner un peu et voir si on peut trouver des preuves que Fred Baylor a été vu hors de chez lui cette nuit-là. »

« On devrait faire une enquête de voisinage. Voir ce qu'on peut déterrer. »

« Confie ça aux gars sur le terrain. Va voir McQuire. Dis-lui ce qu'il nous faut. »

« Maintenant ? »

« Non. On n'a pas fini de tout éplucher. Il y a quelque chose avec cette famille. J'ai croisé le shérif Morgan : c'est un ancien ; il est né ici. Il m'a raconté un truc sur la famille Salter. Il y a des années, une sœur du père d'Elby a disparu et n'a jamais été retrouvée. »

« Vraiment ? Tu penses que c'est lié ? »

« Ce serait fou si ça l'était et je ne vois pas comment. Mais il y a quelque chose avec cette famille. Ils ont l'air d'être des gens assez sympathiques, mais je n'arrive pas à mettre des mots dessus... »

« Ils sont riches à crever. J'ai un peu parlé de l'affaire à Lynn après qu'on a découvert qui il était, et elle a dit qu'elle les connaissait de l'époque où elle était à Orlando. Ils possèdent une tonne de propriétés là-bas, des milliers d'hectares de plantations de canne à sucre et un tas de programmes immobiliers. Tu sais, elle m'a même dit qu'ils avaient fait don du terrain sur lequel est construit le Centre spatial Kennedy. »

« Tu plaisantes ? Le Centre spatial ? »

Le téléphone a sonné et Derrick a répondu. Il s'est levé en secouant la tête et a raccroché.

« On a un autre cadavre. »

« Où ? »

« Naples Dock. Un type allait sortir sa famille en mer, et quand il est descendu, il y avait un corps. »

———

Le quai principal était bouclé par un ruban jaune. Une foule de plaisanciers et de touristes badaudait. Nous nous sommes faufilés sous le ruban, avons signé le registre et nous nous sommes dirigés vers un groupe de policiers à une cinquantaine de mètres. L'odeur de diesel imprégnait l'air.

C'était la première fois que je revenais ici depuis l'affaire du Serenity. Un lien des plus ténus reliait les deux affaires : des gens riches et des bateaux. Mais c'était comme ça que mon esprit fonctionnait. J'ai écarté cette idée alors que nous arrivions à la poupe du bateau où se trouvait le corps.

C'était un Viking de sept mètres cinquante avec une petite cabine. Un joli bateau, mais rien de comparable à ceux que possédaient les gens de Keewaydin Island. Un homme chauve en short et en chaussures bateau parlait aux agents. Nous devions voir la scène avant de parler à qui que ce soit.

Nous avons enfilé des gants. Derrick a sauté à bord et m'a tendu la main. Je l'ai refusée. En tirant sur l'amarre pour rapprocher le bateau, la douleur dans mon ventre a explosé. Pensait-il que je devenais trop vieux pour sauter comme lui ? Ou prenait-il en considération la hernie que j'avais ?

J'ai ouvert le loquet de la porte en teck menant vers le bas. Une paire de pieds dans des chaussures noires était visible. Les escaliers en inox étaient plus raides que le K2. En descendant, je me suis tenu aux deux rampes. Les chaussures étaient reliées à des jambes dans un pantalon noir. J'ai fait un pas de plus. La zone de la taille était visible. Les mains du cadavre étaient liées.

Une flaque de sang autour de la tête de la victime avait une teinte plus foncée. Elle ne s'étalait plus. Cela semblait être une balle tirée à la base du crâne, tout comme pour Salter. J'ai posé mon autre pied au sol, m'avançant vers le corps. Était-ce une autre exécution d'un homme riche ?

Derrick s'est précipité dans les escaliers pour entrer dans l'espace minuscule. « Putain. C'est exactement comme Salter. »

Accroupi près de la tête, j'ai dit : « Pas tout à fait. Ce pauvre con avait un chiffon enfoncé dans la gorge. »

Derrick a fait le tour pour me contourner. « Il ressemble presque au type du portrait-robot, non ? »

Il avait raison. Le mort ressemblait à l'homme que l'artiste avait dessiné, celui qui était présent sur la scène du meurtre d'Elby Salter. Serait-ce le même homme ? Si oui, qui diable était-il ?

19

Mary Ann a dit : « Je vais lui donner un petit bain rapide. »

« Maintenant ? Elle est déjà grincheuse. »

« Tout le monde l'a prise dans ses bras aujourd'hui. Et un peu d'huile sainte a coulé dans son cou. Dieu merci, ça n'a pas touché sa robe. »

« Elle était magnifique dans sa robe de baptême. »

« Elle est sur le lit. Accroche-la, s'il te plaît. Je veux la faire conserver. »

Avait-elle l'intention d'avoir un deuxième enfant ? « Pour quoi faire ? »

« Pour qu'elle l'ait quand elle sera plus grande. Peut-être qu'un de ses enfants la portera. »

Jessica n'a même pas six mois et Mary Ann parle déjà de son futur bébé ?

J'ai accroché la robe de dentelle et je l'ai admirée. Elle était superbe : du satin blanc avec des ornements en dentelle brodée. Son prix et sa longueur m'avaient d'abord agacé, mais je n'aurais pas pu imaginer Jessie dans autre chose.

Pendant que je mettais un short et un T-shirt, j'ai entendu

Mary Ann couvrir Jessie de baisers. Elle est entrée dans la chambre. Jessica était emmitouflée dans une serviette. Elle sentait merveilleusement bon. Je lui ai volé un baiser pendant que Mary Ann l'habillait avec un pyjama couvert de lettres de l'alphabet. Les yeux de Jessie n'étaient plus que des fentes. Mary Ann l'a couchée et, quelques secondes plus tard, elle dormait.

Mary Ann s'est effondrée dans un fauteuil du salon, et je me suis étalé sur le canapé.

« C'est un ange, Frank. »

« Je sais. Elle n'a même pas pleuré comme les autres enfants quand le prêtre lui a fait l'onction. Cette petite a un super caractère. Elle tient ça de son père. »

« Ouais, c'est ça. Monsieur Lunatique. »

« Ça s'appelle avoir une personnalité riche. »

« Tu es impossible. »

« Et Derrick ? Il est génial avec Jessie, n'est-ce pas ? »

« C'est un type bien. Et j'aime beaucoup Lynn. Elle veut être mère. Je parie qu'ils feront un enfant tout de suite. »

« Quand est-ce qu'ils se marient ? »

« L'année prochaine. En avril, je crois. »

« C'est bien. »

« Tu n'as plus aucune excuse maintenant que Jessica est baptisée. »

« Une excuse pour quoi ? »

« Pour te faire opérer de ta hernie. »

Pff.

―――――

J'ÉTAIS EN RETARD AU TRAVAIL ET JE SUIS ENTRÉ DANS LE BUREAU à pas lents.

Derrick a demandé : « Ça va ? »

« Ouais. »

« Tu marches comme si t'avais un balai dans le cul. »

« Cette foutue chirurgienne n'y est pas allée de main morte pendant l'examen. »

« Certains médecins sont comme ça, non ? »

« Pourquoi ? Je ne le saurai jamais. »

« Qu'est-ce qu'il a dit ? »

« C'est une "elle". Mon opération de la hernie est prévue dans deux semaines. »

« Je ne sais pas si je pourrais laisser une femme médecin me tripoter à cet endroit. »

Je me suis laissé tomber sur une chaise. « Après ce que j'ai vécu avec mon cancer de la vessie, plus rien ne peut me gêner. »

« Tu as raison. Écoute, j'ai le témoin qui a aidé pour le portrait-robot qui vient jeter un œil au corps retrouvé sur le bateau. »

« Bien. Mais il nous faudra toujours une identification. »

« Je sais. Au fait, j'ai passé quelques coups de fil ce matin au sujet de Friedman, et il semblerait qu'il ait des problèmes financiers. »

« Intéressant. Comment quelqu'un a pu flamber tout l'argent qu'il a dû gagner avec ces téléachats, ça me dépasse. »

« Ça, c'est s'il a vraiment gagné de l'argent. J'ai entendu dire qu'au moins la moitié de ces produits ne se vendent jamais suffisamment pour couvrir les coûts de production. »

« Peut-être que s'ils les diffusaient à une heure raisonnable, ils auraient une chance de rentrer dans leurs frais. »

Derrick a attrapé sa veste. « J'y vais. Tu vas te la couler douce ? »

« Non. Je vais voir Chadwick. »

La maison du frère d'Elby n'était ni aussi grande ni aussi bien entretenue. Cependant, elle possédait un porche qui semblait faire le tour de la bâtisse. Une longue piscine rectangulaire était animée par quatre jets d'eau arqués qui me rappelaient des boucles submergées. Je n'ai jamais aimé les fontaines, mais celle-ci était jolie.

En me garant à côté d'une Mustang bleue, j'ai remarqué quelqu'un assis sur le porche. C'était Chadwick. Apparemment, non seulement je n'entrerais pas dans la maison, mais je ne pourrais même pas contempler le Golfe pendant que nous parlerions.

Le crissement du gravier sous mes pieds se mêlait au bruit de la fontaine. J'ai jeté un œil aux marches ; il n'y en avait que trois. J'allais serrer les dents. La rampe était rugueuse. Avant que j'atteigne la deuxième marche, Chadwick s'est approché.

Nous nous sommes serré la main et il a dit : « Asseyons-nous par ici. »

Je l'ai suivi jusqu'à deux causeuses aux coussins fleuris. Sur la table en osier à plateau de verre qui séparait les sièges se trouvaient une coupe de fruits, une assiette de sandwichs assortis, un pichet de limonade et un autre d'eau. Il n'était que onze heures du matin. Chadwick avait-il préparé ma visite, ou est-ce que les Salter vivaient mieux que je ne l'avais imaginé ?

Je me suis enfoncé dans un canapé, le bruit de l'eau me plongeant dans une sorte de mini-transe. « Votre propriété est très agréable. »

« Elle est dans la famille depuis des années. Mon grand-père vivait ici. »

« Et avoir votre frère juste à côté a dû être agréable. »

« Ça l'était. »

La façon dont il l'a dit laissait entendre le contraire.

Il a enchaîné pour masquer son trouble : « D'ailleurs, si vous avez faim, n'hésitez pas. »

« Merci. »

« Que puis-je faire pour vous, inspecteur ? »

Je me suis penché en avant. « Avez-vous une liaison avec Cindy Baylor ? »

Chadwick a tourné la tête vers la fenêtre derrière lui. Elle était fermée. Il a baissé la voix. « Inspecteur Luca, vous êtes chez moi. Votre question est non seulement inappropriée, mais elle n'a aucun rapport avec le meurtre de mon frère. »

J'ai murmuré : « Vous m'avez menti. Pourquoi ? »

Même à voix basse, on pouvait sentir les ondes sonores de sa profonde voix de basse. « Permettez-moi de vous contredire. Je crois avoir été honnête ; cependant, je ne vois pas l'intérêt de discuter de questions privées. »

« Vous avez une liaison avec la même femme que votre frère assassiné. »

Il a piqué une fourchette dans la coupe de fruits, en a extirpé une bille de melon. Il l'a mangée et a reposé l'ustensile.

« Allez-vous l'admettre ? »

« À moins que vous n'ayez la preuve que cela est lié au décès de mon frère, je ne parlerai pas de ce qui relève de la vie privée. »

« Très bien. »

En attrapant ma limonade, j'ai essayé de donner un sens à la situation. Je n'imaginais pas un adulte tuer son frère pour une liaison. Coucher avec la femme d'un autre était une autre histoire. J'imaginais qu'il y avait un grand nombre de femmes à la disposition des frères Salter. Pourquoi Cindy Baylor ? Elle n'était pas mal du tout, mais ce n'était pas Marilyn Monroe non plus. Était-ce le besoin exaspérant d'intimité qui les avait conduits à partager une maîtresse ?

« Laissez-moi vous poser une question connexe. Fred Baylor s'en est-il déjà pris à vous ou vous a-t-il harcelé quand il a découvert votre liaison avec Cindy ? »

« Il l'a fait pendant un moment. Je ne l'avais pas remarqué au début, mais Cindy l'a repéré une fois, et j'ai su que je devais être prudent. »

« Vous a-t-il déjà menacé ? »

« Pas directement, mais savoir qu'il était là était inconfortable, c'est le moins qu'on puisse dire. »

Donc, il était mal à l'aise parce qu'on l'observait et non parce qu'il trompait sa femme avec celle d'un autre ?

« Parlons un peu des centres d'intérêt de votre frère. »

« Vous voulez dire, à part les Red Sox ? »

« C'était un grand fan, n'est-ce pas ? »

« Il a essayé de les convaincre de s'installer à Collier. »

« Je croyais qu'ils construisaient un nouveau stade ici. »

« Je ne pense pas que ça se fera un jour. »

« Pourquoi ça ? »

« Juste une impression, c'est tout. »

« Concernant les intérêts professionnels d'Elby, je sais que nous avons déjà parlé de Robert Friedman, mais y a-t-il quelqu'un d'autre avec qui il traitait et dont vous jugiez le caractère douteux ? »

« J'en suis certain. Je ne me mêlais pas de ses affaires, mais Friedman est une sangsue. »

Il ne pouvait rien me fournir de concret, seulement une vague impression. J'ai quitté Chadwick en sachant que je devais examiner Friedman de plus près. Mais ce que j'en ai vraiment retenu, c'est qu'il fallait que je découvre qui mentait : Fred Baylor ou Chadwick ? Et pourquoi ?

20

MAINTENANT QUE J'ÉTAIS PÈRE, MA COMPASSION POUR LES parents d'enfants malades s'était accrue. Je n'arrivais pas à imaginer ce qu'il advenait de ceux qui perdaient un enfant. Comment pouvaient-ils surmonter cette perte ? Il s'agissait plus de trouver un moyen de vivre avec le deuil que de le laisser derrière soi.

Le père d'Elby Salter avait très mal supporté la mort de son fils, nous avait-on dit. Je comprenais parfaitement et lui avais laissé du temps avant de lui parler.

J'ai quitté Crayton Road pour m'engager sur Mermaids Bight, une rue sinueuse qui donnait sur Doctors Bay. Tout en pensant que ce devait être cool de dire qu'on habitait dans une rue avec un nom pareil, j'ai aperçu l'eau entre les demeures colossales qui la bordaient.

Près du bout de la rue se trouvait la seule construction de plain-pied du quartier. C'était là que vivait Prescott Salter. Je me suis garé dans l'allée et la porte d'entrée s'est ouverte. Était-ce une domestique ou une infirmière ?

« Vous devez être l'inspecteur Luca. Je suis Emma. Je m'occupe de monsieur Salter. »

« Enchanté de vous rencontrer, Emma. »

« Suivez-moi. Monsieur S. est à l'arrière. »

Elle m'a conduit sur un chemin pavé le long de la maison. En me demandant ce qui, dans l'ADN des Salter, rendait l'intérieur de leurs maisons tabou, j'ai plissé les yeux. La baie scintillait. Ce n'était pas la plus grande maison du quartier, mais je ne pouvais en imaginer une avec une vue plus dégagée.

Un bateau passait sous Harbor Drive, sur ma gauche. À gauche se trouvait Venetian Village. Le bar sur le toit du Bayside était vide. Je me demandais si l'on pouvait entendre sa musique d'ici quand j'ai entendu une baie vitrée coulisser.

Un déambulateur a heurté la terrasse en bois devant Prescott Salter. Emma se tenait tout près, mais n'a pas proposé son aide.

Il a redressé sa frêle silhouette et a tendu une main couverte de taches de vieillesse.

« Prescott Salter, jeune homme. Vous êtes inspecteur, n'est-ce pas ? »

« Oui, monsieur. Brigade criminelle. Je m'appelle Frank Luca. »

« Prenez n'importe quel siège que vous souhaitez, monsieur Luca, sauf celui-ci. »

Emma a tiré une chaise en plein soleil, et Prescott Salter s'y est installé avec précaution.

« Merci, Emma. Je suppose que monsieur Luca aimerait me parler en privé. » Il m'a fait un clin d'œil.

L'aide-soignante s'est dirigée vers la porte. « Je vous laisse entre hommes. Dites-moi si vous avez besoin de moi, monsieur S. »

Prescott a cherché les boutons de son gilet à tâtons alors qu'une légère brise soufflait.

« Vous êtes ici pour mon fils, n'est-ce pas ? »

« Oui, et je voudrais vous présenter mes condoléances pour votre perte, monsieur. »

« Acceptées. Maintenant, pourquoi ne pas en venir à ce que vous voulez ? »

« Dans une enquête, nous aimons parler à ceux qui connaissaient le mieux la victime. Je serais venu plus tôt, mais je comprends à quel point c'est difficile pour vous et je voulais vous laisser le plus de temps possible. »

« La vie est remplie de difficultés. Quand on arrive à mon âge, le simple fait d'aller aux toilettes est un défi. »

Si seulement il connaissait mon histoire. « Vous avez l'air de vous en sortir plutôt bien. »

On a frappé doucement et une porte coulissante s'est ouverte. Emma portait un plateau avec un pichet de thé glacé. Elle l'a posé sur la table et nous a servi des verres. Elle m'a regardé. « Il n'est pas sucré. Il y a du sucre dans le sucrier. »

Elle a disparu dans la maison, et Prescott a attrapé le sucrier et a versé une cuillerée dans son verre.

« Maintenant, allez-y, inspecteur, avant qu'elle n'essaie de me faire faire la sieste. »

J'ai bu une gorgée et j'ai reposé le verre. « Vous semblez être un homme qui aime aller droit au but. »

« En effet. Je n'ai jamais vraiment compris toutes ces discussions tortueuses dans lesquelles les gens s'engagent pour en arriver à ce qu'ils voulaient vraiment dire. »

Être inspecteur serait frustrant pour lui. « Qui, selon vous, aurait pu assassiner votre fils ? »

Il a essuyé une goutte de condensation qui était tombée de son verre sur son gilet. « J'ai quatre-vingt-trois ans, inspecteur. Comment le saurais-je ? »

« J'espérais que vous auriez quelques éclaircissements sur ses affaires. »

« Mon fils était un homme adulte. Il prenait ses propres décisions. »

« Approuviez-vous ces décisions ? »

Ses yeux noisette ont lancé un éclair. « Vous ne semblez pas dénué d'intelligence, inspecteur. Vous devriez savoir que deux personnes ne peuvent jamais être d'accord sur tout. »

Pas dénué d'intelligence ? « Monsieur Salter, je suis sûr qu'un homme de votre intellect comprendrait le sens de ma question. »

« Touché, inspecteur. »

« Y avait-il des décisions professionnelles particulières avec lesquelles vous étiez en désaccord ? »

« La famille Salter possède de vastes actifs dans tout le Sud-Est et en Floride, où nous sommes installés depuis la création de ce grand État. Mes fils, comme les fils de mes ancêtres, font des erreurs. C'est aussi simple que cela. Ce sont des hommes adultes et, comme nous tous, ils doivent vivre avec les conséquences. »

Cela semblait en contradiction avec l'homme et la famille qui avaient créé un trust avec des règles. Mais c'était un vieil homme qui faisait face à la perte de son fils. C'était peut-être sa façon de gérer la douleur.

« Je crois savoir que vous avez perdu une sœur il y a des années. »

Il a cligné des yeux deux fois. « Le but de votre visite est-il de ternir le nom des Salter ? »

« Absolument pas, monsieur. Je suis un inspecteur de la brigade criminelle qui enquête sur le meurtre de votre fils. Je ne ferais pas mon travail si je n'explorais pas toutes les pistes liées à une affaire. »

« Florence a disparu il y a plus de quarante ans. Voilà pour votre lien, inspecteur. »

Emma est sortie de la maison. « Excusez-moi, monsieur S., c'est l'heure des pilules. »

Elle lui a donné une poignée de médicaments et l'a regardé les avaler avant de retourner à l'intérieur.

« Ne vieillissez pas, mon garçon. »

« Y a-t-il quelque chose sur lequel vous pensez que nous

devrions nous pencher ? Une personne ou une affaire qui pourrait avoir un rapport avec le meurtre de votre fils ? »

« J'y ai réfléchi plus qu'à toute autre chose dans ma vie. C'était insensé. Elby était un bon fils, pas parfait, mais qui diable l'est ? »

« Je vous remercie de votre temps, monsieur Salter. Nous allons résoudre cet homicide. »

Il a tendu une main. « De préférence, rapidement et discrètement. »

21

MARY ANN EST SORTIE DE LA CHAMBRE, SES CHEVEUX ET JESSICA enroulés dans des serviettes. Depuis le canapé, j'ai dit : « Amène-moi la crevette. »

Mary Ann a placé Jessie dans mes bras. J'ai inspiré profondément. L'odeur d'un bébé tout propre était une ode à la vie. Jessie avait les yeux lourds.

« Dis bonne nuit à Papa. »

J'ai embrassé ma fille et l'ai rendue à Mary Ann, qui a demandé : « Qu'est-ce que tu regardes ? »

« Oh, ça, c'est super intéressant. C'est un documentaire sur un groupe secret appelé le groupe Bilderberg. Tu me connais, je ne suis pas du genre à gober les théories du complot, mais ce groupe existe depuis le début des années cinquante. »

« Et qu'est-ce qu'ils font ? »

« D'après le docu, ils sont très impliqués dans les politiques publiques mondiales. Ils prennent des décisions qui ont un impact sur tout le monde. »

« Comment ça se fait qu'on n'ait jamais entendu parler d'eux ? »

« Ils sont obsédés par le secret. »

« Et que fais-tu de ton dicton, comme quoi le seul moyen de garder un secret à deux, c'est quand l'un des deux est mort ? »

« Très drôle, Mary Ann. Regarde, tu verras ce que je veux dire. Ces types ont des gardes armés à leurs réunions et des avions qui survolent la zone pour tout sécuriser. Ils ne veulent aucune couverture médiatique. »

« Oh, allez, Frank. Tu crois à ça ? »

« C'est vrai. Il y a toutes sortes de gens puissants là-dedans. »

« Comme qui ? »

« Beaucoup d'hommes d'affaires et de familles puissantes. Même des personnalités du gouvernement comme Ben Bernanke, le type qui était à la tête de la Réserve fédérale. Il en était membre. »

« Vraiment ? Et qu'est-ce qu'ils font à ces réunions ? »

« Personne ne le sait vraiment, mais ils disent qu'ils se réunissent pour discuter de ce qu'ils veulent voir mis en place dans le monde, des trucs comme un gouvernement mondial ou une monnaie unique. Un peu comme ce qu'ils essaient de faire en Europe. »

« Comment pourraient-ils faire ça ? »

« Ce sont des gens puissants, Mary Ann. Si un type comme Bernanke décide de faire quelque chose avec la politique monétaire américaine, ça se fera, et le monde suivra. Crois-moi. Et disons que si tous les hommes d'affaires se mettent d'accord pour investir dans la transformation de l'eau de mer en eau potable ou pour construire plus ou moins de parcs, ça se fait. »

Une image du vieux Salter m'est apparue dans la tête, et je me suis rappelé ce que le shérif Morgan avait dit : les Salter avaient œuvré pour faire de cet endroit ce qu'il était.

« Il faut que je la mette au lit. »

« Bonne nuit, Jessie. »

Je me suis retourné vers la télé. Le fait que des groupes comme celui-ci existent me fascinait.

IL Y AVAIT UNE TASSE DE CAFÉ SUR MON BUREAU, MAIS PAS DE Derrick dans le bureau. J'ai pris la tasse ; elle était tiède. Tout en sirotant mon café, j'ai parcouru ma boîte de réception, cherchant quelque chose de la part de la police scientifique et me demandant si les Salter faisaient partie d'une organisation secrète.

Rien. Nous n'avions toujours pas d'identification pour le corps de la marina. On aurait dit, de plus en plus, que le cadavre était celui d'un immigré clandestin. Qui était ce type ? Le seul indice que nous avions était un tatouage avec le mot *Libertad* : le mot espagnol pour liberté. Ça n'aidait pas beaucoup à savoir qui il était ni pourquoi il avait été tué.

La seule piste sur le meurtre, si on pouvait appeler ça une piste, était le signalement d'un bateau qui était entré dans la marina tard la nuit précédant la découverte du corps. Il n'avait que ses feux de position allumés et avait été vu quittant la zone du quai où le corps avait été trouvé. C'était tout ce que nous avions. Autant dire rien.

Derrick a déboulé dans le bureau en agitant une poignée de papiers.

« Friedman est endetté jusqu'au cou. Sa maison est en procédure de saisie. »

« Intéressant. »

« Intéressant ? Tu veux savoir ce qui est intéressant ? »

« Accouche, Derrick. »

« Il a intenté un procès à nul autre qu'Elby Salter. »

« Quoi ? C'était quand ? »

« Deux semaines avant son meurtre. »

« Pour quel motif ? »

« Ça, c'est un résumé que j'ai eu du dossier du tribunal. Il affirmait que Salter était revenu sur les promesses qu'il avait faites de verser à Friedman une indemnité de départ s'ils mettaient fin à leur partenariat. »

« C'était dans un contrat ou quelque chose du genre ? »

« Non. Tout était verbal, d'après Friedman. »

« On dirait un moustique qui cherchait à sucer le sang, pariant que Salter paierait pour qu'il le laisse tranquille. »

« Et ça n'a pas marché, alors il l'a tué. »

« Je ne sais pas s'il est passé d'un procès à un meurtre, mais c'est une piste que nous devons suivre. Quelque chose a dû se passer pour motiver Friedman à passer de l'extorsion d'argent à l'assassinat. »

« Il avait besoin d'argent. Quelle autre raison te faut-il ? »

Il avait raison. J'avais mis une bonne part de tueurs cupides derrière les barreaux. « Amen. Il faut qu'on cuisine Friedman. Pourquoi ne nous a-t-il pas dit qu'il avait poursuivi Salter ? »

« Parce qu'il savait l'effet que ça produirait. »

« Je ne sais pas. Donc, il poursuit Salter, et on suppose que ça n'a pas tourné en sa faveur. Friedman n'obtient rien, ou ce qu'il considère comme pas assez, et il est tellement furieux qu'il engage quelqu'un pour tuer Salter. C'est déjà arrivé. Quelqu'un passe par le système pour réparer ce qu'il croit être un tort, et quand le résultat n'est pas celui qu'il attend, il se fait justice lui-même. »

« C'est plus que plausible. En plus, Friedman est un petit malin. »

« Il faudrait qu'il soit désespéré pour passer de baratineur à tueur. C'est un énorme fossé. On doit creuser aussi profond que possible et voir s'il y a des preuves de violence dans son passé. S'il y a quelque chose, alors ça devient un scénario possible. »

« Je m'en occupe, Frank. Je vais voir ce qu'il y a. »

« On doit encore découvrir qui est la nouvelle petite amie d'Elby, Sue. »

« Tu as une idée de comment la retrouver ? »

« Je n'ai jamais rencontré une femme qui ne savait pas qui était sa rivale. »

« Amen. Lynn me reparle encore de Valeria de temps en temps. »

« Je pense qu'on doit commencer par interroger la femme d'Elby, Cindy Baylor, et la Française à son sujet. »

« Peut-être que Weaver connaît d'autres femmes avec qui il est sorti. »

22

Derrick lisait le journal quand je suis arrivé. Il l'a fourré dans un tiroir.

« Salut, Frank. »

« Salut. Tu lis le journal pour te saper le moral ? »

« J'aime me tenir au courant de ce qui se passe dans le coin. Tiens, tu savais que le projet pour le nouveau stade des Red Sox a capoté ? »

J'ai bu une gorgée de café. « Non. Qu'est-ce qui s'est passé ? »

« Un truc avec les promoteurs et le contrat pour le terrain. »

« C'est arrivé quand ? »

« L'article dit que c'était hier. »

« Tu sais, quand je suis allé voir Chadwick Salter, il a dit que ça ne se ferait pas. Mais c'était il y a plus d'une semaine. Comment pouvait-il le savoir ? »

« Ils ont des relations, tu sais bien. »

Ça, je le savais. « Je veux que tu creuses ça ; découvre qui était derrière l'annulation du projet. Qui était impliqué, comment ils ont mis fin à ce qui semblait être une affaire conclue, et pourquoi. Je parie que les Salter sont dans le coup. »

« C'est possible, mais si c'est le cas, quel est le rapport ? »

« Si je le savais, on serait déjà sur cette piste. On verra bien ce que tu trouves. »

Il était possible que cette histoire de stade soit liée. Elby était un immense fan des Red Sox. Il voulait que l'équipe et les joueurs qu'il adorait soient plus proches. Il aurait aussi amélioré son image auprès de l'équipe en montant un projet de nouveau stade plein de commodités.

Avait-il marché sur les pieds de quelqu'un ? De puissants intérêts économiques opposés au déménagement de l'équipe hors de Fort Myers auraient résisté. Ça pourrait être l'un d'eux. Et puis il y avait les gens qui étaient contre l'arrivée de l'équipe à Collier.

Le projet avait-il été contré par la propre famille d'Elby à cause de ses intérêts, et, avec la mort d'Elby, ont-ils enterré le projet ? Des centaines de millions de dollars étaient en jeu. Au bout du compte, le sport était un gros business. Le sport et la loyauté envers une équipe occupaient une place obsessionnelle et malsaine chez une bonne partie de la population. Le déménagement d'une équipe pouvait-il pousser un supporter instable au meurtre ? Pour la plupart des gens, ça semblerait tiré par les cheveux, mais pas pour un inspecteur de la brigade criminelle.

Derrick est entré dans le bureau en secouant la tête.

« Chou blanc. Le type n'a pas pu identifier le corps retrouvé à la marina comme étant l'homme qu'il a vu le soir où Salter a été tué. »

« Merde. J'espérais qu'on aurait une piste sur lui. Comment diable on va résoudre ça si on ne sait même pas qui il est ? »

« Pas la moindre idée. »

« Si ce n'est pas lié à l'affaire Salter, alors on met ça de côté. Tôt ou tard, quelqu'un va se mettre à chercher ce type. Dis à Sally de lancer une alerte à l'échelle de l'État qui corresponde à ce qu'on a sur le corps. Peut-être que quelqu'un a signalé une disparition qui correspond à notre cadavre. »

La salle à manger de Quail Creek était animée et plus bruyante que dans mon souvenir. Je me suis dirigé vers la même table où se trouvait Friedman la dernière fois, et j'ai failli devoir mettre mes lunettes de soleil. Portant une veste de sport jaune, Friedman ressemblait à un canari. Ses facettes en porcelaine brillaient d'un blanc LED tandis qu'il discutait avec une serveuse.

Il a posé un verre de liquide brun contenant une cerise quand il m'a vu.

« Alors, comment ça va aujourd'hui ? »

« Tout va bien, monsieur Friedman. »

« Asseyez-vous. Vous voulez quelque chose ? »

« Non, merci. »

« Quoi de neuf dans l'affaire Elby ? »

« J'ai quelques questions à vous poser. »

Il a bu une gorgée. « Je vous écoute. »

« Comment se fait-il que vous ne m'ayez jamais dit que vous aviez intenté un procès à Elby Salter ? »

« Où est le problème ? Laissez-moi vous dire qu'il était le défendeur dans de nombreuses procédures. »

Il faudrait que j'y revienne. « Contentons-nous de celle que vous avez engagée. »

« Il y a quelque chose qui m'échappe, inspecteur ? Nous étions en affaires et je l'ai poursuivi. Malheureusement, ce n'est pas un événement inhabituel entre partenaires. »

« Vous avez déposé la plainte deux semaines avant qu'il ne soit assassiné. »

« Comment aurais-je pu savoir que quelqu'un allait le tuer ? Ça n'a pas vraiment aidé ma cause, avec lui hors-jeu. »

« Essayiez-vous de lui extorquer de l'argent ? »

« Extorquer ? C'est de la folie. J'ai intenté un procès pour régler nos différends. »

« Mes sources me disent que c'était une plainte abusive visant à pousser Salter à un règlement à l'amiable. »

Les yeux de Friedman se sont plissés. « Abusive ? Avez-vous la moindre idée des promesses qu'il m'a faites ? »

« Je crois comprendre que vous prétendez que ces assurances ont été faites verbalement. »

« Ça ne les rend pas moins valides pour autant. Les tribunaux prennent tout le temps en compte les contrats verbaux. »

« Vous aviez besoin d'argent, n'est-ce pas ? »

« Bien sûr. J'ai soixante-cinq ans. Pourquoi d'autre me serais-je lancé dans une procédure judiciaire si je n'y étais pas obligé ? »

Il avait soixante-sept ans, mais j'ai laissé passer ; ce mensonge était raccord avec ses retouches physiques. « Je crois comprendre que vous avez des difficultés financières. »

« La vie a des hauts et des bas. En ce moment, je suis dans le creux de la vague, mais je vais rebondir. Je le fais toujours. »

« Votre maison est en procédure de saisie. »

« Ce n'est qu'une maison, c'est tout. Je ne me soucie pas des choses matérielles à ce stade de ma vie. »

J'avais envie de lui demander s'il avait déjà pensé à mettre de côté un peu de l'argent qu'il avait gagné. « Avez-vous essayé de régler votre différend avant d'aller au tribunal ? »

« Bien sûr. Il n'a rien voulu entendre. Nous étions amis, pas proches, mais amis quand même. Il me sortait le couplet du « les affaires sont les affaires », disant qu'il devait séparer les choses. »

« Ça a dû vous mettre en colère. »

« Évidemment. »

« Assez en colère pour chercher à vous venger ? »

« Écoutez, j'ai exposé mes griefs à un avocat et nous avons intenté un procès. C'est tout ce que j'ai fait. »

Friedman n'était pas du genre à avoir tiré lui-même sur Salter, mais aurait-il pu engager quelqu'un pour le faire ?

« Vous vous êtes associé à des personnes hautes en couleur au cours de votre carrière. »

Il a soupiré. « Vous allez me parler de l'entreprise de logistique ? C'était il y a vingt ans. »

« Vous étiez associé aux frères Salido, dont l'un purge une peine de prison à perpétuité pour homicide involontaire. »

« Oh, allez. J'avais besoin de services d'entreposage et de préparation de commandes dans le New Jersey. C'est entièrement syndiqué ; on ne pouvait rien faire sans eux. »

« Avez-vous demandé aux Salido de régler un compte pour vous ? »

Ses épaules se sont affaissées. « Non, c'est insensé. Je suis un vieil homme ; combien de temps croyez-vous qu'il me reste ? »

Le temps passait vite, mais Friedman appuyait sur l'accélérateur. « Parlez-moi de certains des autres procès qui ont été intentés contre Elby Salter. »

Sa vigueur est revenue. « Je n'ai pas beaucoup de détails, mais Elby, il avait l'habitude de promettre des choses aux gens, comme il l'a fait avec moi. Ça mettait les gens en rogne. » Il a marqué une pause avant de dire : « J'ai entendu dire qu'il utilisait aussi cette technique avec les femmes. »

« Avez-vous des exemples précis ? »

DERRICK A DÉBOULÉ DANS LE BUREAU AU MOMENT OÙ JE raccrochais le téléphone.

« Je suppose que ce n'est pas une surprise que Chadwick soit l'exécuteur testamentaire de son frère. »

« Ça aurait pu être le père. »

« Non, les gens comme les Salter sont passés maîtres dans l'art de tout planifier. Prescott l'a sans doute été à un moment, mais il a passé le relais. C'est logique. »

« Qu'est-ce que Chadwick a dit ? »

« Pour faire court, tous les actifs d'Elby ont été ou vont être versés dans la fiducie familiale des Salter. Annabelle va toucher quelque chose, mais il n'a pas voulu en dire plus. Ils avaient un contrat de mariage et Elby avait fait un testament. »

« Elle ne peut pas le contester ? Ils ont été mariés une vingtaine d'années. C'est long. »

« Elle pourrait, mais ce serait une perte de temps et d'argent en frais d'avocat. »

« Et le procès Friedman ? Il a dit quelque chose à ce sujet ? »

« Pas directement, mais il a dit quelque chose d'intéressant quand j'en ai parlé. Il a dit que toute procédure judiciaire en cours serait soit classée sans suite, soit réglée à l'amiable s'il y avait une base légale pour le faire. »

« En cours ? Dans combien de procès pourraient-ils être impliqués ? »

« C'est exactement ce que je me disais. Bon, il faut se rappeler que ces gens sont impliqués dans beaucoup d'affaires, et il y a forcément des désaccords. Ce que j'aimerais creuser, c'est la profondeur et la charge émotionnelle de ces différends. »

« On devrait faire une recherche ? »

Je ne voulais pas lui dire qu'on aurait déjà dû la faire. « Oui, je veux voir ce qui existe, tant au civil qu'au pénal. »

J'AI CROISÉ LES BRAS SUR MA POITRINE ET JE ME SUIS POSTÉ DANS un coin de la pièce. La fragile blouse d'hôpital ne faisait pas le poids face à la climatisation. Je n'arrêtais pas de me répéter que c'était une intervention bénigne, mais vu ma bataille contre le cancer, un estomac dérangé était un motif d'inquiétude. Si j'étais aux commandes, je m'assurerais que l'on vous donne un Valium avant de vous faire remplir la paperasse.

C'était difficile de me distraire pendant que j'attendais. Me concentrer sur Jessica n'a duré que quelques minutes. En changeant de position, j'ai repensé à l'affaire Salter. Le fait qu'Elby Salter avait été derrière le projet immobilier du stade devait être un indice important. C'était un projet qui le passionnait, et il a été annulé dans les semaines qui ont suivi sa mort.

Des forces puissantes étaient opposées au projet, y compris sa propre famille. Jusqu'où iraient-ils pour l'empêcher de se concrétiser ? Les ressources à leur disposition ne manquaient pas, mais leur arsenal incluait-il un assassin ?

La réplique que Michael Corleone adresse à Kate dans *Le Parrain* au sujet de sa naïveté quant aux politiciens qui commanditent des meurtres m'est revenue à l'esprit au moment où une infirmière a passé la tête par la porte.

« Venez avec moi, Monsieur Luca. On vous attend maintenant. »

Ils étaient peut-être prêts, mais pas moi. Je me suis traîné derrière elle dans une pièce vivement éclairée et j'ai grimpé sur un brancard. On m'a posé une perfusion, et la dernière chose dont je me souviens, c'est une image de Michael Corleone debout à côté d'une Cadillac noire des années 1950.

« Mary Ann ! Mary Ann ! »

Elle est entrée dans la chambre en tenant Jessie. « Qu'est-ce qui se passe ? »

« Je n'arrive pas à sortir du lit. »

« Quoi ? »

« Chaque fois que je bouge, j'ai l'impression qu'on me plante un couteau dans le ventre. »

« C'est tout à fait normal. Tu ne te souviens pas de ce qu'a dit le médecin ? »

J'ai haussé les épaules. « Aide-moi juste à balancer mes jambes hors du lit. »

« Il faut que tu bouges. Ils te l'ont dit, Frank. »

« Mais ça fait un mal de chien. »

« Ça va aller. Ça va passer. Ne t'inquiète pas. N'est-ce pas ce que tu m'as dit quand j'étais en train d'accoucher ? »

« Ha, ha. Tu sais quoi ? Ne m'aide pas. Je vais me lever tout seul. »

Mary Ann a secoué la tête et a quitté la chambre.

Quoi, elle avait oublié qu'on m'avait refait toute la plomberie ? C'était peut-être pour ça que j'avais si mal. J'ai demandé un petit peu d'aide et elle m'a fait une crise à la sergent-instructeur nord-coréen ?

J'ai déplacé mes jambes centimètre par centimètre jusqu'au bord du lit. En posant une main sur la table de chevet, je me suis redressé aussi lentement qu'une mauvaise herbe. Le pincement était douloureux, mais je n'ai rien dit. Être debout me faisait du bien. J'ai marché à petits pas jusqu'à la salle de bains avec une douleur minime, redoutant de devoir m'asseoir pour pisser.

Heureusement, aller aux toilettes n'a pas été aussi terrible que je l'avais craint. Je me suis lavé et je me suis dirigé vers la cuisine.

« Voilà papa, Jessica. »

Je voulais la prendre dans mes bras, mais le médecin avait dit que je ne devais rien soulever. Je lui ai fait un bisou et j'ai marché nonchalamment jusqu'à la machine à café.

« Tu te sens bien ? »

« Ouais. »

« Tu vois, il suffit de bouger un peu, et dans quelques jours, tu seras de nouveau sur pied. »

Au lieu de répondre, j'ai hoché la tête, j'ai mis une dosette dans la machine et j'ai gardé sa remarque sur le fait de bouger un peu en mémoire pour un usage futur.

ÊTRE À LA MAISON ET NE PAS SE SENTIR AU MIEUX DE SA FORME, ce n'était pas une partie de plaisir. J'aurais préféré travailler. Au moins, le temps serait passé vite, et j'aurais fait quelque chose d'utile de ma journée. M'amuser avec Jessie était sympa, mais je m'ennuyais au bout d'une demi-heure. Je n'étais pas censé conduire ni quitter la maison.

La véranda était l'endroit parfait pour une sieste. Je me suis allongé sur une chaise longue et j'ai espéré pouvoir piquer un somme d'une heure. J'ai essayé de calmer mes pensées, mais cela ne semblait fonctionner que lorsque j'étais mort de fatigue.

Avant même que la pulsation dans mon ventre ne cesse, j'étais de retour à l'affaire Salter.

Il y avait beaucoup de travail à faire. Derrick était en train de mener des interrogatoires, et moi, j'étais cloué sur le dos. Regrettant de m'être fait opérer d'une hernie, je me suis levé lentement et je suis allé dans le bureau. En me connectant à mon ordinateur de bureau, j'ai récupéré un numéro de téléphone et j'ai appelé.

« Fred Baylor ? C'est l'inspecteur Luca. »

« Euh, oui. Comment allez-vous ? »

Il n'avait pas besoin de le savoir. « Bien. Je voulais vous poser une question. »

« Ce n'est vraiment pas le bon moment. Je dois assister à une réunion. »

« Je suis désolé. Ça ne prendra qu'un instant. »

« D'accord, allez-y. »

« Avez-vous suivi Chadwick Salter ? »

« Écoutez, je vous ai parlé de la filature d'Elby. C'était stupide, mais c'est tout. »

« Donc, vous n'avez pas harcelé Chadwick Salter ? »

Une pause assez longue pour lacer une chaussure. « Non, je ne l'ai pas fait. »

« Vous êtes sûr de ne pas vouloir reconsidérer cette réponse ? »

« Je ne l'ai jamais harcelé. »

« C'est marrant, parce qu'il a dit que si, et que votre ex-femme, Cindy, était au courant. »

« Ce n'était pas du harcèlement. »

Ah, le fameux qualificatif si important. « Alors c'était quoi ? »

« Je les ai suivis deux fois ; c'est tout. Puis j'ai réalisé à quel point j'étais un crétin. Elle n'était plus la femme que j'avais épousée. Il fallait que je sois fou pour me soucier encore d'elle.

Faire une erreur une fois, peut-être, mais là, elle était avec quelqu'un d'autre. »

« Je veux vous croire, Fred, vraiment, mais pourquoi ne pas avoir tout avoué la première fois ? »

« Vous savez à quel point c'est embarrassant ? »

« Pourquoi ne me l'avez-vous pas dit ? »

« Je voulais le faire, je le jure. J'avais peur, c'est tout. »

Jurer avait perdu de sa valeur. « Avec tous les mensonges que vous avez racontés, je devrais vous arrêter pour entrave à la justice. »

« Non, s'il vous plaît. Je vous jure, je n'ai rien à voir avec ce qui est arrivé à Elby Salter. »

« Si je découvre que vous avez encore menti, je ne vous lâcherai pas. »

Le fait qu'il ait aussi harcelé Chadwick le faisait descendre d'un cran sur l'échelle des suspects. Baylor était un de ces types qui pensaient pouvoir mentir à la police et s'en tirer. La réalité, c'est que cela discréditait chaque mot qu'ils prononçaient par la suite.

25

J'AI PARLÉ À DERRICK DE L'APPEL ANONYME QU'ON VENAIT DE recevoir.

« Pourquoi ce type a appelé pour ça, Frank ? »

« Je ne sais pas. Peut-être qu'ils peuvent garder une partie de l'argent s'ils n'ont pas à payer d'indemnité. »

« C'est probablement ça. »

« Je m'en fiche. Je suis content qu'il l'ait fait. »

« Elle va toucher dix millions ? »

« Ouais, la valeur nominale de l'assurance-vie était de cinq millions, et le meurtre est considéré comme une mort accidentelle. Ils étaient couverts pour ça, et la prestation a doublé. »

« Ça ressemble à un mobile sérieux, mais cinq millions, ce n'est pas grand-chose pour des gens comme eux. »

« Sans aucun doute, mais n'oublie pas le genre de mariage qu'ils avaient. Ce type se tapait tout ce qui bougeait. Annabelle le savait, mais ne pouvait rien y faire. Peut-être qu'elle se sentait prise au piège. »

« Ouais, si elle divorçait, je suis sûr qu'elle perdrait tout ce qu'ils lui donnaient. »

« Qui payait la prime d'assurance ? Ça devait coûter cher. »

« C'était une police d'assurance-vie au second décès ? Beaucoup de couples mariés ont ce genre de contrat. »

J'étais maintenant marié et je n'avais pas d'assurance-vie. Je craignais que mes antécédents de cancer la rendent hors de prix, mais s'il m'arrivait quelque chose, ou à nous deux, Jessie aurait besoin d'argent. C'était une chose dont je devais m'occuper.

« Non, c'était juste sur elle. Peut-être que la fiducie avait assez d'assurances-vie sur lui. »

« C'est logique d'avoir une assurance-vie quand on est marié. C'est à ce moment-là qu'elle l'a souscrite ? »

« Non, la police a été établie il y a six ans. »

« Qu'est-ce qui a motivé ça ? »

« C'est l'une des questions que je me pose. »

C'ÉTAIT UN AUTRE ENDROIT DONT JE N'AVAIS JAMAIS ENTENDU parler, le Naples Depot Museum. L'ancienne gare ferroviaire était habillée dans un style méditerranéen, malgré sa mission d'informer sur les événements des années folles.

En passant la tête à l'intérieur, j'ai vu Annabelle. Elle parlait à une autre bénévole devant un chariot à mules restauré. Le véhicule en bois avait l'air neuf. Je me suis dirigé vers elle un peu trop vite et j'ai senti une pointe de douleur dans le ventre. Un petit groupe d'enfants était rassemblé devant une exposition interactive. Leur excitation m'a donné envie d'amener Jessie ici.

Annabelle m'a fait un signe de la main.

« Cet endroit est cool. Je ne savais même pas qu'il existait. »

« Je sais. La plupart des gens ne connaissent pas tous les musées que nous avons dans le comté de Collier. C'est un super endroit pour faire du bénévolat. »

« Les enfants ont l'air d'aimer ça. »

« Nous avons un wagon magnifiquement restauré à l'arrière. On se fait une bonne idée de la façon dont Naples est passée d'un village endormi dans les années 1880 à ce qu'elle est aujourd'hui. »

« Quand ma fille sera un peu plus grande, nous l'amènerons. »

« Faites-le-moi savoir. Je lui offrirai le traitement VIP. »

Elle était une personne différente de celle que j'avais rencontrée dans sa maison en bord de mer. « Merci. Et si on parlait dehors ? »

« Merci d'avoir accepté de me rencontrer ici. Avec tous les cartons, la maison est sens dessus dessous. »

« Vous déménagez ? »

« Oui. La maison est au nom de la fiducie. »

« Qui emménage ? »

« Je ne sais pas vraiment. Mais Chad a toujours adoré la maison. »

« Mais il est juste à côté. »

« Oui, mais c'est le joyau de la couronne des Salter. La maison de Chad est, eh bien, disons simplement qu'elle n'est pas aussi prestigieuse. »

« Chadwick est-il du genre jaloux ? »

« Le mot « compétitif » le décrirait mieux. »

Intéressant. « Je vois. Est-ce que Chadwick était opposé à l'implication d'Elby dans la tentative de faire venir les Red Sox dans le comté de Collier ? »

« Au début, Elby a fait une remarque comme quoi il lui mettait des bâtons dans les roues, mais ce n'était rien comparé aux autres cinglés qui sont sortis de nulle part. »

« Qu'entendez-vous par là ? »

« Elby a reçu deux ou trois lettres de menace par courrier au sujet du déménagement de l'équipe. »

« Avez-vous les lettres ? »

« Non. Elby les a jetées. Il ne les a pas prises au sérieux. »

« Et vous ? »

« Pas vraiment. Il m'en a montré une, et on aurait dit qu'un enfant l'avait écrite. Elle disait que l'équipe recevait toutes sortes de lettres de fans en colère pour telle ou telle raison. »

« Les gens prennent leur sport au sérieux. »

« Très vrai, et au détriment des arts. »

« Je voulais vous poser une question sur la police d'assurance-vie de votre mari. »

Aucun signe révélateur. « Qu'y a-t-il à ce sujet ? »

« Il semble inhabituel pour la famille Salter d'avoir une assurance en dehors de la fiducie. »

« Qu'y a-t-il de si inhabituel à ce qu'une femme soit la bénéficiaire de la police d'assurance-vie de son mari ? »

C'était une bonne question, mais j'avais l'insigne. « Je comprends qu'avec la clause d'accident, vous allez toucher dix millions de dollars. »

« Oui, c'est exact. »

« Quand avez-vous souscrit la police ? »

« Il y a environ sept ans. »

« Et vous avez été mariés environ vingt-trois ans, c'est bien ça ? »

« Vingt-quatre. »

« Pourquoi attendre dix-sept ans pour souscrire une assurance-vie ? Elle devait être moins chère quand il était plus jeune. »

« Ce n'est un secret pour personne que nous n'avions pas le meilleur des mariages. Le temps passait, et je me sentais vulnérable, surtout sans enfants. Sans personne pour perpétuer le » – elle a mimé des guillemets avec ses doigts – « nom des Salter, la famille ne me considérait pas. »

« Mais je crois comprendre qu'il y a des dispositions dans la fiducie pour prendre soin de vous s'il arrivait quelque chose à Elby. »

« Écoutez, j'ai gâché des années de ma vie. Ce n'est pas juste.

Au début, tout allait bien. Mais quand il est devenu évident que j'étais incapable de lui donner des enfants, les choses ont commencé à se dégrader. »

« Et vous l'avez poussé à assurer votre sécurité financière ? »

« On pourrait dire ça. Je dirais plutôt que je l'ai mérité. »

« Pourquoi n'avez-vous pas simplement divorcé ? »

« J'aimerais pouvoir répondre à ça. »

« Avez-vous quelque chose à voir avec la mort de votre mari ? »

« Absolument pas. »

« Que croyez-vous qu'il lui est arrivé ? »

« Elby avait des traits de caractère qui allaient forcément lui attirer des ennuis. »

« Vous voulez dire ses diverses liaisons ? »

Elle a commencé à dire non, puis a hésité. « Ça en faisait partie. »

« Qu'alliez-vous dire ? »

« Rien. Je n'ai rien de plus à dire. »

« Allons, madame Salter. Nous enquêtons sur le meurtre de votre mari. Chaque bribe d'information est importante. »

« Elby était un homme bon, mais il avait ses défauts comme nous tous. »

« Était-ce la drogue ou l'alcool ? »

« Non. »

« Le jeu ? »

« Non, Elby avait beaucoup trop de respect pour l'argent. »

« La pornographie ? »

Elle a secoué la tête. « Non. »

Elle cachait quelque chose. Mais quoi ?

« Que savez-vous de la disparition de la tante d'Elby, Florence ? »

« Pas grand-chose. La famille ne parlait presque jamais d'elle. »

« Quelles étaient les suppositions sur ce qui avait pu lui arriver ? »

« Je ne sais pas, mais Prescott a insinué qu'elle n'était pas stable mentalement et qu'elle avait eu des ennuis. »

« Une idée du genre d'ennuis ? »

« Aucune. »

« D'accord. Êtes-vous sûre de n'avoir rien à ajouter au sujet d'Elby ? »

Elle a détourné le regard et a secoué la tête.

Elle dissimulait quelque chose, mais la question était de savoir si cela aiderait l'affaire ou s'il s'agissait d'une affaire personnelle.

26

Derrick et moi avons sauté dans la Cherokee. Avant que j'aie eu le temps de digérer l'entretien avec Annabelle, une faille béante est apparue dans la version de Fred Baylor.

« Comment va ta hernie ? »

« Je la sens à peine. Je sais qu'elle est là, mais elle ne me dérange plus vraiment. »

« Super. Alors, dis-moi ce que la femme de Salter a dit. »

« Il y a quelque chose. Annabelle cachait quelque chose. »

« Qu'est-ce qu'elle a dit ? »

« C'est ce qu'elle n'a pas dit. Ça, et son langage corporel. »

« Ça pourrait être n'importe quoi. Peut-être que le type aimait le sexe un peu hard et qu'elle n'était pas partante. »

« C'est possible. Je n'y avais pas pensé. J'ai posé la question de la pornographie et elle a dit non, mais la façon dont elle a secoué la tête... peut-être que c'était quelque chose dans le genre. »

« Alors, tu ne penses pas qu'il y ait anguille sous roche avec l'assurance-vie qu'elle a touchée ? »

« Non, elle en a parlé de manière trop détachée. Et si on y

réfléchit, c'est assez normal, surtout avec le contrat prénuptial et les limites du trust. »

« Mais c'est dix millions de dollars. Et le timing... »

« Ça pourrait simplement être une question d'âge. Tu as quelques années de moins que moi. Je ne vois plus les choses de la même façon ces derniers temps. Mais ce qui, à mon avis, vaudrait la peine d'être creusé, c'est tout ce qu'on peut trouver autour de la période où la police a été souscrite. »

« C'était il y a sept ans. »

« Donc, si on compte le moment où ils ont fait la demande, le processus de souscription, les examens médicaux... je dirais qu'il faut chercher sur une période allant de sept ans à six mois après sa prise d'effet. »

« Qu'est-ce qu'on devrait chercher, à ton avis ? »

« Tout élément financier qui sort de l'ordinaire. Je ne sais pas ce qu'on peut obtenir sur ce front, mais on doit fouiner. Ça, et tout fait marquant dans la vie d'Elby Salter et de sa famille aussi. Le vieil homme et son frère. »

Derrick s'est garé sur une place devant l'immeuble de bureaux de Fred Baylor.

« Je m'en occupe dès qu'on en aura fini ici. »

J'ai retenu ma respiration en passant devant les fumeurs à l'entrée et j'ai failli percuter Fred Baylor. Tête basse, il tapotait sur son téléphone en sortant de l'ascenseur.

Si quelqu'un avait l'air sur le point de vomir, c'était bien lui.

« Euh, qu'est-ce qui ne va pas ? »

Derrick a dit : « Nous devons vous parler. »

« Euh, je ne peux pas. Je suis en chemin pour voir... euh, voir un client. »

« On peut monter à votre bureau ? »

« Non, non. Ça ne va pas être possible. »

« Il y a un Starbucks à Waterside où nous pouvons aller. »

« Je préférerais ne pas. Comme je vous l'ai dit, j'ai un rendez-vous. »

Derrick a dit : « Nous pouvons faire ça au centre-ville si vous préférez, dans une salle d'interrogatoire. »

Baylor est devenu blême. « Ce n'est pas juste. Je n'ai rien fait. »

J'ai indiqué une table de pique-nique vide. « Pourquoi n'irions-nous pas là-bas pour une petite discussion ? C'est à l'ombre. »

Derrick et moi nous sommes assis en face de Baylor sur des bancs en béton. C'était dur pour mon postérieur, mais la fraîcheur était agréable. Baylor gardait la tête baissée.

« Je sais que je ne vous ai pas tout dit, mais vous devez comprendre à quel point elle m'a pris pour un imbécile. »

J'ai dit : « Assez pour aller tuer Elby Salter ? »

« Je serais incapable de faire une chose pareille. »

Derrick a poursuivi : « Vous avez dit à l'inspecteur Luca que vous étiez chez vous la nuit où Elby Salter s'est pris une balle dans la tête. »

« Oui, c'est là que j'étais. »

« Vous m'avez dit que vous vous en souveniez parce que c'était un mardi, et que vous aviez trop bu au bowling la veille. »

Il a hoché la tête.

« Et vous êtes resté chez vous toute la soirée ? »

« Oui, j'ai juste regardé la télé et je suis allé me coucher. »

Derrick a dit : « Il est temps que vous vous mettiez à table. Où étiez-vous cette nuit-là ? »

« Chez moi. Je le jure. Vous devez me croire. »

« On vous croirait bien, mais nous avons un petit problème : un de vos voisins vous a vu partir en voiture cette nuit-là. »

« Quoi ? Comment est-ce possible ? »

« Vous n'aviez pas compté sur le fait que quelqu'un qui sortait les poubelles vous verrait, n'est-ce pas ? »

« Ce n'était pas moi. »

« Allons, monsieur Baylor, nous avons un témoin oculaire. »

« Je peux tout vous expliquer. »

Nous étions chez nos voisins pour un barbecue. À part le baptême, nous étions restés entre nous, croyant, comme la plupart des nouveaux parents, que nous devions protéger Jessica pour qu'elle n'attrape rien. C'était une petite réunion, juste les voisins sans enfants et l'un de leurs parents.

J'aimais bien Phil et Marlene ; c'étaient des gens simples. Le père de Phil, Marty, était là. À quatre-vingt-douze ans, il était une source d'inspiration. Il avait une meilleure mémoire que moi et marchait presque trois kilomètres chaque jour.

Mary Ann exhibait Jessie comme la petite princesse qu'elle était. Mon cœur s'est gonflé de fierté en voyant Jessie sourire sans cesse. Après avoir charmé nos hôtes, nous nous sommes dirigés vers la véranda.

Le père de Phil a dit : « Frank, venez vous asseoir ici, près de moi. »

J'ai jeté un coup d'œil à Mary Ann. Elle a hoché la tête en signe d'approbation. Je me suis installé dans un fauteuil rembourré à côté de Marty avec mon verre de vin.

« Racontez-moi ce qui se passe au bureau du shérif. Je ne vous ai pas vu depuis juste avant l'évasion de ce tueur en série. »

« On l'a échappé belle. Vous savez, ne le répétez à personne, mais si ces types se contentaient de disparaître, ils auraient une meilleure chance de s'en tirer. »

« Vous savez, j'étais dans la marine avec un type, je crois qu'il s'appelait Bruce ou Brendan. Il était plus âgé que moi, et il était inspecteur à la criminelle, comme vous. Bref, une nuit, nous étions de quart ensemble, et il m'a dit que si quelqu'un allait dans une autre ville et tuait un inconnu, sans aucun témoin, il s'en tirerait à coup sûr. »

Il y avait une part de vérité là-dedans. Nous comptions beaucoup sur les relations pour retrouver les tueurs. « C'est possible, mais maintenant nous avons beaucoup plus d'outils à notre disposition. »

« À l'époque, on ne savait même pas ce que c'était, l'ADN. »

« À bien des égards, ça a complètement changé notre façon de travailler. »

« Alors, vous travaillez sur le meurtre de ce jeune Salter ? »

« Oui, Elby Salter. »

« Comment ça avance ? »

Je ne pouvais pas dire que c'était une catastrophe. « Je crains de ne pas pouvoir discuter d'une enquête en cours. »

« C'est une famille puissante par ici. Ils trempent dans à peu près tout. »

« J'ai entendu dire qu'ils avaient un rapport avec les terres sur lesquelles le Centre Spatial Kennedy a été construit. »

« C'est exact. C'était dans les années soixante, quelques années après l'assassinat de JFK. C'était une époque folle pour le pays. »

« C'est donc vrai qu'ils étaient impliqués ? »

« Oh oui, ça leur a valu beaucoup de bonne presse et de bienveillance. Personne ne pouvait plus rien leur dire après ça. »

« J'imagine qu'ils le méritaient. »

« Ils en avaient certainement besoin à l'époque. Ils avaient une fille qui a causé beaucoup de problèmes et d'embarras. »

« Florence, la tante d'Elby Salter ? Celle qui a disparu ? »

« À mon avis, elle n'a pas simplement disparu. Soit on l'a envoyée au loin, soit on l'a fait enfermer. »

« Vraiment ? J'ai entendu dire que la pauvre femme avait des problèmes de santé mentale. »

« C'est comme ça qu'on appelle ça de nos jours ? Pour moi, elle n'était rien de plus qu'une pédophile. »

« Une pédophile ? Qu'est-ce qui vous fait dire ça ? »

« Mon fils me dirait de ne pas colporter de rumeurs, mais de mon temps, quand il y avait quelques rumeurs, elles finissaient toujours par être vraies. Vous voyez ce que je veux dire ? Il n'y a pas de fumée sans feu. »

« Quel genre de rumeurs avez-vous entendues ? »

« Il y en a une qui date de l'époque où elle était juste adolescente. Elle travaillait dans un camp pour enfants défavorisés, et l'un des enfants a dit quelque chose à propos du fait qu'elle l'avait touché. La jeune Salter a nié, disant que ce n'était pas elle, et peu de temps après, on a commencé à entendre que c'était quelqu'un d'autre, ou que le gamin avait tout inventé. À mon avis, les Salter sont allés voir les médias pour étouffer l'affaire. »

« C'est toute une histoire. »

« Oui, mais ce n'est pas la seule. Les Salter finançaient généreusement des programmes pour enfants à Immokalee, et il y a eu un gros scandale à propos d'une relation sexuelle qu'elle aurait eue avec un gamin qui n'avait pas plus de douze ans. »

« Est-ce que des poursuites ont été engagées ? »

« Elle a été emmenée et interrogée, mais l'affaire a été classée. C'était sa parole contre celle du gamin, et je me souviens que l'avocat avait dit dans le journal que la famille avait poussé le gamin à mentir pour soutirer de l'argent aux Salter. »

« Et il ne s'est rien passé ? »

« Je ne crois pas qu'il se soit écoulé plus d'un mois avant que la nouvelle de la disparition de la jeune Salter ne tombe. »

« Je crois comprendre qu'il n'y a pas eu de véritable enquête. »

« Ça a été dans les journaux, puis ça a disparu. Les Salter ont probablement fait pression pour que l'histoire ne fasse plus la une. »

« Et on n'a plus jamais entendu parler d'elle ? »

« Pas que je sache. C'est pour ça que je dis qu'ils y sont pour quelque chose. C'est un clan puissant. Ils auraient pu la retrouver si elle avait vraiment disparu. »

« Ça peut paraître un peu fou, mais vous en avez vu beaucoup par ici. Pensez-vous que les Salter font partie d'un groupe qui tire les ficelles en coulisses ? »

« Vous voulez dire une société secrète, comme les Illuminati ? »

« Quelque chose comme ça. »

« C'est possible. Il y a cinq ou six familles qui semblent avoir la main sur tout. »

« Comme qui ? »

« Les Hamlet, les West et les Bingham. »

C'étaient les hommes sur les photos dans le bureau de Chadwick.

27

Derrick s'est levé dès que je suis revenu dans le bureau.
« Tu ne m'as jamais dit ce qu'Annabelle avait à dire. »

« Elle a dit qu'il y avait des rumeurs sur la tante de son mari, mais rien de plus. Chaque fois que son nom était mentionné, la conversation changeait de sujet. »

« C'était il y a quarante ans. Je ne vois pas le rapport. »

« À moins qu'on ne trouve autre chose, on devrait se pencher sur la possibilité qu'Elby ait été impliqué dans une sorte de groupe secret. »

« On se croirait dans un film. »

« Je sais, mais tu devrais regarder ce documentaire que j'ai vu sur ces groupes. Je n'arrive pas à me souvenir du nom, mais cherche-le sur Netflix. Ça te fera changer d'avis quand tu verras les noms des gens liés à ces groupes. »

« Je n'en suis pas si sûr. »

« Quand j'ai posé la question à Annabelle, elle n'a pas nié cette possibilité. En fait, elle a dit que, quoi qu'il arrive, Elby se rendait à une réunion le quinze de chaque mois. »

« C'est ce que Cindy Baylor a dit aussi, non ? »

« Ouais, il faut qu'on creuse ça. »

« Où se tenaient les réunions ? »

« Elle n'en avait aucune idée. »

« Il faut qu'on passe Chadwick sur le gril à ce sujet. »

« Sans aucun doute. J'ai une intuition concernant deux ou trois hommes qui pourraient faire partie du groupe. »

« Qui ça ? »

« Il y avait deux types sur une photo accrochée dans le bureau de Chadwick. Ces mêmes hommes étaient dans le journal il y a quelques semaines pour l'inauguration du chantier d'un nouvel hôpital dans l'est. »

« Qui ça ? »

« Attends une seconde. » J'ai feuilleté mon Moleskine. « Robert Hamlet, Michael West et Marshall Bingham. »

« Tu veux aller les voir ? »

« Pas encore. Je vais appeler Chadwick. Pourquoi ne lance-rais-tu pas une recherche pour voir ce que tu trouves sur ces messieurs ? »

J'ai été surpris que Chadwick réponde si vite à mon appel. Je m'attendais à moitié à ce qu'il dise à la réceptionniste qu'il était en réunion.

« J'espère que vous allez bien, inspecteur Luca. »

« Tout va bien, monsieur Salter. Et vous ? »

« Bien, mais très occupé. En quoi puis-je vous aider ? »

« Il me semble qu'Elby et vous assistiez à une réunion le quinze de chaque mois. »

« Je n'appellerais pas ça une réunion, mais on se retrouve tous les mois pour jouer au poker. »

« Au poker ? »

« Oui, on est quelques-uns à jouer au Texas hold 'em. Ce ne sont pas de grosses mises ou quoi que ce soit du genre. »

« Depuis combien de temps ces parties ont-elles lieu ? »

« C'est une longue tradition. »

« Est-ce que votre père y participe ? »

« Euh, oui, la plupart du temps, s'il en a la force. »

« Qui d'autre fait partie du groupe ? »

« Oh, on est un certain nombre. »

« J'aimerais avoir quelques noms. »

« Je suis conscient que les jeux d'argent ne sont peut-être pas légaux, mais c'est une rencontre récréative. Je ne vois pas très bien où vous voulez en venir, inspecteur. »

« Est-ce que parmi les autres personnes, il y aurait M. West, M. Bingham et M. Hamlet ? »

« Pas M. West, mais les autres viennent généralement. Comment le saviez-vous ? »

« Quel est le but de ces réunions ? »

« C'est une réunion amicale. On joue aux cartes et on discute. »

« Si ce n'est que ça, alors expliquez-moi pourquoi Elby mettait un point d'honneur à être présent chaque mois, peu importe où il se trouvait. Il me semble qu'il est rentré plusieurs fois de vacances en avion pour assister à la réunion. »

« Elby était Elby. Je ne peux pas répondre de ses motivations. »

« Depuis le décès de votre frère, la réunion a-t-elle toujours lieu ? »

« Oui. Comme je l'ai dit, c'est une tradition. »

« Où vous réunissez-vous ? »

« Ça varie d'un mois à l'autre. »

« Donnez-moi un exemple. »

« Ça peut être chez l'un des membres ou dans un country-club. »

« Des membres ? »

« C'est une façon de parler, inspecteur. »

« Comment fait-on pour jouer ? J'aime jouer au poker. Je pourrais me joindre à vous un soir ? »

« Oh, j'aimerais bien, mais nous sommes au complet pour le moment. »

« Mais qu'en est-il de la place d'Elby ? »

« Elle a déjà été prise. Je suis désolé, mais je penserai à vous. »

Il utilisait des tactiques de cour d'école. Je l'ai remercié et j'ai raccroché.

LES HOMMES SUR LESQUELS J'AVAIS DEMANDÉ À DERRICK DE FAIRE des recherches venaient de familles qui étaient le reflet des Salter. Les Hamlet possédaient de vastes exploitations laitières et maraîchères dans le Wisconsin et détenaient une banque et des terres agricoles dans toute la Floride. Les Bingham étaient principalement dans le commerce de détail et avaient construit trois des plus grands centres commerciaux au sud d'Orlando. La famille West était composée de promoteurs, tant commerciaux que résidentiels.

Je me suis assis sur les toilettes et j'ai réfléchi en essayant de me forcer à uriner. Quel était le lien entre ces hommes ? Chacun d'eux nous avait servi la même rengaine à propos des parties de poker mensuelles. C'était une raison plausible, mais on ne rentre pas de vacances en avion juste pour jouer aux cartes avec ses potes. Elby ne trompait même pas sa femme le quinze du mois. Il se passait quelque chose de plus qu'une simple partie de cartes lors de ces assemblées.

Il y avait des questions qui nécessitaient des réponses. Combien de personnes y assistaient ? Étaient-ils tous des hommes ? Comment entrait-on dans le groupe ? Était-ce un groupe d'affaires secret ? Tenter de garder leurs transactions au sein d'un cercle restreint avait du sens, et il existait d'innombrables exemples d'entreprises conspirant pour gonfler leurs profits et réduire la concurrence. Était-ce cela ? Ou était-ce quelque chose de plus haut niveau, comme le groupe Bilderberg, qui tentait de contrôler la politique publique ?

Nous devions vérifier les relations politiques que les Salter et les autres entretenaient. Influençaient-ils ou corrompaient-ils des législateurs ? Est-ce que cette affaire allait nous mener à Tallahassee ou à Washington ?

En remontant ma braguette, l'idée que ce soit quelque chose de pervers m'a traversé l'esprit. Était-ce une réunion à caractère sexuel ? Un groupe d'échangistes ou de gens adeptes de pratiques sadomasochistes ? Ou pire, de la pédophilie ?

Après m'être aspergé le visage d'eau, je suis retourné au bureau. L'idée qu'un groupe de personnes prospères puisse devenir la pire racaille que la société ait jamais connue me révulsait. Quel monde pour ma fille.

Derrick était assis sur le coin de son bureau, en train de lire un document. « Tu ne vas pas croire ça, mais une plainte a été déposée contre Elby Salter il y a sept ans. »

« Ah oui. Tu vas me dire pourquoi ? »

« Relations sexuelles avec une mineure. »

28

« TU DÉCONNES ? RELATIONS SEXUELLES AVEC UNE MINEURE ? Qu'est-il advenu de la plainte ? »

« La plainte a été retirée. J'ai ressorti le dossier, et la mère a dit que son enfant avait menti sur ce qui s'était passé. »

« Comment s'appelle cette femme ? »

« Christina Matthews. »

« Et c'était il y a sept ans ? »

« Ouais, la plainte est datée du 11 décembre 2012. »

« Il faut qu'on parle à cette femme. Où est-ce qu'elle vit ? »

« Je suis en train de la localiser. »

« Dis-moi, les Salter, ils ont un défaut génétique ou un truc du genre qui les attire vers les gamins ? »

« Si c'est vrai, c'est vraiment dégueulasse. »

« Je commence à me demander si le groupe qui se réunit le quinze ne tourne pas autour d'un truc sexuel tordu avec des enfants. »

« Tu crois ? Ça fait beaucoup de monde, et ce sont tous des gens influents. »

« Dans le New Jersey, on a démantelé un réseau de porno qui comprenait quelques PDG. L'un d'eux passait son temps à donner des conseils sur CNBC. Je te jure, plus je vieillis, plus je suis convaincu qu'on ne connaît jamais vraiment les gens. »

« Tu as sans doute raison, à quelques exceptions près. Je suis quasi certain de te connaître par cœur, toi, Mary Ann, Lynn et mes parents. »

« Ça, je te l'accorde, mais souvent, les gens voient des signes inquiétants chez les autres et, pour une raison ou une autre, ils les ignorent. C'est pour ça qu'on a plus de tueries de masse qu'on ne le devrait. »

« On vit dans un monde où tout est possible. Surtout dans notre métier. »

« Comme on dit, la réalité dépasse la fiction. Écoute, reste sur cette Matthews. Je vais rendre visite à Annabelle et voir ce qu'elle a à dire à ce sujet. »

ANNABELLE ASSISTAIT À UN DÉJEUNER AU NAPLES GRAND BEACH Resort. L'hôtel se trouvait au bout de Pine Ridge Road, à côté du parking de Clam Pass Beach, où un corps avait été découvert quelques années auparavant. Les détails de l'affaire m'ont traversé l'esprit jusqu'à ce que je me souvienne qu'on m'avait diagnostiqué un cancer au milieu de l'enquête.

Le hall de l'hôtel était luxueux, comme un de ces endroits branchés de New York. J'aimais bien le bar ouvert autour duquel trônait un piano à queue. Je me suis dirigé vers la zone des salles de bal, m'arrêtant en face d'une entrée où l'on pouvait lire « Sauvons nos tortues ». Annabelle consacrait son temps à des organisations caritatives moins connues.

Un flot de femmes sortait de l'événement. La robe rouge d'Annabelle était difficile à manquer ; elle n'était ni tape-à-l'œil ni sexy, mais elle respirait la détermination. Son sourire a disparu quand elle m'a vu assis dans un fauteuil club. Elle a fait la bise à la dame avec qui elle parlait et a fait un signe de tête en direction du hall.

Nous nous sommes installés dans des fauteuils à dossier bas dont le confort était à peine supérieur à celui d'une marche sur des charbons ardents. Je n'ai rien voulu de plus que de l'eau. Elle a commandé de l'eau gazeuse avec une tranche de citron vert et a dit : « Je ne vous attendais pas si tôt. »

« On ne sait jamais quel sera le trafic sur Pine Ridge. Comment s'est passé votre déjeuner ? »

« Bien. Nous levons des fonds pour développer notre programme pour les tortues de mer. Une fois qu'on explique l'importance de la mission, les gens adhèrent au projet. »

« C'est vous qui installez les grillages autour des nids de tortues sur la plage ? »

« Oui, c'est une bonne partie de ce que nous faisons. Nous organisons aussi des nettoyages des plages pour enlever les sacs en plastique et nous patrouillons les plages la nuit pour nous assurer qu'il n'y a pas de braconnage. »

Un serveur a posé nos verres sur la table entre nous.

Elle avait le temps et l'argent, mais j'étais reconnaissant qu'il existe des gens comme elle. Ils pourraient consacrer leur temps et leur fortune à ne penser qu'à eux au lieu d'aider des tortues sans défense.

« C'est bien que vous et vos amies aidiez. »

« Nous faisons ce que nous pouvons. »

« Je dois vous interroger sur quelque chose qui vient d'être révélé. »

Elle m'a regardé en sirotant sa boisson.

J'ai baissé la voix. « Une plainte a été déposée contre votre mari fin 2012 pour relations sexuelles avec une mineure. Je suppose que vous êtes au courant. »

« Elle a été abandonnée. »

« Que savez-vous à ce sujet ? »

« Pour autant que je sache, la jeune fille a inventé ces accusations, et c'est pourquoi la plainte a été abandonnée. »

« Connaissiez-vous la mère de la jeune fille, une certaine Christina Matthews ? »

Elle a pris une autre gorgée pour réfléchir à une réponse. « Pas vraiment. »

« Est-ce un oui ou un non ? »

« C'était une des frasques d'Elby. »

« Votre mari a été accusé de comportement sexuel inapproprié avec la fille d'une de ses maîtresses ? »

Elle a pincé les lèvres et a hoché la tête.

« Pensez-vous que l'accusation était motivée par la vengeance ? Quelque chose du genre : Elby mettait peut-être fin à leur relation et Mme Matthews n'arrivait pas à l'accepter. »

Elle a haussé les épaules.

« Que vous a-t-il dit à ce sujet ? »

« Il n'a pas dit grand-chose, juste que ce n'était pas vrai et que les avocats régleraient ça. »

« Le moment de l'accusation est proche de celui où vous avez souscrit la police d'assurance. Y avait-il un lien ? »

« Un lien entre la souscription de l'assurance-vie et l'accusation des Matthews ? »

« Oui. »

« Non. »

« Que pouvez-vous me dire sur Christina Matthews ? »

« Je préférerais vraiment ne pas discuter d'elle ni de sa liaison avec Elby. C'était il y a longtemps, et je ne la connaissais pas, si ce n'est qu'elle couchait avec mon mari. »

« Je comprends. Puis-je vous demander si vous connaissiez une amie de votre mari, du nom de Sue ou Susan ? »

« Avez-vous son nom de famille ? »

« Malheureusement, non. »

« S'il s'agissait d'une relation récente d'Elby, je ne saurais pas qui c'est. J'en ai eu marre d'être obsédée par ce qu'il faisait, et j'ai décidé qu'il n'allait pas changer et qu'il était temps que je vive ma propre vie. »

« Je comprends. »

« Je ne pense pas que vous compreniez. Personne ne comprend à quel point c'était éprouvant d'être mariée à lui. Si c'est tout ce que vous avez comme questions, j'aimerais y aller. Je suis attendue au musée dans moins d'une heure. »

La façon dont elle avait prononcé le mot « éprouvant » indiquait que ce n'était pas seulement ses maîtresses qui la perturbaient. De quoi s'agissait-il ?

« J'ai juste une dernière série de questions. Je crois savoir qu'Elby aimait jouer au poker. »

« Le poker ? Pas que je sache. »

« Je pensais qu'il jouait avec quelques hommes le quinze de chaque mois. »

« Ce ne serait pas possible, car Elby avait toujours une réunion de travail ces soirs-là. »

« De quel genre d'affaires s'agissait-il ? »

« Il ne me parlait pas beaucoup de son travail, mais il m'a dit une fois qu'il s'agissait de réunions de planification stratégique. »

« De planification stratégique ? »

« Oui, des trucs importants, de haut niveau. »

« Et vous êtes sûre qu'il ne jouait pas au poker ? »

« Je le connais depuis près de trente ans, et je ne l'ai jamais vu jouer ni manifester le moindre intérêt ni pour les cartes ni pour aucun jeu d'argent, d'ailleurs. »

29

CHESTER AVAIT LE VISAGE BOUFFI. « COMMENT SE SONT PASSÉES vos vacances, monsieur ? »

« Oh, elles étaient super, Frank. Vous êtes déjà allé en Italie ? »

Frank. Le shérif était détendu. « Une seule fois, et seulement à Rome. »

Il s'est tapoté le ventre. « Un pays formidable. On a mangé et bu du nord au sud, et un peu partout. C'était incroyable. Je n'ai pas vraiment compris le délire avec Venise, mais Florence, Rome et la côte amalfitaine, mon Dieu, il n'y a pas de plus bel endroit au monde. »

« On dirait que vous avez passé un excellent moment. »

« C'était le cas. Mais toutes les bonnes choses ont une fin, comme on dit. Alors, mettez-moi au courant pour Salter. »

« Nous suivons quelques pistes. Nous avons enfin retrouvé la femme qui avait porté plainte contre Salter pour relation sexuelle avec une mineure. »

« La plainte a été retirée, cela dit, alors soyez prudent avec ça. »

« Oui, monsieur. Elle est en Californie, à Newport Beach. »

Je ne lui ai pas dit qu'elle n'était pas mariée, ce qui ne collait pas avec ce que nous savions des infidélités d'Elby.

« Faites juste attention. Les Salter n'ont pas insisté jusqu'à présent, et je ne veux pas que ça commence. »

« Il semble inhabituel qu'ils ne fassent pas pression pour que l'affaire soit résolue. »

« Ils ne veulent pas de publicité. Vous avez mentionné quelque chose à propos de quelques affaires au civil. »

« Oui, nous avons découvert une série de poursuites civiles contre Elby Salter qui ont été réglées à l'amiable et mises sous scellés. »

« Intéressant, mais mettre un accord sous scellés pourrait simplement être une façon pour la famille de décourager les poursuites abusives. »

Les procès réglés à l'amiable m'ont paru abusifs, mais je ne voulais pas me lancer là-dedans avec lui pour le moment. « C'est possible. Nous allons fouiner un peu, voir ce que nous trouvons. »

« Soyez discret, Frank. »

« Ça peut paraître étrange, monsieur, mais avez-vous déjà entendu parler d'un groupe de familles puissantes et riches, comme les Salter, qui travailleraient ensemble ? »

« Travailler ensemble sur quoi ? Les intérêts commerciaux s'alignent tout le temps. »

« Je n'arrive pas à mettre le doigt dessus, mais je parle d'un groupe secret qui conspire en coulisses. »

« Ne me sortez pas une théorie du complot, Luca. »

« C'est juste qu'il ne fait aucun doute qu'un groupe d'hommes puissants, incluant Elby et son frère, Chadwick, se réunit tous les mois et essaie de faire passer ça pour une partie de poker. S'il n'y a rien de malveillant, pourquoi mentir à ce sujet ? »

« Qu'est-ce qui vous fait croire que cette réunion est illégale ? »

« Rien de concret pour le moment. »

« Alors, assurez-vous d'agir en conséquence. Tout est calme par ici, et je veux que ça le reste. »

« Comment était le shérif ? »

« À part avoir pris un kilo ou deux, il était égal à lui-même : prudent. »

« Il n'a rien bloqué, j'espère ? »

J'ai secoué la tête. « Reprenons ces procès avant d'essayer de voir qui que ce soit. »

Derrick a ouvert un dossier, séparant trois liasses de documents. « Le premier a été déposé le 17 juillet 2014, par une certaine Paula Whiting. Il allègue qu'Elby Salter a porté atteinte à sa réputation, et réclame cinq millions de dollars de dommages et intérêts. L'affaire a été réglée à l'amiable et mise sous scellés le douze août. Même pas un mois plus tard. »

J'ai feuilleté les papiers de Whiting. Il y avait plus d'informations sur un rouleau de papier toilette. « C'est quoi la suite ? »

« Patricia Corning a porté plainte contre Salter le 9 février 2015. Elle a affirmé avoir eu une intoxication alimentaire au South by Southwest, un restaurant appartenant à Salter. Corning a prétendu qu'elle avait dû être hospitalisée, que l'épisode lui avait fait perdre l'envie de manger et qu'elle souffrait de multiples troubles nutritionnels en conséquence. Elle réclamait trois millions. »

« Ce restaurant est toujours ouvert à Fort Myers. Je n'en ai jamais entendu dire du mal. Quelle est la dernière ? »

« Lisa Daly a poursuivi Salter en septembre 2016. Daly avait acheté une maison à Collier Isle, un lotissement que Salter a développé en 2015. Elle a affirmé que la maison présentait des niveaux élevés de radon, ce qui lui aurait causé de l'arthrite

précoce et l'aurait exposée, elle et sa fille, à des niveaux cancé-
rigènes. »

« Elles n'ont pas fait inspecter la maison quand elles l'ont
achetée ? »

« Ou alors, tu aurais pu installer un système pour genre
deux mille dollars pour régler le problème. »

« Ce sont des plaintes bidon. Voilà ce que c'est. »

« Sans aucun doute, mais tu penses que c'est parce qu'ils
sont super riches ? Et peut-être qu'ils font mettre les affaires
sous scellés pour préserver leur vie privée, pour empêcher
d'autres personnes d'essayer de les poursuivre en justice. »

« C'est ce que Chester a dit. »

Le sourire de Derrick m'a presque donné un coup de soleil.
« Vraiment ? »

« Ouais. Ne te monte pas la tête. Chester est peut-être bon
pour évaluer la situation, mais il est un zéro absolu dans la
catégorie des solutions. »

« Je me demande ce que les autres comtés pourraient avoir.
Ça vaudrait peut-être le coup de vérifier dans le comté de
Lee. »

« Il vaudrait peut-être mieux enquêter sur certaines des
autres personnalités très en vue par ici. Voir quels types de
poursuites sont intentées contre elles, en comparaison. »

« C'est une bonne idée, Frank. »

« Peut-être, mais au lieu de ça, enquêtons un peu sur ces
femmes. Voyons ce qu'on trouve. »

30

Derrick a raccroché et s'est levé. « Frank, ils ont retrouvé la voiture d'Elby. »

« Qui l'a retrouvée ? »

« Les douanes effectuaient une inspection à l'exportation sur un conteneur de voitures compressées et ont vérifié le numéro de série. »

« Dans quel port ? »

« Tampa. »

« Ils l'ont immobilisé ? »

« Ouais, l'inspecteur a dit qu'ils avaient émis un avis de saisie. »

« On va devoir envoyer la police scientifique l'examiner. »

« Mec, c'est l'occasion qu'on attendait. Les techniciens vont forcément trouver quelque chose. »

« Espérons qu'on ne se retrouvera pas dans une guerre de territoire à la con avec la Sécurité intérieure pour la garde à vue. »

« On pourrait peut-être demander au shérif de s'en mêler. Il pourrait court-circuiter tout ça. »

« Un homicide est toujours prioritaire. Tant que ça ne fait

pas partie d'un énorme réseau de contrebande surveillé par les fédéraux, ça devrait aller. Mais je ne veux pas perdre de temps à mettre la main dessus. Faisons intervenir Chester. »

« Je vais lui transmettre les détails. »

« Où allait la voiture ? »

« En Chine. Ils l'ont déclarée comme une cargaison de ferraille. »

« Qui s'occupait de l'expédition ? »

« Une entreprise du nom de Sunshine Scrap and Waste. Elle est basée à Sarasota. »

« Va voir le shérif. »

J'ai saisi Sunshine Scrap and Waste sur le portail web du Secrétariat d'État de Floride. J'ai fait défiler jusqu'aux documents de constitution de l'entreprise. Elle appartenait à Liberty Enterprises LLC, basée à Orlando.

Mon cœur s'est emballé quand le nom du propriétaire de Liberty Enterprises est apparu. C'était une entité appelée Hamlet Family Holdings. Serait-ce la même famille Hamlet dont Robert Hamlet faisait partie ?

J'AI INSÉRÉ DANS LE LECTEUR LE DVD QUE NOUS AVIONS finalement obtenu de CVS. J'ai fait une avance rapide jusqu'à 20 h 50, puis j'ai ralenti. Un flux constant de personnes entrait et sortait du magasin.

À 21 h 04, j'ai dû y regarder à deux fois et j'ai appuyé sèchement sur le bouton pause. Un type qui semblait avoir un balai dans le cul s'approchait des portes d'entrée. J'ai zoomé. C'était lui, Fred Baylor.

J'ai appuyé sur lecture. Baylor est entré. Neuf minutes se sont écoulées. Fred Baylor est sorti en se dandinant avec un petit sac blanc à la main. C'était tout ce dont j'avais besoin. J'ai éjecté le disque et je suis allé à mon bureau.

« On dirait que Baylor a dit la vérité. »

« Il était chez CVS ? »

« Ouais. Quelques minutes après vingt-et-une heures, ce qui coïncidait avec l'heure à laquelle le voisin l'a vu partir. »

Derrick s'est mis à rire. « J'ai entendu un tas d'excuses, mais le cul qui gratte ? C'est la nouvelle numéro un de mon classement. »

« Ce n'est pas drôle d'avoir une crise d'hémorroïdes. J'en ai eu une il y a quelques années. »

« Pourquoi il ne l'a pas dit, tout simplement ? « Je devais aller chercher de la Préparation H pour mon cul. » C'est tout ce qu'il avait à nous dire. »

« Pendant longtemps, je n'ai rien dit non plus. Ce n'est pas le genre de chose qu'on raconte à tout le monde. »

« J'imagine. »

« Il nous a fait perdre un temps fou. S'il nous avait tout dit depuis le début au lieu de nous le donner au compte-gouttes, j'aurais pu prendre une semaine de congé. »

« Ce n'est pas de l'obstruction à la justice ? »

« Pas vraiment. Ne pas tout avouer et mentir, ce sont deux choses différentes. Si le procureur inculpait tous ceux qui mentent à la police, il faudrait construire des millions de prisons. La distinction, c'est si vous mentez pour vous protéger ou pour protéger quelqu'un. Baylor nous a menés en bateau, mais c'est à peu près tout. »

« Ce serait bien d'en faire un exemple, pour que les gens y réfléchissent à deux fois. »

« Amen. Écoute, je vais... »

Le téléphone de Derrick a sonné. Il a répondu et, posant une main sur le récepteur, il a murmuré : « C'est Christina Matthews. »

J'ai bondi de ma chaise.

« Un instant, Mme Matthews. L'inspecteur Luca aimerait vous parler. »

Derrick m'a tendu le téléphone.

« Mme Matthews, ici l'inspecteur Luca. J'ai quelques questions à vous poser concernant Elby Salter. »

« J'ai entendu dire qu'il a été assassiné. »

« Oui, en effet. »

« D'accord. »

D'accord ? Au lieu de « c'est terrible » ? « Je crois savoir que vous et Elby Salter aviez une relation. »

« C'était le cas. »

« Combien de temps cela a-t-il duré ? »

« Moins d'un an. »

« Vous avez déposé une plainte affirmant qu'il s'était livré à un acte sexuel avec votre fille. »

« Comportement sexuel inapproprié, c'est ce que je crois être l'accusation. »

« D'accord. Racontez-moi ce qui s'est passé. »

« Je ne peux pas. »

« Comment ça, vous ne pouvez pas ? »

« J'ai signé un accord de non-divulgation qui m'empêche de discuter de l'affaire. »

« Vous a-t-il payée pour que vous gardiez le silence ? »

« Je ne peux rien dire. »

« Pourquoi accepteriez-vous de garder le silence ? Il s'agit de votre fille, pour l'amour de Dieu. »

« Écoutez, elle a été traumatisée par, euh, tout ça, et ça nous aurait empêchées de tourner la page. »

J'avais envie de lui demander combien d'argent il lui avait fallu pour mettre sa morale au placard, mais j'ai dit : « Y a-t-il quoi que ce soit que vous puissiez me dire sur l'affaire ? »

« Je suis désolée, mais je ne peux pas. »

« Et à propos d'Elby Salter ? Que pouvez-vous me dire sur lui ? »

« Il me semble que vous savez quel genre d'homme il est. »

J'ai craché un merci et j'ai raccroché.

« Salter l'a payée pour qu'elle la ferme. »

« Elle n'a rien voulu te dire ? »

« Non, elle a signé un accord de non-divulgation. Je parie que c'est pour ça qu'elle est à Newport Beach. Il voulait probablement qu'elle et sa fille soient le plus loin possible. »

« Cette accusation était connue, les gens devaient être au courant. Je sais que les avocats ont étouffé l'affaire, mais si c'était vrai, je n'arrive pas à imaginer que ce soit la seule fois où il a dérapé. La pédophilie est une maladie mentale ; ces salauds ne le font pas qu'une seule fois. »

« Sans aucun doute. La question est : était-ce une véritable transgression de la part de Salter ou une invention ? La fille cherchait-elle à attirer l'attention ? N'aimait-elle pas que sa mère sorte avec lui et ne trouvait-elle pas le moyen de les séparer ? Ou bien la mère a-t-elle tout inventé pour lui soutirer de l'argent ? »

« On devrait commencer par fouiller dans le passé de Matthews. Voyons ce qu'on peut trouver sur elle. »

« C'est par là qu'il faut commencer. Elle m'a dit quelque chose quand je l'ai interrogée sur Elby. Elle a dit que je savais quel genre d'homme il était. Voulait-elle me dire que c'était un délinquant sexuel ou simplement qu'il aimait courir les jupons ? »

« S'il est pédophile, peut-être qu'il a été tué par une de ses victimes ou par sa famille. »

« C'est possible. Ou peut-être qu'il a été liquidé par l'un des siens. Quelqu'un de leur groupe secret ou de sa famille pour éviter l'embarras, pour le faire taire. »

« FRANK, REGARDE CETTE ADORABLE ROBE QUE J'AI ACHETÉE pour Jessica aujourd'hui. »

Mary Ann a brandi une robe rose et blanche bordée de dentelle.

« Elle est jolie. Mais elle a l'air trop grande. »

« Ce n'est pas pour maintenant. Probablement vers dix ou onze mois. Elle était si mignonne, je n'ai pas pu résister. »

Combien de fois avais-je entendu cette phrase au cours de la dernière année ? « Je l'aime bien, mais comme un seul de nous deux travaille en ce moment, nous devons surveiller nos dépenses. »

« Ce n'est qu'une robe, et elle était en solde. »

Ah, une autre justification intemporelle. « Comment s'est passé son rendez-vous de jeu aujourd'hui ? »

« Oh, c'était super. Ils ont installé une petite pataugeoire, et Jessica a adoré. »

« C'était de l'eau propre ? Je ne veux pas qu'elle attrape quelque chose. »

« Tu es si inquiet, Frank. Quoi, tu crois que je la laisserais jouer dans de l'eau sale ? »

« Tu sais, avec cette affaire Salter qui prend une sale tournure, nous devons être prudents et bien surveiller Jessie. »

« Qu'est-ce qui t'inquiète maintenant ? »

« Il se pourrait que Salter ait été tué parce qu'il a agressé un enfant. »

« Oh mon Dieu. Ces malades ne le font jamais qu'une seule fois. »

« Je sais. Il y a eu une accusation contre lui qui a été abandonnée, mais nous avons trouvé quelques affaires civiles qui n'ont tout simplement aucun sens. »

« Comment ça ? »

« Trois femmes ont intenté des procès contre lui pour obtenir de l'argent. L'une a dit qu'elle était tombée malade en vivant dans une maison construite par les Salter, une autre a dit qu'il l'avait diffamée, et la dernière concernait une intoxication alimentaire dans un établissement appartenant à Salter. Les affaires ont toutes été réglées à l'amiable et scellées, donc nous ne pouvons pas obtenir les détails sans une ordonnance du tribunal. »

« Et tu penses que c'est lié à des actes sexuels inappropriés ? »

« Je ne sais pas quoi penser. Mais je veux que, tous les deux, nous ne la laissions jamais seule avec qui que ce soit, et dès qu'elle sera capable de comprendre, nous devrons nous assurer qu'elle sait qu'il y a des salauds malades dehors. Elle doit savoir que personne ne peut la toucher, et que si elle pense que quelque chose ne va pas, elle doit nous le dire. »

Impossible de trouver le sommeil. L'idée que quelque chose puisse arriver à ma Jessie me foutait une trouille bleue. Vivions-nous dans un monde où une personne puissante pouvait cacher ses actes dégoûtants en utilisant l'argent, les avocats et les tribunaux ? Et même si Salter n'était pas coupable de relations sexuelles avec un mineur, il faisait partie d'un groupe qui semblait avoir ses propres secrets.

Je savais quelle heure il était. Il était temps de sortir les griffes.

31

« Il faut que tu sois sûr que Bingham est chez lui, Derrick. »

« Il y est. Je l'ai confirmé par téléphone ; je lui ai dit que j'étais un expert immobilier et que je pouvais réduire ses impôts. Il a mordu à l'hameçon tout de suite. Je ne lui en veux pas, il paie cinquante-huit mille dollars par an. »

« C'est insensé. »

« Ça doit être un sacré appart, probablement le penthouse. »

« Certains appartements sur Gulf Shore Drive valent plus de dix millions. »

« C'est fou, pour un appartement ? »

« Vas-y à onze heures pile. Si tu as du retard, appelle-moi. On doit s'assurer qu'ils ne se parlent pas. »

« Compris. »

« Envoie-moi un texto quand tu en auras fini avec lui. »

« Je pars maintenant. J'attendrai sur le parking de Venetian Village si je suis en avance. »

Robert Hamlet a essayé d'éviter de me parler, mais la menace de le faire venir au poste a fonctionné, comme toujours. Je ne voulais pas que Hamlet et Bingham sachent que nous les interrogions séparément. Il fallait voir si leurs versions coïncideraient sans qu'ils aient pu se préparer.

Les bureaux de Hamlet Family Holdings se trouvaient au quatrième étage d'un immeuble juste à côté de Park Shore Drive. Le confort des locaux était un cran au-dessus des bureaux des Salter, mais loin d'être luxueux. Le faible bourdonnement produit par un étage rempli de monde couvrait à peine la musique classique diffusée en fond sonore.

J'ai attendu dans une salle de réunion dont la fenêtre donnait sur la circulation de la Route 41. Sur la table, une carte de parcelles de logements était couverte de notes. J'essayais de voir où se situait le projet immobilier quand la porte s'est ouverte derrière moi.

Hamlet était un homme corpulent qui commençait à avoir un nez de buveur. Sans cravate, il portait une alliance et une chemise blanche à manches longues. Nous nous sommes serré la main.

« Inspecteur Luca, Bob Hamlet. Ravi de vous rencontrer. »

Sa main était molle. « Je vous remercie de me recevoir. »

Il a pris le seul fauteuil autour de la table, et je me suis assis en face de lui.

« Vous vouliez parler d'Elby ? »

« Oui, il me semble que vous faites partie d'un groupe qui se réunit tous les mois. »

« Oui, quelques-uns des gars aiment jouer au poker. Je ne suis pas un grand joueur, mais certains d'entre eux s'imaginent jouer aux World Series of Poker. »

« Et Elby Salter ? Était-il du genre à prendre ça au sérieux ? »

« Tout à fait. Il m'a dit plusieurs fois qu'il voulait essayer de devenir joueur professionnel. »

« C'est une tout autre catégorie. À combien sont les blindes quand vous jouez, entre vous ? »

Une hésitation. « Rien de bien gros. »

« Cinq dollars ? »

« Oui, parfois dix. »

« On dirait une soirée sympa, mais je ne suis pas venu pour parler de poker. »

Hamlet a souri.

Son sourire s'est effacé quand j'ai enchaîné : « Je voulais vous parler de Sunshine Scrap and Waste. »

« Qu'y a-t-il à ce sujet ? »

« La voiture d'Elby Salter a été retrouvée au port de Tampa, dans un conteneur à destination de la Chine. »

« Vraiment ? »

« Et l'entreprise qui l'envoyait à des milliers de kilomètres de là était l'une de vos sociétés, Sunshine Scrap and Waste. »

« Je ne vois pas le rapport avec moi. »

« Comment la voiture d'Elby Salter est-elle arrivée là ? »

« Je n'en ai aucune idée. Je pourrais demander à ma direction de se pencher sur la question. »

« Nous devons savoir comment et quand Sunshine Scrap a mis la main sur le véhicule de Salter. »

« Je suis certain qu'il y a une explication logique à tout ça. Sunshine reçoit des milliers de véhicules par an, provenant d'une multitude de sources : compagnies d'assurance, autres ferrailleurs, garages et particuliers. »

« Que faites-vous des voitures ? »

« Nous en extrayons autant de métaux précieux que possible. »

« Comme les convertisseurs catalytiques ? »

« Oui, c'est la première chose qu'ils enlèvent à cause du palladium, mais il y a aussi des métaux précieux sur les circuits imprimés, et on récupère même des pièces de monnaie. Ensuite, ce qui reste est fondu. »

« Pourquoi la Chine ? »

« On ne peut pas le faire ici ; c'est tout simplement trop

coûteux. On retire les convertisseurs avant ; ils sont accessibles. »

« Qui compacte les voitures ? »

« Si elles ne sont pas déjà compactées, c'est nous qui le faisons. »

« Quand quelqu'un apporte un véhicule, quels papiers exigez-vous pour prouver qu'il n'est pas volé ? »

« On paie presque rien pour ces voitures. Il n'y a tout simplement aucune raison de voler une voiture pour la vendre à une casse. »

« Je crois savoir qu'on peut en tirer jusqu'à cinq cents dollars. »

« Si elle roule, ça semble raisonnable. »

« Pour un toxicomane, c'est beaucoup d'argent. »

« Je vois ce que vous voulez dire. Mais Sunshine Scrap existe depuis des décennies, et presque tous les véhicules proviennent d'une source commerciale. »

« Nous allons devoir parler à la personne qui a réceptionné la voiture. »

« Je comprends. Je veillerai à ce que les documents soient prêts pour vous. »

« Quelqu'un est en route pour s'y rendre en ce moment même. » J'ai joué au bluff. « Il devrait arriver d'une minute à l'autre. »

Il s'est agité sur sa chaise. « Oh, sont-ils au courant de sa venue ? »

« C'est une femme, et je n'en ai aucune idée. »

« Oh. D'accord. »

C'était du pipeau, mais j'adorais jouer avec lui. Était-ce une perle de sueur qui se formait sur sa lèvre ?

« Au fait, je ne veux pas que la nouvelle de la découverte de la voiture d'Elby Salter s'ébruite. Ni vous ni votre personnel ne devez en souffler mot. Compris ? »

« Je leur donnerai les instructions nécessaires. »

« Bien. Maintenant, votre famille a beaucoup d'intérêts commerciaux par ici, n'est-ce pas ? »

« Oui, en effet. Nous sommes ici depuis des générations et avons constitué d'importants portefeuilles de terres agricoles et une banque ou deux. »

Une banque ou deux. Comme un gamin à qui sa mère demanderait combien de bonbons il a mangés : *J'ai pris un Carambar ou deux.*

« Êtes-vous partenaire de la famille Salter ? »

« Nous avons travaillé ensemble sur plusieurs projets au fil des ans. »

« Je les connais peut-être. Lesquels ? »

« Nous sommes une société privée et, à ce titre, nous préférons garder nos activités confidentielles. »

« Ça semble contradictoire avec la photo que j'ai vue dans le *Naples Daily News* lors de la pose de la première pierre de l'hôpital. »

« Parfois, nous devons faire savoir à la communauté que nous sommes là pour elle. Mais, cela dit, il y a assez de cinglés dehors pour qu'il vaille généralement mieux pour nous de faire profil bas. »

« J'imagine que vous connaissiez assez bien Elby Salter. »

Il a haussé les épaules. « Pas aussi bien que vous pourriez le penser. Il était plutôt réservé. Enfin, je suppose que nous le sommes tous. N'est-ce pas ? »

« Que savez-vous de l'accusation portée contre lui pour relations sexuelles avec une mineure ? »

Son nez rouge a blanchi. « Il a dit que c'était sans fondement, mais qu'il l'ait fait ou non n'a plus d'importance, puisqu'il n'est plus là maintenant. »

« Avez-vous des filles ? »

« Moi ? Non, trois fils. »

« C'est bien ce que je pensais. »

« Je suis désolé, je ne comprends pas. »

« L'important, c'est le meurtre d'Elby Salter. Laissez-moi vous rappeler que dissimuler ou fabriquer des informations ou des preuves constitue une obstruction à la justice. »

Il était bien soigné, mais la puanteur qui émanait de lui, combinée au fait que j'étais à court de questions, signifiait qu'il était temps de partir, mais j'en avais une dernière.

« Étiez-vous opposé aux efforts d'Elby Salter pour construire un nouveau stade pour les Red Sox ? »

« Pas particulièrement. Bien que je ne voie pas l'intérêt de gaspiller un bon terrain pour ça. »

« Pourquoi le terrain serait-il gaspillé ? »

« Les installations d'entraînement de printemps sont une activité à temps partiel. »

« Donc, vous étiez contre ? »

« On peut dire ça. »

J'ai ouvert la portière de la voiture pour laisser la chaleur s'échapper et j'ai allumé mon téléphone. Il y avait un texto de Derrick me demandant de l'appeler.

« Quoi de neuf ? Je sors tout juste de chez Hamlet. »

« T'aurais dû voir la tête de Bingham quand j'ai sorti mon insigne. »

« Qu'est-ce qu'il a dit à propos des réunions ? »

« Il lui a fallu une minute pour arrêter de bégayer, mais il a dit qu'Elby n'aimait pas vraiment jouer au poker. C'était juste une soirée entre amis pour lui. »

« Et pour les limites de mise ? »

« Bingham a dit que la blind était de vingt dollars. »

« Hamlet a dit que c'était cinq dollars et qu'Elby était un mordu de poker. Il a même dit qu'il voulait devenir joueur professionnel. »

« Mais bordel, qu'est-ce que ces types cachent ? »

C'était une excellente question.

32

« MARY ANN ! SURVEILLE JESSIE. IL FAUT QUE J'AILLE SUR MON ordinateur portable. »

« Qu'est-ce qui se passe ? »

Je me suis dirigé vers ce qui était autrefois un bureau, mais qui servait maintenant de débarras pour les jouets de Jessica.

« Je viens de recevoir le rapport de la police scientifique sur la voiture de Salter. Je n'arrive pas à lire ce foutu truc sur mon téléphone. »

« Chut, Frank. »

J'ai allumé mon HP, j'ai fait rouler une chaise jusqu'au bureau et je me suis assis. J'ai lu le résumé deux fois. Trois échantillons de fibres non identifiées et plusieurs cheveux avaient été récupérés. Des traces de sang avaient été découvertes, mais aucun autre fluide corporel n'avait été trouvé.

Je suis passé aux détails. Le toit de la voiture avait été découpé pour accéder à l'habitacle. Les sièges avaient été retirés. Des traces d'eau de Javel ont été trouvées sur le tableau de bord et les panneaux intérieurs latéraux. Les techniciens pensaient que le véhicule avait été nettoyé avec des lingettes, de type Lysol ou Clorox, dans le but d'effacer les traces de sang et d'ADN.

Du sang correspondant à celui de la victime a été trouvé sur la console et le tableau de bord. Les traces de sang étaient mélangées aux agents nettoyants des lingettes. Il y avait une minuscule goutte de sang pur sur le bouton de la radio. C'était également celui d'Elby Salter.

Des fibres de coton simples ont été trouvées dans la voiture, typiques de celles utilisées pour fabriquer des T-shirts. Deux étaient teintes en rouge et une était blanche. On pensait que les fibres provenaient du même vêtement. Une analyse plus approfondie pourrait permettre de déterminer le pays d'origine ou une éventuelle usine de production.

La découverte la plus intéressante concernait les cheveux prélevés à l'intérieur du véhicule. Quatre échantillons de cheveux ont été attribués à Elby Salter, mais deux autres ont également été récupérés. Les deux cheveux étaient légèrement bouclés et teints en noir, correspondant aux cheveux trouvés sur le corps de Salter qui ne lui appartenaient pas.

L'arrière du SUV contenait aussi quelques cheveux de Salter, mais c'était tout.

Aucun des quatre pneus ni le châssis du véhicule ne présentaient de particules de terre méritant d'être analysées.

Qu'est-ce que cela signifiait ? Il ne faisait aucun doute qu'il y avait eu une tentative de nettoyer la voiture de Salter. Était-ce une seule personne qui avait enlevé Salter, qui se trouvait dans la voiture, l'avait tué et s'était débarrassée du corps ? Ou les cheveux provenaient-ils de quelqu'un qui n'avait fait que se débarrasser du corps ?

Il aurait fallu une opération très coordonnée si plus d'une personne était impliquée, ce qui augmentait le facteur de risque. Je n'avais jamais penché pour cette hypothèse, mais cela ressemblait à quelque chose qu'un groupe de personnes puissantes pouvait facilement réussir.

J'étais troublé par l'endroit où le corps avait été trouvé. La plupart des tueurs tentent de cacher les cadavres, de les lester sous l'eau, de les enterrer ou de les abandonner dans un endroit difficile d'accès. Et plus d'un cinglé les met dans des congélateurs.

C'était déprimant, mais qu'est-ce que j'espérais qu'ils trouvent ? Que le tueur avait laissé sa carte de visite ?

Mary Ann est entrée. « Tu as trouvé quelque chose ? »

« Pas grand-chose. Ils ont trouvé quelques cheveux qui correspondent à ceux que nous avons trouvés sur le corps. Le coupable a essayé de tout nettoyer, mais il y avait beaucoup de sang de Salter. »

« Désolée. »

« Ce n'est pas grave. On trouvera celui qui a fait ça. Où est Jessie ? »

« Elle dort dans sa balancelle. »

« Elle adore ce truc. »

« Je sais. Tu dois appeler Phil et le remercier pour le vin qu'il a apporté. »

« Ah oui. Je l'appelle tout de suite. »

« SALUT, PHIL. COMMENT VAS-TU ? »

« Tout va bien, Frank. Quoi de neuf ? »

« Je voulais te remercier pour le vin. Tu n'étais pas obligé de m'offrir une bouteille. »

« Pas de problème. On a bien aimé les bouteilles que tu as apportées pour le barbecue. On n'avait jamais goûté de vins espagnols avant, et ils étaient bons. »

« Je suis content qu'ils vous aient plu. J'ai trouvé qu'ils avaient un bon rapport qualité-prix, surtout ceux de Ribera del Duero. Ils ne sont pas chers. »

« Je ne sais pas si celui que je t'ai pris est bon. Il vient de

Corse. »

« De Corse ? Je ne savais même pas qu'ils faisaient du vin là-bas. »

« Moi non plus, mais Marlene et moi sommes allés dîner dans ce petit restaurant français, Auberge, près de Wiggins Pass. On ne savait pas quel vin commander, et la propriétaire, je crois qu'elle s'appelait Marie, nous en a suggéré un de Corse. Elle a dit qu'elle venait de là-bas et que leurs vins étaient bons. »

« Je connais cet endroit. Je croyais qu'elle m'avait dit qu'elle venait du nord de la France. »

« Non, elle est de l'île de Corse. C'est juste à côté de la Sardaigne. Ça a l'air d'être un super endroit à visiter. »

« Peut-être un de ces jours. »

« On devrait essayer de prévoir ça. »

« Pas avec un bébé. Comment va ton père ? »

« Il va bien. Il est obsédé par le paysagiste en ce moment, mais il va bien. »

« C'est une force de la nature. Je l'adore. Dis-lui bonjour de ma part et merci pour le vin. Je suis curieux de voir quel genre de cépages ils utilisent là-dedans. »

La Corse ? J'ai essayé de me remémorer la conversation avec Marie Redoux. Ma mémoire n'était plus aussi bonne depuis mes séances de chimio, mais d'habitude, j'oubliais complètement quelque chose. Des détails, comme l'origine d'une personne, je ne les mélangeais pas. Ou peut-être que si ?

J'ai composé un autre numéro.

« Derrick, c'est Frank. »

« Salut, comment tu vas ? »

« Écoute, tu te souviens de cette Française avec qui Salter sortait, Marie Redoux ? »

« Oui, celle qu'on a vue dans ce restaurant près d'Imperial ? »

« Oui. Elle n'a pas dit qu'elle venait du nord de la France ? »

« Je crois que oui. Ouais, d'un endroit près du Havre. »

« C'est bien ce que je pensais. »

« Qu'est-ce qui se passe ? »

« Un de mes voisins m'a dit qu'elle venait de Corse, une île au large de la côte sud de la France. C'est plus près de l'Italie que de la France. »

« Peut-être que sa famille vient de là-bas. »

« Je suppose, mais les Européens, ils ne bougent pas tant que ça, et la Corse est si loin de l'endroit qu'elle nous a indiqué. »

« La Corse. Chaque fois que j'entends ça, je pense au film *French Connection*. »

« Ce n'est plus ce que c'était, mais il y a toujours des organisations criminelles qui ont leurs racines en Corse. »

« Elles ne peuvent pas être impliquées là-dedans. »

« Pourquoi pas ? »

« Qu'est-ce que tu insinues, Frank ? »

« Je n'insinue rien. Je ne fais qu'analyser les informations au fur et à mesure qu'elles apparaissent. Je vais retourner voir Marie Redoux pour voir si elle a menti et pourquoi. »

33

DERRICK ÉTAIT EN TRAIN DE LIRE QUAND JE SUIS ENTRÉ.

« Frank, j'ai fait quelques recherches. »

« Sur quoi ? »

« Marie Redoux. Il n'y avait rien dans le système avec ce nom de famille. Enfin, si, mais c'était un type de la Côte d'Ivoire. »

« Les Français dirigeaient ce pays avant qu'il n'obtienne son indépendance. »

Il a brandi les documents qu'il était en train de lire. « Alors, je suis allé voir du côté d'Interpol et de la police nationale française, et bingo, la famille est pleine de crapules. Ils ont même leur propre gang dirigé par un oncle de Marie qui s'appelle Lucien Redoux. » Derrick a tourné une page. « Ce rapport qu'Interpol nous a envoyé dit qu'ils sont liés à l'Unione Corse, le syndicat qui contrôlait le trafic d'héroïne entre Marseille et l'Amérique. »

« C'est le gang dont parle le film *French Connection*. »

« Ils font dans le classique : drogue et prostitution, mais voilà le plus intéressant : quand le trafic de drogue a pris fin dans les années soixante-dix, ils se sont massivement reconvertis dans le blanchiment d'argent, mais aussi dans les contrats d'assassinat. »

« Est-ce qu'on a quelque chose sur leur modus operandi ? »

« Pas de signature particulière, mais une balle dans la nuque, pour moi, ça sent le contrat à plein nez. »

« Probable, mais c'est plus facile de tirer sur quelqu'un par-derrière. »

« Sans doute, mais il y a un sacré paquet d'enfoirés sans scrupules sur cette terre. »

« Est-ce qu'il y a un lien avec une organisation criminelle aux États-Unis ? »

« Rien là-dessus. »

« S'ils n'ont pas de contact ici, ils auraient dû envoyer quelqu'un. C'est risqué si le tueur à gages ne connaît pas le fonctionnement des choses ici, mais c'est un sacré avantage côté anonymat. »

« Tu crois qu'ils enverraient quelqu'un pour tuer Elby ? »

« C'est peu probable, mais pas impossible. Sors-moi la liste de tous leurs associés connus, passe-les au fichier de contrôle des passeports. Voyons voir si l'un d'eux a fait un voyage aux États-Unis récemment. »

« Je commence un mois avant que Salter ne se soit fait tuer ? »

« Remonte à deux. Avoir eu affaire à Dwyer m'a fait réaliser à quel point certains de ces tarés peuvent être patients. »

34

J'AI CLAQUÉ LE COMBINÉ.

« C'est des conneries ! »

« Qu'est-ce qui se passe ? »

« C'était Chester. Il m'a dit de ne pas approcher Christina Matthews. »

« Tu n'as quasiment rien tiré d'elle. »

« Il ne le sait pas, je crois. »

« Comment a-t-il su qu'on lui parlait ? »

« L'avocat de Salter, Gerey. Il a appelé Chester pour lui dire qu'on faisait pression pour obtenir des informations protégées par un accord de non-divulgation. »

« Ils sont inquiets. Ça veut dire qu'il y a quelque chose. »

« Sans aucun doute. Mais ça me met hors de moi. Au lieu d'essayer de voir ce qu'il y a, Chester veut nous renvoyer paître. »

« On peut demander à un juge de lever le secret, non ? »

« On pourrait, mais il nous faudrait des motifs raisonnables de croire que les informations contenues dans l'accord sont au cœur d'un crime. »

« Mais c'est tout l'enjeu : ça pourrait être le cas, non ? »

« Exactement. Chester se comporte comme tout le monde ici : il protège les tout-puissants Salter. C'est vraiment n'importe quoi. »

« Qu'est-ce qu'on va faire ? »

« Qu'est-ce qu'on peut faire ? On doit être prudents. Cette affaire est un bordel sans nom. La dernière chose dont on a besoin, c'est d'avoir Chester sur le dos. »

« Tu penses que le shérif sait quelque chose ? »

« J'espère bien que non. Si je découvre qu'il protège quelqu'un, je me tire d'ici plus vite que les gens qui se ruent sur les dégustations gratuites chez Costco. »

« Je te suis. »

Le bistrot n'était pas plein malgré le plat du jour à dix dollars pour les clients attablés avant six heures. Redoux a laissé tomber une carte qu'elle venait de reprendre à une table de têtes grises en me voyant. J'adorais mon boulot.

Elle a fait un pas vers moi.

« Bonsoir, monsieur, je suis à vous dans un instant. »

« Prenez votre temps. »

Avant que j'aie eu le temps de m'installer sur une chaise, Marie est sortie de la cuisine. Le bruit des talons de ses chaussures claquait à chacun de ses pas. Était-ce pour se donner du courage, ou était-elle à ce point sûre d'elle ? J'ai perçu une bouffée d'ail et d'huile à son approche. Des escargots ?

« Vous désirez la carte ? »

« Non, je suis juste venu pour parler. »

« Nous sommes occupés et... »

« Asseyez-vous. »

Elle a tiré une chaise. « À quel sujet ? »

« D'où venez-vous ? »

« De France. »

Le charme de son accent s'était évanoui comme une flaque d'eau en Floride.

« C'est un grand pays. D'où exactement ? »

« De Corse. »

« Pourquoi m'avoir dit que c'était dans le nord de la France ? »

« Je vous ai dit ça ? »

« Oui, tout à fait. »

« La plupart des gens ne savent même pas où se trouve la Corse. C'est plus simple de dire le nord de la France. »

« C'est plus simple de mentir, voilà ce que vous voulez dire. Vous avez été très précise, en nous disant que vous veniez de Fécamp. Je ne connais pas grand-chose à la France, mais je suis prêt à parier que plus de gens ont entendu parler de la Corse que de Fécamp. »

« Est-ce un crime en Amérique de donner une information erronée sur ses origines ? »

« Pas à moins d'essayer de faire dévier une enquête. »

« C'était une erreur innocente. »

« Votre famille a un sacré passé en France. »

« Je ne comprends pas. »

« Je crois que si. Votre oncle Lucien dirige une organisation criminelle corse. N'est-ce pas ? »

« Qu'est-ce que tout cela signifie ? »

Je ne pouvais pas lui dire que c'était justement ce que j'essayais de découvrir.

« J'ai un commerce à faire tourner. »

« Vous avez une fille, n'est-ce pas ? »

Elle s'est agitée sur sa chaise. « Oui. »

« Et quel âge a-t-elle ? »

« Quinze ans. »

« Saviez-vous qu'Elby Salter a été accusé de relations sexuelles avec une mineure ? »

Son absence de surprise m'a décontenancé. « Non. »

La porte d'entrée s'est ouverte brusquement et un couple est entré.

Marie s'est levée. « Je suis désolée, mais je dois retourner travailler. »

Assis dans le Cherokee, je réfléchissais. Elle avait eu une liaison avec Elby, admettant qu'elle avait eu du mal à accepter la fin de leur histoire. Elle l'avait appelé trois fois la veille de sa mort. Pourquoi ? Elle prétendait que c'était pour une bouteille de vin. Ça ne collait pas. Ils ne sortaient plus ensemble. Pourquoi dépenser de l'argent pour appeler un ex-petit ami depuis la France ? Était-ce l'acte d'une amante irrationnelle ? Était-elle seulement en France ?

On avait une femme qui nous avait menti, qui était peut-être tellement obsédée par sa rupture qu'elle était allée trop loin, une femme dont la famille baignait dans le milieu des tueurs à gages.

C'était tiré par les cheveux, mais elle avait aussi une fille mineure. Une fille dans la même tranche d'âge que celle qui avait porté plainte contre Elby. Lui était-il arrivé quelque chose ?

35

ROSANNE ROBERTS VIVAIT DANS UNE MAGNIFIQUE RÉSIDENCE pour seniors appelée Tuscany Villa, située près de Lely, qui semblait être un endroit amusant où finir ses jours. À l'intérieur du bâtiment principal aux couleurs pastel, quelqu'un jouait au piano à queue du hall pour une poignée de résidents. Le pianiste jouait « As Time Goes By ». Quelqu'un saisissait-il l'ironie ?

On m'a conduit dans un salon avec un vrai bar. Quelques seniors profitaient pleinement de leur cocktail de l'après-midi, et mon rencard en faisait partie. Roberts a bondi de sa chaise, avec l'agilité d'une personne de la moitié de ses quatre-vingt-quatre ans. Elle avait de petites mains et un large sourire.

« Tu veux boire quelque chose ? On appelle ça le happy hour ; les boissons sont offertes. »

« Non merci, mais ne te gêne surtout pas. »

« J'ai déjà bu mon gin-tonic. Ma limite, c'est un seul. »

En espérant que le vin que j'avais bu avait les mêmes vertus conservatrices que le gin semblait avoir, nous nous sommes installés sur des chaises autour d'une table de jeu.

Elle a retiré ses lunettes. « En tant que journaliste, je suis curieuse de savoir comment tu m'as trouvée. »

« Ça a été facile. J'ai cherché dans les archives du *Naples Daily News* sur Google pour voir qui couvrait la rubrique locale à l'époque où Florence Salter a disparu. »

« Tu sais, j'ai appris avec les années qu'un journaliste, en tout cas un bon, travaille comme un détective. »

« C'est vrai. Si on veut trouver la vérité, il faut creuser sous la surface. »

Elle a souri. « Et tu cherches cette vieille pioche pour t'aider à déblayer un peu le terrain ? »

Cette dame me plaisait, et je me suis demandé si elle s'entendrait avec le père de Phil. « Toute information que tu pourrais me donner sur la famille Salter serait utile. »

« Eh bien, il y a beaucoup à dire. Ils faisaient partie des quelques familles qui ont façonné ce lieu que nous appelons le paradis et qui ont réalisé ce que certains considéreraient comme des profits indécents en le faisant. Le *News* nous muselait tacitement quand il s'agissait d'écrire sur eux. Ils avaient des amis au comité de rédaction, et le rédacteur en chef nous avait bien fait comprendre que leur façon d'influencer le développement de la ville était une bonne chose. »

« C'est-à-dire : ne pas faire de Naples un autre Miami ? »

Ses boucles d'oreilles en perles se sont balancées tandis qu'elle hochait la tête. « Aucun journaliste n'aime qu'on lui dicte sur quoi ou sur qui écrire, mais il avait raison. Ils avaient beaucoup de pouvoir, mais tout se jouait en coulisses, ce qui dérangeait beaucoup d'entre nous. On avait l'impression que les commissaires du comté approuvaient les projets sans discuter, malgré les objections du public. »

« Tu penses qu'il y avait des pots-de-vin ? »

« J'ai un peu fouiné, mais je n'ai jamais pu découvrir de corruption. C'était plutôt que les commissaires étaient des gens bien, des gens du coin, mais la croissance a dépassé leurs compétences. Des gens comme les Salter, qui géraient avec succès de grands empires commerciaux, étaient vus comme des sauveurs. Ils savaient comment gérer les affaires, et ça soulageait le conseil du comté. »

« Tu penses qu'il y avait une entente ou un accord entre les familles comme les Salter pour contrôler non seulement la croissance, mais aussi les possibilités de profit par ici ? »

« Je suis sûre qu'il y avait quelque chose comme ça, pour se partager le gâteau qu'ils étaient en train de préparer. »

« Tu penses que cette coopération s'étendait à des activités illégales ? »

« Je ne comprends pas ta question. Leurs intérêts commerciaux semblaient tout à fait réguliers. »

« Et pour ce qui est de supprimer un obstacle ? »

« Oh, ça devient intéressant. J'avais oublié que tu étais de la brigade criminelle. Je n'ai jamais entendu de rumeurs à ce sujet. »

« Parle-moi de l'affaire Florence Salter. J'ai cru comprendre qu'elle avait été accusée d'agression sexuelle sur mineur. »

« Quand je n'entends qu'un seul son de cloche, j'ai appris à être sceptique et à chercher une confirmation, mais quand le second incident a fait surface, je me suis dit qu'il devait y avoir du vrai là-dedans. »

« Et c'était le cas ? »

« Malheureusement, il semblait que les allégations pouvaient être vraies. Le journal a couvert l'accusation, et quand elle a été abandonnée, il s'est assuré que la nouvelle était diffusée, comme il se doit, franchement. S'il y a une chose que les médias font mal, c'est de ne pas couvrir un démenti aussi bien que l'article original. Mais dans ce cas, l'accusation semblait fondée. »

« Quels sont tes souvenirs à ce sujet ? »

« Les Salter étaient et sont toujours actifs sur la scène philanthropique, et ils avaient financé un centre pour jeunes défavorisés dans l'est du comté. Un jeune garçon, je crois qu'il avait douze ou treize ans, a dit qu'il avait eu une relation sexuelle avec Florence Salter. Quand l'affaire s'est ébruitée, la mère du garçon l'a appris et a porté plainte. »

« Qu'est-ce qui te fait croire qu'il n'a pas tout inventé ? »

« L'affaire a éclaté quand il a commencé à raconter ce qui s'était passé à ses amis. Et les enfants, eh bien, ils parlent. Un bénévole l'a appris et a confronté le gamin, qui a impliqué sa mère. Un journaliste avec qui je travaillais, un dénommé Benny Goshen — le pauvre est décédé il y a dix ans — a parlé à quelques jeunes et en a trouvé deux autres qui ont dit qu'elle leur avait fait une fellation. »

« Les enfants ont tendance à ne pas être fiables, n'est-ce pas ? »

« Naturellement, mais Benny a dit que les deux jeunes lui avaient indiqué le même endroit où ils prétendaient que ça s'était passé, ainsi que les dates et les heures. Il a vérifié, et elle était bien là à ces moments-là. Et ce qui était intéressant, c'était que les garçons n'étaient pas amis et venaient au centre à des moments différents. »

« Pourquoi cela n'a-t-il pas été publié ? »

« Benny est allé voir le rédacteur en chef, mais ils ont dit que ce n'était pas fondé, que la plainte initiale s'était avérée fausse, etc., etc. Ils ont dit d'attendre que d'autres preuves fassent surface. Mais, quelques semaines plus tard, elle a disparu. »

« D'après toi, que lui est-il arrivé ? »

« Je pense qu'elle a pris la fuite. Elle était fichue par ici. Peut-être qu'elle savait que d'autres accusations allaient faire surface, et qu'elle irait en prison. »

« Tu penses que sa famille l'a aidée à disparaître ? »

« J'en suis sûre. Elle était une source d'embarras pour eux. Les Salter sont des gens fiers, et ils étaient probablement heureux de la voir partir. »

« Personne n'a essayé de découvrir ce qui lui était arrivé ? »

« On a couvert l'affaire au début, mais le fait est qu'il n'y avait aucune piste à suivre. Elle avait dû quitter l'État, et le journal n'allait pas payer pour qu'on la cherche à travers le pays. Qui sait où elle aurait pu aller ? Elle aurait même pu quitter les États-Unis. Ils avaient assez d'argent pour lui obtenir une nouvelle identité et la faire déménager n'importe où. »

« Tu penses qu'elle pourrait être enfermée quelque part dans un institut ? »

« Peu probable. C'était une femme intelligente. Je ne la voyais pas rester dans un endroit comme ça. À moins qu'ils ne l'aient droguée d'une manière ou d'une autre. »

« Tu penses qu'ils auraient pu organiser sa mort ? »

« Tuer leur propre fille ? Je ne sais pas, mais je suppose que c'est possible. Ce genre de personne ne se soigne pas. C'est une maladie, si tu veux mon avis. Et si elle est à Tombouctou, elle fait probablement la même chose et finirait par se faire prendre et démasquer pour ce qu'elle est. »

« Elby Salter était son neveu et avait à peu près le même âge que le garçon qui avait porté plainte contre elle. Tu penses qu'il est possible qu'il ait été abusé par sa tante ? »

« Bien sûr, c'est possible. Je suis sûre qu'elle a eu de nombreuses occasions de le faire, et Elby devait la considérer comme une figure d'autorité. »

« C'est ce que je pensais. En supposant que ce soit arrivé, il est possible qu'Elby ait été traumatisé par cet abus et soit devenu quelqu'un qui recherchait lui-même des relations sexuelles avec des enfants. »

« Et un parent l'a découvert et l'a tué. »

Roberts devait être une bonne journaliste ; à quatre-vingt-quatre ans, elle savait encore comment reconstituer une histoire.

36

LES RED SOX ÉTAIENT ÉPARPILLÉS SUR TOUT LE TERRAIN. UN groupe s'entraînait aux balles au sol, d'autres s'étiraient dans le champ extérieur, et sur le banc, des lanceurs envoyaient des balles aux receveurs. Weaver et moi étions les seuls dans la loge du propriétaire. Elle n'était pas aussi luxueuse que je m'y attendais, mais ce n'était qu'un centre d'entraînement de printemps.

« C'est un endroit sympa pour regarder un match. Je viendrais plus souvent si je pouvais m'asseoir ici. »

« Quand vous voulez, inspecteur. Vous me prévenez un jour à l'avance, et je ferai le nécessaire. Amenez votre famille si vous voulez. »

« Merci. C'est apprécié. Je pourrais bien accepter votre proposition. Mon coéquipier suit le baseball plus que moi. »

« Prévenez-moi, c'est tout. »

« Merci, je n'y manquerai pas. »

« Bien. Laissez-moi vous demander quelque chose. Ça n'a rien à voir avec Elby, mais c'est une question d'ordre juridique. »

« Bien sûr, je vous écoute. »

« Il y a ce type. C'est un fan de l'équipe, et je suis presque sûr qu'il me harcèle. »

« Qu'est-ce qui vous fait croire ça ? »

« Il se pointe presque partout où je vais. Je suis sûr à quatre-vingt-dix-neuf pour cent qu'il m'a suivi chez moi après le match de mardi. »

« Vous sentez-vous menacé ? »

« Ça m'est arrivé une ou deux fois quand je jouais, mais c'était surtout des gamins ou des femmes qui traînaient dans les parages. Cette fois-ci, c'est un peu flippant parce qu'on a reçu des lettres d'insultes sur le fait de ne pas faire signer de contrat à Blair. »

« D'une seule personne ? »

« C'est ce que nous pensons. Je veux dire, il y a plein de cinglés mécontents de ceci ou de cela, mais ça, ça semble différent. »

« Profère-t-il des menaces dans les lettres ? »

« Pas exactement. »

« Donnez-moi un exemple. »

« Il dit juste que si nous ne faisons pas signer Blair, il sait que c'est de ma faute. Et qu'il y a beaucoup d'accidents qui arrivent tous les jours et qu'il ne faut pas que je fasse d'erreur, parce qu'il ne voudrait pas qu'il m'arrive quelque chose. C'est une sorte de divagation décousue sur le fait que les Sox doivent absolument avoir Blair, et que si nous ne l'obtenons pas, le monde touchera à sa fin. »

« Je n'aime pas la tournure que ça prend. Pouvez-vous identifier cette personne ? »

« Oh oui, il est à tous les matchs. Il a des abonnements pour l'entraînement de printemps. Le type était déjà là quand je jouais. » Weaver a ri. « Soit il travaille pour Blair – peut-être qu'il touche une partie de son contrat – soit il a une case en moins. »

« J'appellerai un de mes amis, Tim Winters, dès que nous

aurons terminé. Il est du bureau du shérif du comté de Lee. Le match est à quelle heure aujourd'hui ? »

« Treize heures. »

« Si ce taré vient ici... »

« Oh, il viendra. »

« Alors je veux que vous appeliez Winters quand il sera là. Vous allez devoir déposer une plainte pour harcèlement contre lui, par contre. Mais nous l'arrêterons, nous l'emmènerons au poste, et nous verrons si nous pouvons lui faire retrouver la raison. Ça vous va ? »

« Absolument. Mais je ne veux pas qu'il soit arrêté dans le stade. »

« Ils ne feraient pas ça. Winters l'interpellera après le match. Il fera ça discrètement. Prenez son numéro. »

« D'accord, j'apprécie vraiment. Qu'est-ce que vous vouliez me demander ? »

« Vous et Elby passiez beaucoup de temps ensemble, n'est-ce pas ? »

« Surtout ici. Notre relation tournait autour du baseball. Il aimait vraiment les Sox, et s'il était encore là, nous serions en train de déménager dans de nouvelles installations à Collier. »

« Pourquoi le projet de déménagement a-t-il échoué ? »

« C'est Elby qui le portait. Il y avait beaucoup d'opposition de la part des entreprises et des fans. Une fois qu'il n'était plus là, tout s'est effondré. »

« Pourquoi ? Qui a mis fin au projet ? »

« Le trust familial Salter, si j'ai bien compris, a repris la totalité ou la plupart des intérêts d'Elby, y compris le terrain pour le stade. Ils se sont retirés. »

« Est-ce Chadwick qui a pris la décision ? »

« Honnêtement, je ne saurais vous le dire. Nous, l'équipe, avons essayé de sauver le projet, mais au final, nous avons décidé que ça ne valait pas la peine de se battre contre eux et les autres qui voulaient que nous restions sur place. Et regardez, cet endroit n'est pas si mal, n'est-ce pas ? Il est vachement plus récent que Fenway. »

Regarder un flot de joueurs faire leur jogging sur le périmètre du terrain sous le soleil offrait en effet un joli spectacle.

« Laissez-moi vous poser une question plus personnelle sur Elby. L'avez-vous déjà vu faire des avances à une jeune fille ? »

« Que voulez-vous dire ? »

« Il y a quelques années, une plainte a été déposée contre lui, l'accusant d'avoir eu des relations sexuelles avec une mineure. »

« J'étais au courant, mais l'affaire a été classée. Apparemment, c'était juste une ex-petite amie qui essayait de lui soutirer de l'argent. »

« Eh bien, elle semble en avoir obtenu. »

« Pardon ? »

« Un accord a été trouvé avec la mère de la jeune fille qui a porté l'accusation. Elle a signé un accord de non-divulgation en échange de ce qui a dû être une jolie somme d'argent. »

« Êtes-vous en train de dire qu'il y avait du vrai dans l'accusation, et qu'il l'a payée pour qu'elle se taise ? »

« J'essaie de rassembler les pièces du puzzle. Il y a aussi eu trois autres poursuites au civil intentées contre lui qui ont été réglées et dont les détails ont été scellés par le tribunal. »

« Et vous pensez que c'était lié à quelque chose de déviant ? »

« Mon travail consiste à explorer toutes les possibilités, et parfois, ça devient sordide. »

« Quoi ? Qu'Elby ait été pédophile ou quelque chose comme ça ? Et qu'il ait payé des gens pour qu'ils se taisent ? »

« Je ne peux pas l'affirmer avec certitude, mais la possibilité existe. »

« Mais pourquoi ces femmes auraient-elles eu besoin d'aller au tribunal ? »

« Pas sûr, mais c'est peut-être aussi simple que de montrer qu'elles étaient sérieuses. »

Il a mis ses mains sur sa tête. « Vous me faites tourner la tête. Je ne sais plus quoi penser de tout ça. »

« Réfléchissez à tout ce qui pourrait s'en approcher. Un comportement qui vous aurait semblé déplacé ? »

« La seule chose qui me vient à l'esprit — et ce n'était pas déplacé, c'est juste à cause de ce que vous dites —, c'est qu'Elby s'assurait toujours d'être là quand ils organisaient des événements pour les enfants des joueurs. »

« Rétrospectivement, est-ce que quelque chose vous semble suspect ? »

« Rien qui me vienne à l'esprit pour l'instant. »

« Ruminez un peu tout ça, et tenez-moi au courant si vous pensez à quoi que ce soit. »

37

DERRICK A DÉCROCHÉ LE TÉLÉPHONE, A PARLÉ UN INSTANT ET A dit : « Frank, il y a une journaliste, une certaine Roberts, au téléphone. »

S'était-elle souvenue de quelque chose, ou étais-je devenu une alternative au bridge et aux cocktails ?

« Bonjour, madame Roberts. Comment allez-vous ? »

« Je ne pourrais pas aller mieux. Écoutez, après votre départ, j'ai commencé à repenser à toute cette histoire. Il se passait beaucoup de choses à l'époque. »

« Les allégations contre Florence Salter ? »

« Non, pas elle. Vous avez mentionné la possibilité qu'un groupe de personnalités influentes agisse de concert pour parvenir à ses fins. C'est vrai, mais je crois vous avoir entendu insinuer qu'ils auraient pu prendre un tournant sinistre. »

« Je ne peux pas en dire beaucoup, mais on peut affirmer sans risque que quand ils se réunissent, ce n'est pas pour jouer au Scrabble. »

« Ils devraient. Ça me garde l'esprit vif. Ça m'a frappée de voir qu'il n'y avait en réalité aucune vision concurrente. Tout le monde se rangeait derrière la proposition du moment, et l'affaire était pliée. Mais je me suis souvenue qu'il y avait cet homme, Dennis Harding ; il venait de la côte Est et possédait quelques parcelles de terrain sur Gulf Shore Boulevard, près de Venetian Village. Harding avait hérité du terrain et avait déménagé à Naples pour le développer. »

« Harding ? Ce nom ne me dit rien. »

« Ça ne me surprend pas. À l'époque, vous n'étiez encore qu'un gamin. Harding avait l'intention de construire une série d'immeubles résidentiels de grande hauteur sur le terrain. »

« Je suppose qu'il a réussi. Je me suis toujours dit que c'était un peu étrange que ce soit à peu près le seul endroit où de grands immeubles sont regroupés le long du Golfe. »

« C'est le cas, mais ça a été une sacrée bataille. Il y a eu beaucoup de résistance au projet de Harding, mais il avait les autorisations nécessaires ; elles bénéficiaient d'une clause d'antériorité datant de l'époque où son père en était propriétaire. On l'a traîné en justice, mais il a eu gain de cause. Il est retourné à West Palm, mais la construction de la première tour a commencé. »

« C'est intéressant. »

« C'est là que ça devient intéressant. L'ossature métallique de la première tour était montée, et Harding est revenu pour la pose de la première pierre du deuxième bâtiment. C'est peut-être juste mon imagination qui s'emballe, mais cette nuit-là, il a été tué dans un accident de voiture sur Alligator Alley. Il a percuté un objet tombé d'un camion, a perdu le contrôle de son véhicule, et on l'a retrouvé mort. »

J'ÉTAIS ALLONGÉ PAR TERRE EN TRAIN DE JOUER AVEC JESSIE quand Mary Ann a dit : « Frank, ton portable sonne. C'est Derrick. »

« Je reviens tout de suite, ma puce. » J'ai embrassé une jambe potelée et je me suis levé.

J'ai pris le téléphone que me tendait Mary Ann. « Garde un œil sur elle. »

« Qu'est-ce qui se passe ? »

« Devine qui était aux États-Unis ? »

« Je t'adore, frérot, mais je préférerais jouer avec Jessie plutôt que de jouer à tes devinettes. De quoi tu parles ? »

« Deux des malfrats de la famille criminelle Redoux ont pris l'avion pour les États-Unis. L'un est arrivé à Miami à peine quatre jours avant que Salter se fasse abattre, et un autre type a atterri à Atlanta neuf jours avant le meurtre. »

« Putain. On tient peut-être quelque chose. Est-ce qu'ils sont repartis par avion ? »

« Aucune trace de leur départ. Ils ont pu filer par la frontière mexicaine ou canadienne. Les contrôles sont limités, surtout à la sortie du territoire. »

« Tu as des photos des hommes ? »

« Des photos de passeport, mais elles datent d'il y a deux ou trois ans. »

« Ça ira pour l'instant. Vois si les autorités françaises ont des photos récentes d'eux deux. Mais d'abord, transmets ces photos au témoin qui a dit avoir vu quelque chose cette nuit-là. »

« Je l'ai déjà appelé. Je suis en voiture, en route pour le voir. J'y serai dans quelques minutes. »

« C'est comme ça qu'il faut faire. »

« Tu veux que je passe te prendre ? Je peux attendre là-bas. »

J'en avais envie, mais il semblait maîtriser la situation. « Je te laisse faire ; sois juste prudent. Une photo à la fois. Laisse-lui le temps de bien y réfléchir, et ne lui mets pas la puce à l'oreille sur l'identité des types. »

« Compris. »

« Appelle-moi dès que tu as fini avec lui. »

« D'accord. Attends, j'ai oublié de te dire que Marie Redoux, elle était bien en France quand elle a dit qu'elle l'était. »

« Il se pourrait qu'elle ait tout planifié pour avoir un alibi. »

« De toute façon, je ne la vois pas commettre le meurtre elle-même. Si elle a joué un rôle, c'était en engageant quelqu'un ou en demandant à un membre de sa famille de le faire. »

« Mais si ce n'était pas une question d'argent, il lui aurait fallu un mobile puissant pour que sa famille intervienne. Les Corses sont peut-être des durs, mais ce n'est pas un gang de rue de Chicago qui tue pour le plaisir. »

« C'est vrai. »

« Voyons d'abord ce que ton témoin a à dire. Bonne chance. »

Je suis retourné dans la salle de séjour, en essayant d'évaluer la probabilité qu'Elby Salter ait été tué par des assassins français. Mary Ann tenait les deux mains de Jessie, l'aidant à essayer de marcher.

Je me suis mis à genoux. « Regarde-toi, Jess. Tu marches. »

« Elle fait beaucoup toute seule. »

« Elle va bientôt marcher. Je n'arrive pas à croire à quel point elle grandit. »

« Je pense retourner au travail le mois prochain. Qu'est-ce que tu en penses ? »

« L'argent nous serait utile, mais avec tout ce qui se passe, j'ai des doutes. À qui peut-on faire confiance pour la garder ? »

« Charlene a dit qu'elle avait fait appel à une agence, et qu'ils étaient formidables. »

« Une agence ? Donc, on va laisser notre fille avec une parfaite inconnue ? Je ne crois pas, non. »

« Ce sont des professionnels, Frank. Ils ont des CV et des références que nous pouvons vérifier. »

« Écoute, est-ce qu'on peut remettre cette conversation à

plus tard ? On peut se permettre que tu restes à la maison avec Jessie encore quelques mois. »

« Ce n'est pas pour l'argent, Frank. »

« Alors c'est quoi ? »

« Je commence à tourner un peu en rond à la maison. C'est tout. »

J'avais envie de lui dire qu'on pouvait échanger nos places, mais je comprenais son point de vue. Mary Ann était une bonne détective et elle était habituée à ce que l'action lui tombe dessus comme une averse d'été.

« On va mettre un plan en place, ne t'inquiète pas. Peut-être que dans deux mois, on pourrait faire deux jours par semaine pour que ce soit plus facile pour Jessie. »

« J'y ai beaucoup réfléchi, Frank. J'ai pensé que trois demi-journées seraient mieux pour commencer. Les ressources humaines ont dit qu'elles pouvaient s'arranger, et je pense que c'est la meilleure approche. »

J'ai voulu me plaindre de son initiative unilatérale, mais l'idée me plaisait. « C'est une bonne méthode. Elle ne serait seule avec quelqu'un que pour quelques heures. Tu serais de retour en un rien de temps. Mais on ne peut pas commencer par deux jours ? »

« Laisse-moi voir comment ça se passe avec elle la semaine prochaine. »

« D'accord. Ça me va. »

J'ai vérifié mon téléphone. Rien. Pourquoi Derrick n'avait-il pas appelé ? Il avait dit qu'il serait là dans quelques minutes. Était-il arrivé quelque chose ? À lui ? J'ai composé son numéro.

38

DERRICK ÉTAIT EN BAS AU STAND DE TIR POUR SA SÉANCE DE TIR réglementaire. En aspirant les dernières gouttes de café de mon mug de voyage, je me suis demandé s'il avait un café Dunkin' pour moi quelque part. Je l'espérais. J'avais fini par en dépendre plutôt que de compter sur le jus de chaussette de la cafétéria.

Je lisais un article sur l'interprétation du langage corporel quand mon téléphone a sonné.

« Luca, Brigade criminelle. »

« Bonjour, inspectrice Luca. C'est Ron Weaver à l'appareil. »

« Comment allez-vous, Ron ? »

« Bien. Je voulais vous remercier d'avoir fait intervenir l'inspecteur du comté de Lee. »

« Tim Winters, c'est un type bien. »

« Eh bien, il a arrêté ce type, et il n'y a eu aucune agitation. Ça s'est fait en deux temps, trois mouvements, et il était à l'arrière de la voiture. »

« Je suis contente que ça se soit bien terminé pour vous. »

« J'étais inquiet. Vous imaginez l'effet que ça aurait fait de faire arrêter un fan. Mais je ne pense pas que plus d'une poignée de personnes sur le parking aient su ce qui se passait. »

« C'est une bonne chose. Ce type va vous laisser tranquille maintenant. Il avait probablement juste besoin d'une bonne frousse. »

« Je sais, mais je préférerais ne pas porter plainte et en faire toute une histoire. »

« Vous pourrez retirer votre plainte d'ici une semaine ou deux. Laissez-le mariner un peu. »

« C'est une bonne idée. C'est ce que je vais faire. »

Derrick est entré, sans café.

J'ai dit : « C'est bien, Ron. Je dois vous laisser. »

« D'accord, mais je repensais à ce que vous avez dit à propos d'Elby et de quoi que ce soit de bizarre. »

« Quelque chose vous est revenu en tête ? »

« Ce n'est probablement rien, et j'ai l'impression de cracher sur sa mémoire... »

« Ce n'est pas grave. Tout ce que vous me direz restera entre nous. De quoi s'agit-il ? »

« Eh bien, on était à un match un jour, et il a dit qu'une femme ressemblait à la fille de sa copine, Marie. Puis il a ajouté, sauf que la fille avait une paire de nibards incroyables pour son âge. »

« A-t-il dit autre chose ? »

« Non, c'était à peu près tout. »

« Faisait-il régulièrement ce genre de commentaires ? »

« Ni plus ni moins que la plupart des hommes. »

« La plupart des hommes ? »

« J'aurais dû dire les athlètes. J'en côtoie beaucoup, et, eh bien, ils peuvent être un peu crus. »

« Elby avait-il l'air excité quand il a parlé de la fille de Marie ? »

« Je n'ai pas vraiment fait attention à lui quand il a dit ça. »

« Y a-t-il autre chose dont vous vous êtes souvenu ? »

« Non. Et je dois dire que si vous n'aviez pas abordé le sujet, je n'aurais probablement même pas fait le lien. »

« Je comprends. Mais rendez-moi un service, vous voulez bien ? »

« Bien sûr, de quoi avez-vous besoin ? »

« Quand un connard fait un commentaire comme ça, ne laissez pas passer. Dites quelque chose, ou fourrez-lui une foutue chaussette dans la bouche. »

« Oh, oui, c'est promis. Passez une bonne journée. »

J'ai raccroché brutalement.

« Qu'est-ce qui se passe ? »

« C'était Weaver. Il a dit qu'Elby avait fait un commentaire sur la fille de Marie au stade. »

« Qu'est-ce qu'il a dit ? »

« Un truc comme quoi la gamine avait une forte poitrine. »

« Le type est un vrai porc. C'était probablement un pervers. »

« Je ne sais pas quoi en penser. Ces connards qui l'ouvrent sans arrêt. J'aimerais leur enfoncer mon poing dans la gorge. »

« Ça ne vaut pas la peine de t'énerver. Détends-toi. »

Facile à dire pour lui. Il n'avait pas de fille pour qui s'inquiéter. « Je vais pisser un coup. »

Assise sur la cuvette, j'ai réalisé que l'émotion ne résoudrait rien. Que signifiaient vraiment les informations que Weaver m'avait transmises ? Était-il possible qu'Elby Salter ait dépassé les bornes avec la fille de Marie Redoux ? L'avait-il agressée sexuellement ? Était-ce la confirmation qu'il était pédophile ?

Si cette extrapolation se vérifiait, nous tiendrions notre mobile. Ce n'était pas Marie agissant en amante éconduite, mais en mère déterminée à venger la violation de son bébé. C'était une réaction puissante, logique, si c'était bien ça.

Alors que mon urine commençait à couler, j'ai réalisé que, venant d'une famille à l'aise avec la criminalité, il aurait été facile pour Marie d'organiser le meurtre. Pas besoin de chercher en coulisses des personnages louches pour trouver quelqu'un qui non seulement le ferait, mais le ferait bien et se tairait. Elle aurait pu s'adresser à des gens qu'elle connaissait et en qui elle avait, on peut le supposer, confiance. C'était simple, et honnêtement, trop facile. Les membres de la famille avaient-ils droit à une réduction sur les contrats d'assassinat ?

Ou était-ce quelque chose qui échappait à son contrôle ? La nouvelle de la transgression d'Elby, s'il y en avait eu une, était-elle parvenue à sa famille, et celle-ci avait-elle pris les choses en main ? Peut-être que Marie avait essayé de les en empêcher, mais s'était heurtée à cette histoire d'honneur tordu que les criminels aiment invoquer pour expliquer leur comportement.

En remontant ma braguette, je me suis demandé pourquoi le témoin n'avait identifié aucun des Français comme étant celui qui se trouvait avec Elby Salter le soir de son meurtre. Sa mémoire aurait-elle pu lui faire défaut ? Les témoins oculaires étaient problématiques : toujours sûrs de ce qu'ils avaient vu, jusqu'à ce qu'ils ne le soient plus.

Si c'étaient des membres d'une famille du crime organisé française qui avaient fait le coup, ils auraient pu porter des déguisements. Selon Interpol, c'étaient des tueurs à gages expérimentés, habitués à prendre toutes les précautions possibles pour éviter d'être repérés.

Où diable étaient-ils maintenant ? Une fois que quelqu'un entrait dans le pays, le suivre à la trace était presque impossible. S'ils étaient venus, avaient liquidé Salter et avaient quitté le pays, nous ne les attraperions jamais.

En me séchant les mains, un filet de bile m'est remonté dans la gorge. Je me suis souvenue de ce que l'instructeur du cours de formation des inspecteurs avait dit sur la capture des criminels : si quelqu'un allait dans une ville à des centaines de kilomètres, n'y était jamais allé et n'y connaissait personne, commettait un crime et repartait, il y avait peu de chances de l'attraper.

Dans ce cas, nous savons peut-être qui a fait le coup, mais

ils sont à huit mille kilomètres de là, protégés par un gouverne-ment étranger. Monter un dossier contre eux, c'est comme vouloir faire le tour du monde en kayak percé.

39

LA CIRCULATION EN DIRECTION DU NORD SUR LA 41 ÉTAIT quasiment à l'arrêt à l'heure du déjeuner, jusqu'à ce que je dépasse Immokalee Road. Là, j'ai entrouvert ma fenêtre et appuyé sur l'accélérateur. J'étais impatient d'entendre ce qu'elle avait à dire. En tournant sur le parking, j'ai su que c'était un moment crucial de l'enquête.

Les tables en terrasse étaient vides. J'ai ouvert la porte de l'Auberge et balayé du regard la salle carrée. Quatre tables de deux et six personnes à une table ronde étaient en train de déjeuner, mais aucune trace de Marie.

Une serveuse souriante a levé un doigt en portant une bouteille de vin blanc à une table. Elle l'a plongée dans un seau à vin et s'est dépêchée de venir vers moi.

« Bonjour. Pour combien de personnes ? »

« Je ne viens pas pour déjeuner. Je dois parler à Marie Redoux. »

« Oh, elle n'est pas là aujourd'hui. »

« Elle est malade ? »

« Non, elle a dit qu'elle avait un imprévu. »

J'allais me rendre chez elle, mais j'ai tout de même demandé : « Serait-elle là demain ? »

« Je ne pense pas. Normalement, je suis en congé demain, mais elle m'a demandé de m'assurer de venir. »

« D'accord. Peut-être que je passerai déjeuner demain. »

« Je peux lui dire qui est venu la voir ? »

« Je travaille pour un distributeur de vin, rien d'important, je voulais juste lui faire goûter quelque chose qui, je pense, lui plaira. Je repasserai, merci. »

Où diable était-elle ? Avait-elle pris la fuite, croyant que le filet se resserrait ? Par précaution, j'ai appelé Derrick pour lui dire que je me dirigeais vers la maison de Marie. C'était un protocole que je ne suivais généralement pas.

MARIE REDOUX HABITAIT À ESPLANADE, UN NOUVEAU lotissement qui obligeait chaque propriétaire à adhérer à son club de golf. J'ai longé le parcours de golf, j'ai dépassé une dizaine de courts de tennis et j'ai tourné, passant devant des terrains de pickleball, la nouvelle lubie en matière de vie active. Je ne comprenais pas l'intérêt du pickleball, mais en même temps, je ne comprenais pas non plus celui du golf.

On aurait dit que les maisons des deux côtés de Terrace Way avaient vue sur l'eau. J'ai essayé de me souvenir de leur gamme de prix. Les maisons étaient grandes. Avec la vue sur l'eau, elles devaient avoisiner le million et demi de dollars.

Marie vivait à peu près au milieu de la rue, dans une maison de plain-pied de couleur ocre. Deux palmiers royaux se dressaient comme des sentinelles de chaque côté de l'allée. Il n'y avait pas une seule voiture dans la rue. J'ai remonté l'allée en direction d'un palmier-tigre oscillant qui masquait la porte.

Me demandant quelle vue la maison pouvait avoir, j'ai sonné. Pas de réponse. J'ai accompagné ma deuxième sonnerie de quelques coups sur la porte. Rien. Peut-être était-elle assise sur sa terrasse couverte. Mes chaussures se sont enfoncées dans l'herbe mouillée tandis que je longeais le côté de la maison.

La piscine en forme de haricot était protégée par une moustiquaire. Je me suis dirigé vers le plan d'eau et j'ai regardé en arrière. Il n'y avait personne sous la partie couverte de la terrasse. La maison était vide.

Je suis remonté dans le Cherokee et j'ai pris la direction du bureau, en me demandant où pouvait bien être Marie Redoux.

« Tu as réussi à voir Marie ? »

« Non. Elle n'était pas chez elle non plus. »

« Étrange, mais ça pourrait être légitime. »

« C'est pourquoi je ne tire aucune conclusion hâtive, bien que je sois champion olympique de la discipline. »

« Très drôle. »

« Écoute, appelle le service des douanes et de la protection des frontières. Nous devons lancer une alerte sur ces Français. Je veux que tout le monde ouvre l'œil pour retrouver ces deux-là, surtout le long de la frontière canadienne. »

« Pourquoi tu penses qu'ils iraient au Canada plutôt qu'au Mexique ? »

« Des millions de Canadiens parlent français, surtout au Québec, où c'est la langue majoritaire. »

« Ah oui, c'est vrai. Lynn et moi sommes allés à Montréal et on n'arrivait pas à croire que c'était la langue principale là-bas. »

« Il y a une longue histoire entre la France et le Canada. Je crains qu'ils ne soient pas inquiétés s'ils traversent la frontière. »

« Je m'en occupe. »

« Et je veux les images de leur arrivée à Miami et à Atlanta. Récupère les vidéos de leur apparence actuelle et montre-les au témoin. Vois s'il peut identifier l'un d'entre eux. »

« Je suis déjà dessus. J'ai fait les demandes ce matin. »

« Bien. »

Derrick a pris son téléphone pendant que je fixais les photos des hommes que nous devions retrouver. Jacques Redoux avait trente-six ans, une barbe finement taillée et des cheveux noirs ondulés. Étaient-ils teints ? Il était le cousin germain de Marie. J'ai supposé qu'il était probablement le chef de l'opération. Il avait atterri à Miami, tandis que Pierre Bouchard était arrivé à l'aéroport d'Atlanta.

Bouchard avait un nez aquilin et une petite cicatrice au menton. Était-ce lui le tireur ? Il ne ressemblait pas à l'homme du portrait-robot que le dessinateur de la police avait réalisé. En fait, aucun des deux hommes ne présentait la moindre ressemblance avec le dessin.

Comme tout citoyen, j'étais préoccupé par l'atteinte à la vie privée causée par le nombre croissant de caméras déployées. Mais bon sang, qu'est-ce que j'aurais aimé avoir une vidéo sur laquelle travailler.

Ça ressemblait à un de ces films hollywoodiens : des tueurs étrangers s'infiltrant dans le pays pour venger un acte atroce. Ça ferait vendre des billets, mais comme la plupart des navets sortant de cette industrie, était-ce si éloigné de la réalité ?

Ça me dérangeait que Marie ne se soit pas présentée au travail, qu'elle ne soit pas chez elle et qu'elle ne réponde pas à son téléphone. C'était peut-être une coïncidence, mais tu sais ce que je pense des coïncidences.

40

QUAND DERRICK A APPELÉ LE RESTAURANT À 10 H 30 EN s'excusant d'avoir fait un faux numéro, Marie a répondu. J'attendais à l'autre bout du parking, et quand il m'a envoyé un texto pour dire qu'elle était là, je me suis précipité vers la porte de l'Auberge. Elle était verrouillée.

J'ai frappé à plusieurs reprises, me demandant si elle n'allait pas filer par la porte de derrière. Finalement, Marie est apparue, transportant un bac rempli de couverts. Elle a froncé les sourcils en me voyant, a posé l'argenterie sur une table et a ouvert la porte.

« Alors, c'*était* bien vous, hier ? »

« Qu'est-ce qui vous a mis la puce à l'oreille ? »

« Il n'y a pas de distributeurs de vin qui ressemblent à George Clooney. »

C'était puéril, mais j'ai apprécié le compliment ; ça m'a donné l'impression d'avoir encore la cote. Ou les cheveux de Clooney devenaient-ils eux aussi plus sel que poivre ?

« Vous devez répondre à quelques questions. »

« Vraiment ? Je suis très occupée, et si je préfère ne pas le faire ? »

« Je vous ferai emmener au bureau du shérif pour un interrogatoire. Ça ne devrait pas prendre plus de trois ou quatre
heures, s'ils ont une salle de libre. »

Ses yeux se sont plissés. « Que me voulez-vous ? »

« Des réponses sincères. »

Elle a croisé les bras. « J'ai toujours été sincère. »

« Je ne suis pas ici pour débattre avec vous, madame. On
s'assoit ? »

Elle s'est écartée. « Je n'ai pas le choix. Nous avons une réser-
vation pour un grand groupe pour le déjeuner. Faites vite. »

Les restaurants vides possédaient cette même tristesse que
de passer son anniversaire seul. Une fête qui ne demandait qu'à
commencer, mais sans personne pour la lancer. J'ai sorti mon
Moleskine et me suis installé sur une chaise bancale.

« Je crois savoir que vous avez eu de la visite de France. »

Une expression a traversé son visage. Était-ce de la surprise
ou de la perplexité ? « De la visite ? Je ne comprends pas. »

« Votre cousin Jacques a atterri à Miami. »

« Vraiment ? Quand ça ? »

« À peine quelques jours avant le meurtre d'Elby Salter. »

« Je vous ai déjà dit que j'étais en France quand c'est
arrivé. »

« Oui, je sais. Nous l'avons vérifié auprès de la Sécurité
intérieure. »

« Alors pourquoi m'interrogez-vous ? »

« Je ne crois pas que ce soit une coïncidence que votre oncle
soit à la tête d'une famille du crime organisé corse, connue
pour ses contrats d'assassinat, et que deux membres de ce
syndicat aient débarqué sous le soleil de Floride quelques jours
avant qu'Elby Salter ne finisse mort. Voilà ce qui me tracasse. »

« Je n'en ai aucune idée quant à cette coïncidence, mais qui
est l'autre personne ? Vous avez dit deux membres. »

Soit elle était honnête, soit elle jouait très bien à l'imbécile en posant des questions sur le second homme. « Pierre Bouchard. »

« Jamais entendu parler. »

« C'est peut-être vrai, mais ce n'est pas surprenant. Je suis sûr que vous savez que les contrats d'assassinat nécessitent plusieurs niveaux de déni plausible pour être efficaces. »

« Inspecteur Luca, le mystère que vous tissez ici est peut-être fascinant au cinéma, mais j'ai un restaurant à faire tourner. »

« Est-ce que votre oncle, Lucien, a envoyé deux de ses hommes de main pour tuer Elby Salter ? »

« Pourquoi ferait-il une chose pareille ? »

« Parce que vous le lui avez demandé. »

« Je n'ai rien fait de tel. »

« Ou alors il a décidé de lui-même de réparer un tort et de protéger l'honneur de la famille. »

« Et de quel honneur parlez-vous ? »

« Votre fille. »

Elle s'est penchée en avant. « Laissez ma fille en dehors de vos hallucinations. Elle n'a rien à voir avec tout ça. »

« Vous savez ce que je pense ? Je pense qu'Elby Salter a dépassé les bornes d'une manière ou d'une autre avec votre fille. Je ne dis pas qu'elle a eu quoi que ce soit à voir avec lui. Ce n'était pas sa faute. Mais certains signes indiquent qu'Elby Salter avait un fétichisme pour les jeunes filles. »

« Vous avez terminé ? Parce que je n'ai rien de plus à dire, et je dois me préparer pour le déjeuner. Si vous avez des preuves pour étayer vos idées folles, présentez-les. Sinon, je vous demande de partir. »

Elle s'est levée, les épaules en arrière et les lèvres pincées.

« Merci de votre temps, Mme Redoux. »

Sur le trajet du retour au bureau, je n'arrêtais pas de me repasser ses réponses. Était-ce son origine européenne qui rendait la lecture de son langage corporel plus difficile ? Elle était protectrice envers sa fille, mais qui ne le serait pas ?

Il me fallait plus de preuves, quelque chose qu'elle ne pourrait pas nier, peut-être même quelque chose qui me permettrait de parler à sa fille. J'adorerais interroger la gamine, mais je ne voulais pas lui faire subir quoi que ce soit, sauf si j'avais des preuves en béton que ça aiderait l'affaire.

Sur le chemin du retour au bureau, Derrick a appelé.

« Frank, comment ça s'est passé avec Marie ? »

« Rien à signaler. Elle a nié avoir été au courant de la venue des malfrats français. Elle a même dit qu'elle n'avait aucune idée que son cousin était ici, prétextant qu'elle était en France à ce moment-là. »

« Un bon alibi, mais il tombe à l'eau si c'est une conspiration. »

« Je sais, et ce qui me dérange, c'est qu'elle est en France pour voir sa famille. Quelles sont les chances qu'elle ne sache pas que son cousin est ici ? Ce serait l'une des premières choses dont les gens parleraient. Elle vit en Floride, un cousin prend l'avion pour Miami, et ça n'est pas mentionné ? »

« Je n'y crois pas non plus. Elle devait savoir. Peu importe que ce soit un cousin germain. Lynn avait une tante qui venait d'Irlande, et cette femme voulait savoir si on connaissait son cousin au deuxième degré. Et le type vivait quelque part près de Chicago. »

« Elle m'a aussi coupé net dès que j'ai évoqué sa fille. Elle ne voulait pas en parler, me disant de ne pas la mêler à ça. »

« Tu as posé des questions sur la gamine et Elby Salter ? »

« Ouais, j'ai amené ça délicatement, mais elle a quand même pété un plomb. Je ne sais pas s'il y a quelque chose ou pas, mais je dois le découvrir. »

« On va le faire. Écoute, j'ai les copies numériques des enre-gistrements vidéo des aéroports de Hartsfield et de Miami. J'ai mon ordinateur portable, et je vais voir le témoin. Espérons qu'il pourra identifier l'un de ces hommes comme étant celui qu'il a vu la nuit où Salter a été tué. S'il y arrive, on sera sur la bonne voie. »

J'ai apprécié le sens de l'urgence de Derrick. « Ce serait une bonne façon de commencer le week-end. »

« Je t'appellerai pour te tenir au courant. S'il n'y a rien, alors on se voit demain. Le match est à treize heures. Je passerai vers onze heures trente, d'accord ? »

« Parfait. Tiens-moi au courant pour la vidéo. »

41

NOUS NOUS SOMMES FRAYÉ UN CHEMIN À TRAVERS UNE FOULE d'enfants et de personnes âgées pour rejoindre nos sièges. Plus de la moitié des gens étaient parés de maillots et de casquettes de baseball des Red Sox. L'entraînement de printemps était devenu un incontournable pour les retraités hivernants et les habitants du coin.

L'attrait ne tenait pas seulement à la météo : l'action était plus proche, les joueurs plus enclins à échanger avec le public, et les billets coûtaient bien moins cher que pendant la saison régulière.

« Elles sont super, ces places, mec. »

« J'aurais aimé que Weaver puisse nous faire entrer dans la loge, mais John Henry, le propriétaire du club, l'utilise aujourd'hui. »

« Si tu veux mon avis, celles-ci sont meilleures ; on est plus près du terrain. »

« Weaver a dit que ces places étaient pour les recruteurs de l'organisation. »

« L'année prochaine, on devrait emmener les filles voir un match. »

« C'est une bonne idée. Je te laisse t'en occuper. »

« Ça marche. Je n'arrive toujours pas à croire que les Sox aient laissé partir Blair. »

« Ah bon ? »

« Ouais, hier soir, il a signé avec les Yankees. Ils lui ont offert un contrat de dix ans. »

« Je me demande si Weaver y est pour quelque chose. »

« C'est le cas. Lui et Riley ont dit qu'ils avaient un jeune dans les ligues mineures sur lequel ils pouvaient compter, plutôt que de signer un contrat cher et à long terme avec Blair. »

« Je me souviens qu'il avait mentionné un joueur des ligues mineures qui, selon lui, serait prêt au milieu de la saison. »

« Tu veux une bière ? »

Les Red Sox se prenaient une déculottée, et les fans scandaient le nom de Blair à l'unisson.

« T'entends ces types ? On n'est qu'à la quatrième manche, bon sang. Il reste largement du temps. »

« Les fans d'équipes gagnantes ne sont pas très patients. »

« Tu as raison. J'aime bien ce sport, mais je n'imagine pas supporter une équipe qui perd tout le temps. »

« Voilà Weaver qui arrive. »

Alors qu'il se dirigeait vers nous, une volée de huées a éclaté.

« Salut, Ron, je vous présente mon partenaire, Derrick Dickson. »

Ils se sont serré la main et j'ai dit : « Ils prennent ça au sérieux, pas vrai ? »

« Mec, vous n'avez pas idée. C'est parti en vrille après que Blair a signé avec New York. »

Un fan, une dizaine de rangs plus loin, s'est mis à hurler : « Vous êtes nul, Weaver. Changez de métier. » J'ai fait un signe de tête en direction du type agité, et Derrick est parti le calmer.

« Désolé pour tout ça. Nos fans sont des passionnés. »

« Pourquoi n'allez-vous pas dans la loge ? »

« Vous êtes sûr ? »

« Ouais, merci pour les billets. Ils sont super. »

Du coin de l'œil, j'ai remarqué un homme qui fonçait dans les escaliers. Au moment où je me suis tourné, il a jeté une bière sur Weaver, trempant une de ses jambes de pantalon et éclaboussant mon bras de mousse. Le rouge de son visage était presque aussi vif que le B sur sa casquette.

Il a hurlé : « Putain d'idiot. On a besoin de Blair, crétin. Vous êtes en train de détruire l'équipe ! »

Il ne portait rien sous son coupe-vent de Boston, dont la fermeture éclair descendait jusqu'à son nombril. M'interposant entre eux, j'ai posé la paume de ma main sur son torse moite, et il l'a promptement repoussée.

« Calmez-vous et surveillez votre langage, le tigre. Il y a des enfants ici. »

« Je me calmerai quand ce crétin apprendra à diriger une foutue équipe. »

« Si vous ne la fermez pas et ne vous reprenez pas, vous allez vous faire virer. »

« Bien sûr, c'est ça l'esprit de cette équipe, on emmerde les fans tant qu'on se remplit les poches. »

Derrick s'est approché de moi et a dit : « C'est votre dernier avertissement. »

L'homme a foudroyé Weaver du regard avant de faire demi-tour. Je me demandais ce qu'il y avait dans les poches rebondies de son short cargo alors qu'il retournait à sa place en se dandinant.

Derrick a dit : « Quel cinglé. »

J'ai murmuré : « Je crois qu'il est armé. On aurait dit qu'il y avait une bosse au niveau de sa hanche droite. »

« Il a intérêt à avoir un permis. »

Avant que je puisse répondre, Weaver a dit : « C'est le fan que votre ami a arrêté. »

« Vous plaisantez ? Le type a été bouclé il y a une semaine et il fait déjà des siennes ? »

« L'affaire Blair a dû le faire disjoncter. »

« Je me fiche de ce qui a pu se passer, ce mec a besoin d'être sous traitement ou enfermé. »

Derrick a dit : « Il est évident qu'il n'a pas compris le message. Il devrait être expulsé d'ici. »

« Je ne veux pas faire d'esclandre. »

« La décision vous revient, mais si vous ne le faites pas, vous l'encouragez, lui et tous les autres tarés d'ailleurs, à faire ce qui leur chante. »

« Frank a raison. Vous ne pouvez pas permettre ça. Des malades comme lui feront fuir les familles. »

Weaver a baissé la voix. « Je suis dans une situation délicate. Les responsables des relations publiques ont dit que nous devions être prudents en gérant les fans mécontents. Ils ont dit que ça s'était retourné contre les Marlins il y a quelques années, et que leur fréquentation n'était jamais remontée. »

Derrick a dit : « Je me souviens de ça. Ils parlaient même de déménager l'équipe hors de Floride. »

Weaver a dit : « C'est exact. Ils perdent encore des tonnes d'argent. Une rumeur court qu'ils pourraient être vendus. »

« Écoutez, je ne connais rien au marketing, mais je ne veux pas que quelqu'un soit blessé, c'est tout. »

« Moi non plus. Je vais en parler avec les gars dans la loge et voir si on peut faire passer un message rappelant aux fans les règles de conduite du club. »

« Bien. Comment s'appelle ce type ? »

« Eugene Smick. »

Tandis que le match se poursuivait, j'ai gardé un œil sur Smick. Il n'a rien fait d'autre que d'encourager frénétiquement les Sox qui ont remonté la pente pour finalement remporter le match sur un score de neuf à huit.

Je voulais demander à Weaver s'il se souvenait de quelque chose de plus sur Elby Salter et la fille de Marie Redoux, et je suis allé à la loge du propriétaire dès la fin du match.

Weaver arrivait dans le couloir et a souri. « Beau match, n'est-ce pas ? »

« Je ne pensais pas que les Sox remonteraient. Peut-être que vous n'avez pas besoin de Blair après tout. »

« Je l'espère, sinon je vais devoir chercher un emploi. »

« Ça ira pour vous. Écoutez, je voulais juste vérifier à nouveau si vous vous souveniez de quelque chose de plus concernant Elby et Marie Redoux. »

« Vous savez, j'y ai beaucoup réfléchi, mais rien ne m'est revenu. Il l'appréciait, sans aucun doute, et je pense qu'il a été contrarié quand elle a rompu avec lui, mais... »

« C'est elle qui a rompu avec lui ? »

« Ouais. »

« Vous en êtes sûr ? »

« Ouais, j'en suis quasiment certain. »

DERRICK M'ATTENDAIT PRÈS DE LA PORTE PRINCIPALE. IL Y AVAIT une poignée de retardataires qui traînaient dans l'espoir d'obtenir des autographes.

« Weaver a dit que c'est Marie qui a rompu avec Elby. Ce n'est pas ce qu'elle nous a dit. »

« Elle a encore menti. »

« Je sais, mais pourquoi ? L'aurait-elle largué après qu'il a fait ou a essayé de faire quelque chose à sa fille ? »

« Conclusion logique. Mais pourquoi l'appelait-elle depuis la France ? »

« Aurait-elle essayé de lui extorquer de l'argent ? »

« Et comme il a refusé de marcher dans sa combine, elle l'a fait tuer. »

« Exactement. »

Derrick m'a donné un coup de coude. « Voilà notre ami. »

Eugene Smick se dirigeait vers une camionnette blanche dont les portes arrière étaient couvertes d'autocollants.

« Quel phénomène. Il a besoin de se trouver une vie. »

_____

42

PENDANT QUE JE FAISAIS GRILLER QUELQUES HAMBURGERS, J'AI levé les yeux et admiré le ciel zébré d'orange. Observer les étoiles était aussi quelque chose que j'avais commencé à faire. Il allait falloir que j'accumule quelques connaissances sur la planète, sinon Jessie penserait que son père ne savait rien avant même qu'elle atteigne l'adolescence.

Mary Ann est passée par la porte-fenêtre coulissante avec Jessie dans les bras. « Où est la télécommande ? »

« Sur la table. »

« Il faut que tu voies ça. Il y a des émeutes à Paris. »

La télé s'est allumée, affichant des milliers de manifestants défilant sur les Champs-Élysées. Des incendies faisaient rage près des magasins les plus chers du monde.

« Oh mon Dieu, regarde ce qu'ils font. On vient juste d'y aller. »

« C'est dégoûtant. Qu'est-ce qui a déclenché ça ? »

« J'ai entendu parler d'une augmentation de la taxe sur l'essence. »

« Quoi, le prix à la pompe n'est pas encore assez élevé ? »

« Regarde, le magasin Louis Vuitton est complètement barricadé. »

« Les flics devraient utiliser des canons à eau pour les arrêter. »

« Regarde tous ces graffitis sur l'Arc de triomphe. »

« Ce sont des tombes qu'ils sont en train de profaner. »

La vidéo montrant une ligne de policiers en tenue anti-émeute marchant vers les manifestants a été remplacée par l'image d'un journaliste qui interviewait un homme masqué portant un gilet jaune. Sur la droite, une foule de ses acolytes était rassemblée.

« Regarde cette pancarte. Qu'est-ce qu'elle dit ? »

« *Liberté*. Ça veut dire liberté en français. »

« Putain de merde ! »

« Frank ! Quand est-ce que tu vas arrêter de dire des gros mots devant Jessica ? »

« Désolé, désolé... »

« Arrête avec tes excuses. Tu veux que ses premiers mots soient des jurons ? »

« Je te le promets, d'accord ? C'est juste que... tu te souviens de ce corps qu'on a retrouvé sur le bateau au quai de Naples City ? »

« Celui qui n'avait pas d'identité ? »

« Ouais. Il avait un tatouage que je pensais être en espagnol. Ça fait un moment, mais ça pourrait être du français. »

———

NOUS FILIONS SUR L'INTERSTATE 75, VENANT DE DÉPASSER Venice. Nous serions à Sarasota en moins d'une demi-heure. La route était longue et même si cela violait mon mantra sur l'utilisation diligente de nos ressources, j'étais content que Derrick soit avec moi. J'ai dit : « J'ai toujours pensé que le type mort sur le bateau était le tueur. Après avoir tué Salter, quelqu'un l'a tué pour s'assurer qu'il ne parlerait jamais. »

« Moi aussi. C'est pour ça que j'ai été surpris que ce ne soit pas un des Français. »

« Il aurait pu y avoir un troisième homme dans l'opération. »

« C'est ce que je suis en train de me dire. Ça aurait pu être un type du coin que les Français ont engagé. »

« Ou quelqu'un que le groupe de joueurs de poker a engagé. »

« Je ne sais pas, Frank. »

« Comment la voiture d'Elby a-t-elle fini entre les mains d'une société contrôlée par Hamlet ? »

« J'espère qu'on le découvrira aujourd'hui. »

Une paire de préfabriqués faisait office de bureaux de Sunshine Scrap and Waste. De petites collines de ferraille et de voitures broyées parsemaient les quelques hectares de la propriété. Deux machines jaunes, semblables à des griffes, soulevaient des voitures comme s'il s'agissait de boîtes de céréales, et deux broyeuses orange, alimentées par un tracteur, émettaient des bruits stridents et recrachaient des bandes de métal.

Nous sommes entrés dans le préfabriqué. C'était ce à quoi on pouvait s'attendre dans une casse. La moquette était déchirée par endroits, et les quatre bureaux supportaient des montagnes de paperasse et de pièces automobiles. Une femme bourrue à la voix rauque de fumeuse est allée chercher son patron.

Deux hommes se sont frayé un chemin jusqu'à nous. Nous avons serré la main du directeur de la casse, Marty Vine, et de l'avocat de l'entreprise, Louis Alispi.

Vine avait des mains rêches comme du papier de verre et portait une chemise blanche qui aurait peut-être été à sa taille vingt ans plus tôt. Son avocat était vêtu d'un costume bleu et d'une cravate rouge. Faisant la moitié de la taille de son client, il n'en constituait pas moins une protection.

Nous nous sommes serrés dans le bureau de Vine, où un climatiseur était accroché au mur. La raison pour laquelle quelqu'un avait collé des bandes de papier à sa sortie d'air était un mystère, car il émettait un bourdonnement bruyant lorsqu'il fonctionnait. Par la fenêtre, une voiture dans les serres d'une machine était en train d'être empilée.

Alispi s'est assis en diagonale, coinçant son client derrière un bureau encombré de papiers. Il a dit : « Je crois comprendre que vous vous intéressez à l'acquisition par Sunshine Scrap d'un certain Ford Explorer 2018. »

« Celui qui appartenait à Elby Salter. »

« Les dossiers que nous avons indiquent qu'il a été amené à la casse le vingt-et-un février. »

« À quelle heure ? »

« Nous n'enregistrons pas l'heure de la journée. »

« Qui a amené le SUV ? »

« Un homme du nom de Dick Simon. »

« Quel genre de pièce d'identité exigez-vous ? »

« Voici une copie du permis de conduire qu'il a présenté. »

J'ai pris la feuille de papier. « Vous avez déjà fait affaire avec ce type ? »

Alispi a regardé Vine, qui a dit : « Pas que je sache. Nous réceptionnons mille cinq cents véhicules par mois, minimum, parfois mille six cents, voire mille sept cents. »

Derrick était meilleur en calcul que moi et a dit : « Ça fait plus de cinquante voitures par jour. »

« Si vous le dites. Je sais juste que si on en a soixante ou plus par jour, c'est qu'on fait une bonne journée. »

Simon ressemblait à un marine : cheveux en brosse et mâchoire carrée. Il avait soixante-deux ans et mesurait un mètre soixante-dix-huit. Il n'aurait pas besoin d'une arme pour intimider quelqu'un comme Salter. Son adresse était indiquée au 3874 Deerfield Drive à North Sarasota.

Derrick a demandé : « Combien avez-vous payé pour la voiture ? »

« Cinq cent cinquante. »

« Cinq cent cinquante dollars ? Pourquoi quelqu'un vendrait-il une voiture relativement neuve pour seulement cinq cent cinquante dollars, alors qu'elle en vaut trente ou quarante mille ? »

Alispi a dit : « Nous ne pouvons pas spéculer sur la motivation des clients de l'entreprise, mais il est peu probable que la valeur que vous lui avez attribuée soit exacte. »

« Et pourquoi dites-vous cela ? »

Il a fait glisser une photographie sur le bureau. « Regardez par vous-même. Nous avons imprimé ça à partir de la photo numérique qui a été prise. »

La peinture blanche était tachée. On aurait dit qu'une sorte de produit corrosif avait été pulvérisé sur le SUV. Le toit, vers l'arrière, avait une grosse bosse, et la lunette arrière manquait. La photo soulevait plus de questions qu'elle n'apportait de réponses.

J'ai dit : « La voiture est arrivée à la casse dans cet état ? »

« Oui. »

« Et elle a été conduite par M. Simon ? »

« Oui, c'est ce que nous croyons. »

« Vous le croyez ou vous le savez ? »

« Nous n'avons aucune raison de croire que quelqu'un d'autre que M. Simon a amené la voiture. »

J'ai étudié le permis de conduire de Simon. J'avais du mal à croire qu'il n'appellerait pas une dépanneuse pour déplacer une voiture comme celle-ci sur une trentaine de kilomètres depuis sa maison de North Sarasota — à moins qu'il y ait anguille sous roche.

« Qu'avez-vous fait de la voiture après son arrivée ? »

Vine a répondu : « Eh bien, on démonte les pièces qu'on peut vendre ou dont on peut extraire des métaux précieux, comme le pot catalytique et les circuits imprimés. Ce genre de choses. »

« Et ensuite ? »

« On les broie. »

« L'Explorer était dans un conteneur à destination de la Chine. Qui a ordonné ça ? »

« On expédie beaucoup de ferraille là-bas. Leurs coûts de main-d'œuvre sont dix fois inférieurs aux nôtres, et ils peuvent y faire des choses qui nous feraient fermer boutique. »

« Y a-t-il eu quelque chose d'inhabituel dans le traitement de cette voiture ? »

« Que voulez-vous dire ? »

« Y a-t-il eu un traitement spécial ? A-t-il été accéléré ? »

« Pas que je sache. »

« Avez-vous, ou quelqu'un d'autre, reçu des communications de l'extérieur concernant ce véhicule ? »

« De l'extérieur ? Je ne comprends pas. »

« Est-ce que quelqu'un de la direction ou de la holding qui possède cette installation, ou quelqu'un de la famille Hamlet a appelé ou communiqué de quelconque manière que ce soit au sujet de la réception, du traitement ou de l'organisation de l'expédition de l'Explorer en question ? »

« Je n'ai parlé à personne de rien du tout. »

Nous sommes partis de là et nous nous sommes dirigés directement vers North Sarasota. J'avais hâte d'entendre l'histoire de Dick Simon sur la voiture de Salter.

43

Il ne nous a fallu que quinze minutes pour arriver à
Newton Estates, où vivait Simon. Sa rue donnait sur un parc
où se trouvait également une bibliothèque. C'était un quartier
résidentiel de classe moyenne, tranquille, avec des maisons
méticuleusement entretenues.

« Ralentis, Derrick, mais ne t'arrête pas. Sa maison devrait
être au milieu de la rue. »

« La voilà. La verte. »

Un homme est descendu sur le côté de la propriété en poussant une tondeuse à gazon. « C'est lui ? »

« Ouais, on dirait bien que c'est lui. »

« Il porte un casque. Gare-toi à côté. »

Derrick et moi nous sommes écartés d'environ un mètre
cinquante et nous nous sommes approchés de lui. Le T-shirt de
Simon moulait les muscles de son torse et de ses épaules. Le
type était sec comme un coup de trique. Il a arrêté de tondre au
moment où nous avons posé le pied sur sa pelouse, a mis la
tondeuse au ralenti et a retiré son casque.

Derrick a dit : « M. Simon ? Dick Simon ? »

Il s'est avancé. « Oui, c'est moi. Qu'est-ce qui se passe ? »

Nous avons brandi nos insignes. « Inspecteurs Dickson et Luca, du bureau du shérif du comté de Collier. »

« Le comté de Collier ? Qu'est-ce que vous me voulez ? »

« Nous aimerions vous parler. Pouvons-nous entrer ? »

« Bien sûr. » Il a éteint la tondeuse. « Suivez-moi. »

La maison était sombre et fraîche. Un grand aquarium luisait dans le salon. Une miche de pain reposait sur le comptoir de la cuisine, à côté de deux boîtes de thon.

« Asseyez-vous. Je ne vois pas en quoi je peux vous aider. »

Nous nous sommes assis autour d'une table en osier à plateau de verre.

« Si je comprends bien, vous avez récemment vendu un Ford Explorer à une casse de Sarasota appelée Sunshine Scrap and Waste. »

« Un Ford Explorer ? »

« Oui, un Ford Explorer blanc de 2018. »

« Vous vous êtes trompé de Dick Simon. »

J'ai déplié la photocopie de son permis de conduire. « C'est bien vous, n'est-ce pas ? »

« Oui, mais la voiture que j'ai mise à la casse était la vieille Gremlin de ma femme. Elle était de 1978 et les réparations me coûtaient plus cher que sa valeur. »

Derrick a demandé : « Vous en êtes sûr ? »

« Bien sûr que j'en suis sûr. » Il s'est levé. « Attendez, je vais chercher les papiers. »

Derrick s'est levé à son tour. « Attendez, je vous accompagne. »

« Comme vous voulez. C'est dans le bureau. »

Nous l'avons suivi tous les deux dans un couloir jusqu'à un bureau dont les murs étaient couverts de cartes. J'ai posé la main sur mon holster pendant que Simon se penchait pour ouvrir un tiroir. Il en a sorti un dossier suspendu vert qu'il a posé sur le bureau.

« Tenez. Le voilà. Ils m'en ont donné cent cinquante dollars. » Il a tendu un reçu de Sunshine Scrap.

J'ai pris une photo avec mon téléphone et j'ai demandé : « Vous avez la carte grise du véhicule ? »

Il a fouillé dans le dossier. « La voici. »

Simon avait l'air réglo. « Vous connaissez Elby Salter ? »

« Vous voulez dire le type riche qui a été tué à Naples ? »

« Oui. »

« Non. Comment le connaîtrais-je ? »

« Vous connaissez quelqu'un de la famille Hamlet ? »

« Aucune idée. Je n'aime même pas Shakespeare. »

« Qu'est-ce qui se passe, bon sang, Frank ? »

« J'essaie de comprendre ce que tout ça signifie. Si Hamlet croit qu'il peut nous mener en bateau, il va avoir une sacrée surprise. »

« Tu penses qu'il s'est dit qu'on allait gober n'importe quelle connerie qu'ils nous serviraient ? »

« Ils sont trop prudents pour ça. C'est pour ça qu'ils avaient un costard sur place, pour s'assurer que ça ne dégénère pas. »

« Vine va se chier dessus quand on va se repointer. »

« Réfléchissons. Celui qui a tué Salter a dû se débarrasser de sa voiture. Plutôt que de la laisser quelque part où on l'aurait retrouvée, sachant qu'on y récupérerait de l'ADN, il l'a mise à la casse. Une plutôt bonne idée, sauf que la voiture était assez récente. »

« Et on a vu la vidéo du distributeur ; la voiture n'avait aucune bosse à ce moment-là. »

« Bien vu. Outre la question de savoir qui a amené la voiture, il y a celle de savoir qui l'a amochée. La casse pourrait la réduire en miettes en quelques secondes. Mais ça augmenterait le nombre de personnes impliquées dans le complot. »

« Tu penses qu'il y a une chance que Redoux et Hamlet travaillent ensemble ? »

« S'ils sont de mèche, alors là, c'est sûr, on aura tout vu. »

———————

J'AI DIT À DERRICK DE METTRE LA SIRÈNE ET LES GYROPHARES juste avant qu'on n'entre dans l'allée de la casse. Vine était sur le porche du mobile-home avant même qu'on ne sorte du Cherokee.

« Qu'est-ce qui se passe ? »

« Vous nous avez menti. »

« Quoi ? Je n'ai pas menti. »

« Vous voulez qu'on règle ça ici ? »

« Non, venez dans mon bureau. »

Nous nous sommes installés dans les mêmes fauteuils, mais son gilet pare-balles n'était plus posé à côté de lui.

« Vous nous avez dit que vous aviez acheté la voiture à Dick Simon. »

« Oui, c'est exact. »

« Eh bien, M. Simon vous a vendu une vieille Gremlin, pas un Explorer. »

« C'est impossible. Les papiers disaient qu'elle venait de Dick Simon. »

J'ai tendu mon téléphone. « C'est votre reçu ? »

« On dirait bien. Oui. »

« À qui est-il indiqué que vous avez payé ? »

« Richard Simon. »

« Pour quoi ? »

Ses épaules se sont affaissées. « Euh, une Gremlin de soixante-dix-huit... »

« Vous voulez nous expliquer ce qui se passe ici ? »

« Je, je ne comprends pas. Les papiers ont dû être mélangés. Attendez une minute. »

Il est allé à la porte. « Ellen ! Venez ici ! »

Vine lui a dit de vérifier tous les dossiers, car des papiers avaient été mélangés. Il avait un air préoccupé, mais pas de panique.

« Je suis désolé pour tout ça. Ça m'ennuie de le dire, mais nous ne sommes pas les mieux organisés du coin. »

Derrick a demandé : « Quelqu'un vous a-t-il donné l'ordre de perdre les papiers de l'Explorer ? »

« Non. »

« Ce n'est pas grave si c'est le cas. Dites-le-nous, c'est tout. Vous n'aurez pas d'ennuis. Vous n'avez fait que suivre les ordres. »

« Non. Personne ne m'a rien dit. »

J'ai dit : « Est-ce que vous protégez les Hamlet ? »

« Non, je vous le jure. »

« Vous en êtes sûr ? Si c'est le cas, nous le découvrirons, et alors vous serez dans le pétrin jusqu'au cou. »

« Je vous dis que les papiers ont juste été mélangés, c'est tout. On les retrouvera, tôt ou tard. Vous verrez. »

Derrick a dit : « Vous avez intérêt. Et si vous essayez de fabriquer des documents, notre labo le découvrira et vous serez jeté en prison. »

« Je ne ferais jamais une chose pareille. »

J'ai dit : « Nous allons rentrer à Collier, et je veux que vous réfléchissiez à tout ça. Peut-être que vous vous souviendrez de la façon dont les papiers ont été mélangés. Si c'est le cas, faites-le-nous savoir. Ce n'est pas vous qui nous intéressez. On vous laissera tranquille. Vous n'avez pas à vous inquiéter. »

« Je ne sais pas comment c'est arrivé, mais dès qu'on aura compris, je vous appellerai. »

« Bien. » J'ai montré la fenêtre du doigt. « Dites, vous savez comment manœuvrer un de ces engins ? »

« Bien sûr, j'ai travaillé sur un modèle comme celui-là pendant au moins dix ans. »

44

J'AI DIT : « WAOUH, CE CAFÉ EST BRÛLANT. »

« Quand tu m'as dit que tu allais être en retard, je l'ai passé au micro-ondes. C'est un café de la cafétéria », a dit Derrick.

« On a eu un entretien avec une nounou ce matin. »

« Ça s'est passé comment ? »

« C'est difficile, mec. J'ai envie de les cuisiner comme des suspects, mais la semaine dernière, la femme m'a rembarré et s'est barrée. Tu imagines un peu l'engueulade que je me suis tapée avec Mary Ann. »

« Il faut que tu sois sûr. On parle de ton gamin, quand même. »

« Je sais. J'aimerais trouver un moyen pour que Mary Ann reste à la maison, et que je gagne un peu plus de pognon. »

« Pourquoi tu ne montes pas à l'étage, Frank ? Ça fait long-temps que tu fais ça, et tu te ferais vingt pour cent de plus. »

« Je ne peux pas. La direction et les jeux politiques, ce n'est pas mon truc. Et puis, j'adore traquer les tueurs et bosser sur des affaires. »

Derrick a montré le tableau accroché entre nos bureaux. « Même quand on a l'impression de tourner en rond ? »

« Ça devient frustrant, c'est sûr, mais on s'accroche et, tôt ou tard, on l'aura, ce salaud. »

« Celle-là est frustrante. »

« Souviens-toi : prendre du recul et tout réexaminer. Les choses s'éclaircissent quand tu fais ça. »

« Bon, on a la piste française... »

« Commence par le début. On a un homme riche et influent, tué après avoir retiré trois mille dollars à un distributeur. On ne sait pas si le retrait a un sens, mais le vol ne colle pas avec la façon dont il a été tué et abandonné. Il était marié, sans enfants. Il a un frère, un concurrent potentiel. Son meilleur ami, ou celui qu'il considérait comme tel, est un ancien joueur et dirigeant des Red Sox, une équipe qu'il adorait et qu'il a essayé de faire venir à Naples. »

« Il était impliqué dans un tas de business différents, avec des partenaires véreux comme Friedman. »

« Sans aucun doute. Il aimait aussi coucher à droite à gauche avec d'autres femmes, des femmes mariées. Il a dû se faire des ennemis, chez les maris et chez des femmes comme Marie Redoux, qui avait les relations pour tuer Salter. Et puis il y a la traînée de procès et les rumeurs sur son possible fétichisme pour les jeunes filles. »

« Si c'est vrai, c'est probablement le mobile le plus solide qu'on ait. »

« Probablement, mais il faisait partie d'un groupe d'hommes puissants qui dirigent la moitié de l'État, et l'un d'eux se trouve être le propriétaire de la casse qui a organisé l'expédition de sa voiture vers la Chine en la faisant passer pour de la ferraille. Un endroit qui prétend que les papiers de la voiture ont disparu et dont le directeur sait comment faire fonctionner la machine pour la transformer en un tas de merde. »

« Et ces réunions, alors ? Toute cette mascarade de partie de poker n'est rien d'autre qu'une couverture. »

« La question, c'est : une couverture pour quoi ? Est-ce que c'est lié à la pédophilie ? A-t-il franchi une ligne avec quelqu'un du groupe ? Ou est-ce que ça pourrait être une affaire qui a mal tourné ? »

« On dirait qu'ils ont annulé le projet du stade. »

« C'était Chadwick. Il contrôlait les actifs d'Elby. »

« Tu penses qu'il est impliqué ? »

« C'est marrant. Je ne le vois pas agir seul. C'est peut-être le côté famille. Mais en tant que membre d'un groupe, avec un code à la con, je ne peux pas l'exclure. »

« Ce ne sont pas des gangsters de rue ; ils ont fait des études. J'ai du mal à y croire. »

« Tu as oublié le QI que Dwyer, le tueur en série, avait ? Je vais voir Chadwick. Voyons ce qu'il sait. »

AVOIR RENCONTRÉ CHADWICK PLUSIEURS FOIS SANS JAMAIS AVOIR pu voir la couleur de la peinture à l'intérieur de chez lui n'était pas seulement étrange ; ça me privait d'informations. À chaque fois qu'on rencontrait un suspect ou un témoin dans son espace personnel, c'était une occasion de jeter un coup d'œil par la fenêtre.

Encore son bureau, un environnement impersonnel et stérile. Ça confirmait la discrétion avec laquelle la famille Salter semblait opérer, mais la seule chose que j'avais apprise venait de la photo dans son bureau, celle avec certains autres soi-disant joueurs de poker. C'était une information solide, mais qu'est-ce que ça signifiait ? Était-ce juste un groupe d'hommes d'affaires qui coopéraient pour s'en mettre plein les poches ? Faisaient-ils dans la magouille ? Ou y avait-il une part maléfique dans ce groupe influent, peut-être quelque chose d'aussi dégoûtant que de la pornographie infantile ?

En poussant la porte de Southern Enterprises, j'ai immédia-tement reconnu la voix de Chadwick. On aurait dit le narrateur d'un documentaire. Il parlait à un associé et s'est tourné vers moi quand je suis entré. Il a souri, a terminé avec son collègue et a dit : « Allons dans mon bureau. »

Il a allumé les lumières et j'ai remarqué que la photo de pêche n'était plus accrochée à son mur. Qu'est-ce que ça voulait dire ?

« Comment allez-vous, inspecteur ? »

« Je vais bien, merci. »

« J'espère qu'on pourra en finir dans les vingt prochaines minutes. Je prends un vol pour Orlando dans une heure. »

Ça devait être un avion privé, ou alors il mentait.

« Pas de problème. Deux choses aujourd'hui. J'avais quelques questions supplémentaires et je voulais vous communiquer quelques informations sur l'enquête concernant le meurtre de votre frère. »

Il s'est raidi. « D'accord, allez-y. »

« D'abord, je voulais vous informer que nous avons localisé le véhicule d'Elby. »

« Oh. Je suppose que c'est une bonne chose. »

Il savait qu'on l'avait trouvé. Son pote Hamlet l'avait probablement appelé avant même qu'on ne soit revenu sur l'autoroute.

« L'Explorer d'Elby était dans un conteneur, sur le point de faire un petit voyage en Chine. »

Il a fait craquer une de ses phalanges. « Intéressant. »

On apprend que nous avons retrouvé la voiture dans laquelle votre frère a été assassiné, et c'est *intéressant* ?

« Ce qui est vraiment intéressant, c'est que l'entreprise impliquée dans la tentative de dissimulation du véhicule appartient à un de vos amis, Robert Hamlet. »

« Ce n'est pas surprenant. Ils contrôlent probablement plus de la moitié du marché de la ferraille dans l'État. »

« Il se trouve aussi qu'il fait partie du groupe qui se réunit le quinze, n'est-ce pas ? »

« Qu'insinuez-vous, inspecteur ? »

« M. Hamlet m'a dit qu'il était opposé à la tentative d'Elby de faire venir les Red Sox à Collier. Pourquoi étiez-vous, vous et Hamlet, contre le projet du stade ? »

« Il ajoutait peu de valeur économique et, combiné à une notoriété plus élevée que celle à laquelle ma famille est habituée, ce n'était pas attrayant. »

« Votre frère n'était pas d'accord. »

« Elby suivait l'équipe comme un gamin de dix ans et gardait les yeux fermés. Même quand il a reçu des lettres de menace de fans, il a continué à persévérer. »

« Des lettres de menace ? »

« C'est ce qu'Annabelle m'a dit. »

« Est-ce qu'elle, ou Elby, vous a laissé voir une de ces lettres ? »

« Oui, Annabelle m'en a montré une. C'était très troublant. J'ai essayé de dire à Elby d'être prudent, mais il a balayé mes inquiétudes. »

Annabelle m'avait dit qu'Elby avait détruit les lettres. S'était-elle trompée ? « Vous vous souvenez de ce que disait la lettre ? »

« Quelque chose comme : s'il n'arrêtait pas ses efforts pour faire déménager l'équipe, il le regretterait. »

« Pensiez-vous que la menace était crédible ? »

« Je ne savais pas quoi en penser, mais je trouvais que la ligne de conduite prudente était de faire preuve de prudence. »

Il y a eu un bip sur le téléphone de son bureau, suivi d'une voix à l'interphone.

« M. Salter, je suis désolée de vous interrompre, mais vous vouliez savoir quand Sue appellerait. »

« Dites-lui que je la rappellerai. »

« Sue ? Serait-ce par hasard la même Sue avec qui votre frère avait une liaison ? »

« Oh, non. Ça, c'était Sue. Sue Mallory. C'est une... une décoratrice avec qui nous travaillons sur un projet. »

« Je souhaiterais parler avec la Sue que votre frère connaissait. Savez-vous où je pourrais la contacter ? »

« Pas exactement, mais elle travaillait dans ce restaurant français près de l'Imperial Golf Course. »

« Auberge ? »

« C'est ça. » Il a souri. « C'était typique d'Elby. Il voyait la propriétaire, et l'instant d'après, il sortait avec une employée. »

45

« On dirait qu'on a trouvé la copine d'Elby, Sue. »

« Tu plaisantes ? »

« Non, d'après Chadwick, qui cachait quelque chose, cette Sue travaillait au bistrot de Marie Redoux. »

« Comment diable tout ça est-il lié ? Il faut qu'on lui parle. Tu veux que j'appelle le restaurant pour la retrouver ? »

« Non. Je ne sais pas comment ça s'imbrique, mais on ne peut pas mettre la puce à l'oreille de Marie. Connecte-toi au portail de l'État et déniche-la dans les dossiers du personnel. »

« Bonne idée. »

« Je vais appeler Annabelle. Chadwick a dit qu'elle lui avait montré une des lettres de menaces qu'Elby avait reçues. Mais d'abord, je veux coincer Hamlet pour avoir fait fuiter l'info sur le Ford Explorer de Salter à Chadwick. »

« Il lui a dit ? »

« J'en suis quasi certain. La réaction de Chadwick ne collait tout simplement pas. »

« S'ils sont de mèche, il fallait s'y attendre. »

« Tu sais quoi, tu as raison. Je vais le laisser tranquille. Je veux qu'ils pensent tous les deux qu'on ne soupçonne rien. Trouve-moi les coordonnées de cette Sue. »

« J'y suis. »

J'ai appelé Annabelle. Elle a été évasive sur le fait de savoir si elle avait vraiment montré une des lettres à Chadwick. Elle se souvenait bien lui en avoir parlé, mais n'arrivait pas à se rappeler si elle lui en avait montré une. Est-ce que chaque information dans cette affaire devait être nimbée de ce voile de brouillard ?

La mystérieuse Sue était en fait Suzanne Lynn Bellows. D'après son permis de conduire, elle avait trente-cinq ans et mesurait environ un mètre soixante-trois. Mariée, elle vivait à Meadow Brook Preserve, une vieille résidence sur la Old 41.

Avant de partir, j'ai vérifié les loyers du coin. La fourchette moyenne était de mille cinq cents dollars par mois. Elby ne lui avait laissé aucun argent.

J'ai sonné. Elle a regardé par le judas en me demandant qui j'étais. Elle était seule. Elle a répété sa question, et j'ai fait de même, en brandissant mon insigne. Deux verrous ont été retirés, et la porte s'est ouverte. Bellows avait les pommettes hautes et des yeux noisette aux airs asiatiques. Sa tenue de sport moulait sa silhouette de prof de yoga.

« Qu'est-ce qu'il y a ? »

« Suzanne Bellows ? »

« Oui. »

« Inspecteur Luca, du bureau du shérif du comté de Collier. J'aimerais vous poser quelques questions concernant Elby Salter. »

Son visage s'est assombri. « Oh, entrez. »

L'appartement était un appartement intérieur, avec seulement des fenêtres à l'arrière et une unique imposte au-dessus de la porte. Elle m'a conduit sur un mètre cinquante jusqu'à une petite table de cuisine. Il y avait des motifs floraux et des tons pastel partout où le regard se posait. Bellows vivait seule.

« Je crois savoir que vous avez fréquenté Elby Salter récemment. »

« Oui, je n'arrive toujours pas à croire ce qui lui est arrivé. »

« Comment l'avez-vous rencontré ? »

« J'étais hôtesse d'accueil dans un restaurant et je l'ai rencontré là-bas. »

« À l'Auberge ? »

« C'est ça. »

« C'était quand ? »

« Il y a un an et demi, à peu près. »

« Mais il sortait avec Marie Redoux à l'époque, n'est-ce pas ? »

Elle a souri. C'était un joli sourire. Comme la plupart des gens, Elby semblait aimer les jolis sourires.

« En effet, et ça m'a coûté mon poste. »

« Parce que vous vous êtes mise en travers de leur relation ? »

« Je n'ai rien fait. Elby me draguait sans arrêt, mais j'avais besoin de mon travail et j'étais mariée. Je l'ai repoussé, mais Marie, elle, m'a renvoyée. »

« Sortiez-vous avec lui à ce moment-là ? »

« Non, j'étais mariée. Je le suis toujours, mais nous sommes séparés depuis, et c'est fini maintenant. Vous voyez, mon mari était flic dans le comté de Lee, et ça ne peut être que Marie qui lui a dit que j'avais une liaison avec Elby. C'était un mensonge éhonté, mais Tony est colérique. Ça a fini par lui coûter son poste. Il n'arrêtait pas de m'accuser, on ne s'entendait plus et on s'est séparés. »

« Est-ce à ce moment-là que vous avez commencé à fréquenter Elby ? »

« Non. Je ne voulais rien avoir à faire avec lui, surtout après l'avoir nié auprès de Tony. Il aurait pété un plomb. »

« Comment les choses ont-elles commencé avec Elby ? »

« J'étais au premier jour de l'entraînement de printemps des Red Sox avec Tony. C'est un grand fan, et on y allait tout le temps. Il n'a rien voulu savoir, alors je l'ai rejoint là-bas. Bref, pendant que j'y étais, je suis tombée sur Elby. On a commencé à discuter et, vous savez, il m'a invitée à sortir. C'était assez drôle parce que je l'ai remarqué uniquement parce que nous étions, genre, à vingt rangs de distance, et il y avait toute cette agitation en dessous de nous. J'ai regardé pour voir ce qui se passait, et c'était Elby. Un fan lui hurlait dessus. Elby a dit que ce type faisait ça tout le temps. Bref, on a renoué contact à ce moment-là, et ça se passait bien, mais ensuite... »

« Vous avez dit que votre mari était colérique. Savait-il que vous sortiez avec Elby Salter ? »

« Ouais. Tony me fliquait sans arrêt. Il m'a accusée de l'avoir vu pendant tout ce temps et de lui avoir menti. »

« À quel point était-il en colère ? »

« Très en colère, mais ça faisait bien six mois que j'avais quitté la maison. »

« A-t-il déjà proféré des menaces contre Elby ? »

« Je pensais qu'il nous suivait, mais Elby pensait que c'était un fan des Red Sox. »

46

ARRIVER AU BUREAU AVANT DERRICK M'ARRIVAIT DE MOINS EN moins souvent. Il y avait toujours quelque chose qui me retardait, mais aujourd'hui, je me suis levé tôt avec Mary Ann et Jessica. Je devais enquêter sur le mari de Sue Bellows.

Derrick est entré nonchalamment. « Salut, Frank, merci de nous avoir invités hier soir. Lynn n'arrêtait pas de parler de Jessica. Dès qu'on sera mariés, je pense qu'on essaiera d'avoir un bébé. »

« Tu n'as pas vraiment vécu tant que tu n'as pas eu d'enfant, mais attendez un an ou deux. Vous allez avoir besoin de temps l'un pour l'autre, tu sais, pour vous installer d'abord en tant que couple. »

« Tu crois ? On vit déjà ensemble depuis presque un an et demi. »

« Fais-moi confiance, partenaire. Prenez votre temps. Vous êtes tous les deux bien plus jeunes que Mary Ann et moi. Ne vous précipitez pas ; vous voulez bien faire les choses. »

« Merci. On va devoir en discuter. »

« Bien. Écoute, le mari de la mystérieuse Sue, Tony Bellows, c'est un sacré numéro. J'ai parlé à mon pote Tim Winters à Lee ce matin. Il m'a dit que quand Bellows était dans la police, la police des polices l'avait dans le collimateur. »

« Qu'est-ce qu'il a fait ? »

« Plutôt : qu'est-ce qu'il n'a pas fait ? Usage excessif de la force à trois reprises, la dernière fois sur une femme de soixante ans qu'il avait arrêtée pour excès de vitesse. Bellows lui a cassé le bras. »

« Des types comme lui nous pourrissent la vie à tous. »

« Amen. Je ne sais pas comment ils réussissent à entrer dans la police, pour commencer. Je vais aller le voir. Tu veux venir ? »

« Je ne peux pas. Je dois rester disponible pour un appel de la Sécurité intérieure. On dirait qu'ils ont peut-être quelque chose sur nos amis français. »

« Ils ont essayé de quitter le pays ? »

« Pas essayé : l'un d'eux est peut-être passé au Canada. Ils analysent tout un tas de vidéos, et je vais participer à une visio-conférence. »

« Personne ne se rend compte à quel point il est facile de traverser : des milliers de kilomètres et des centaines de milliers de personnes chaque jour. »

« Quand on déploiera les systèmes de reconnaissance faciale, ça simplifiera beaucoup les choses. »

« Les questions de vie privée ne devraient pas faire capoter le projet. Tout le monde doit montrer son passeport, où figure sa photo. J'y vais, à plus tard. »

TONY BELLOWS AURAIT DÛ PENCHER D'UN CÔTÉ SOUS LE POIDS du ressentiment qu'il portait sur son épaule. Il était déjà sur la défensive avant même que je lui dise pourquoi j'étais là.

Bellows mesurait un mètre soixante-trois, tout au plus. Pourquoi les hommes de petite taille ressentaient-ils le besoin de prouver qu'ils étaient des durs ? Il se teignait les cheveux en noir, un autre signe de son manque d'assurance.

Son appartement était deux fois plus grand que celui de sa femme, mais contenait moins de meubles qu'une chambre d'étudiant. Ce qu'il y avait, en revanche, c'était un plaid des Red Sox de Boston sur le canapé et une collection de casquettes de baseball de Boston étalée sur deux étagères. Je l'ai suivi dans la cuisine.

« Asseyez-vous où vous voulez. »

J'ai tiré une chaise de cuisine, et Bellows en a repoussé une autre du pied avant de s'asseoir. Un coude sur un accoudoir, il avait une silhouette élancée qu'un jeune de dix-sept ans de Brooklyn aurait enviée.

« Si je comprends bien, vous avez travaillé pour le bureau du shérif du comté de Lee. »

« C'est exact. Six ans de service, et ils m'ont jeté comme un chien à cause d'une connasse qui a résisté à son arrestation. »

Quinze ans plus tôt, je serais entré dans une joute verbale avec cet abruti, mais ça n'en valait pas la peine. « Que faites-vous maintenant ? »

« Pas grand-chose : je donne un coup de main à un ami de temps en temps. J'attends de voir comment va tourner le procès que j'ai intenté contre le commissariat. »

« Comme je l'ai dit, j'enquête sur le meurtre d'Elby Salter. Je crois savoir que votre femme avait commencé une relation avec M. Salter juste avant qu'il ne soit tué. Que savez-vous à ce sujet ? »

« C'est ce qu'elle vous a dit ? Elle me trompait avec lui quand elle bossait dans ce resto français. C'est là qu'elle a commencé avec lui. »

« Était-ce une relation continue ? »

« Et pourquoi vous me demandez ça ? Demandez-lui à elle. C'est elle qui couchait avec lui. »

« J'essaie d'explorer toutes les pistes. »

« Il n'y a pas trente-six putains de pistes. Il n'y en a qu'une. Elle était mariée avec moi mais elle suçait la... d'un type riche... »

« Stop. Restons-en à un échange civil, sinon on peut continuer ça au poste. »

Les oreilles de Bellows se sont aplaties. Il a changé de coude pour s'appuyer.

« Nous avons un témoin qui a dit que vous harceliez Elby Salter dans les semaines qui ont précédé sa mort. Est-ce vrai ? »

Il a mis trop de temps à répondre. Bellows était un ancien flic et s'y connaissait un peu en interrogatoires. Il calculait sa réponse, sachant que s'il s'enfonçait dans une impasse, j'allais le suivre de près.

« Ce n'était rien de tel. »

« Dites-moi, alors. Comment c'était ? »

« J'étais furieux, mec. Comment vous vous sentiriez, putain ? Tout d'un coup, on ne va pas se remettre ensemble, et elle dit qu'elle veut le divorce. Moi, j'essaie de comprendre ce qui a changé. On travaillait sur nos problèmes, on a même vu un conseiller conjugal. Quelle connerie, ce truc. Et puis, elle dit juste que c'est fini. Alors, je l'ai suivie, pour essayer de voir ce qui se passait. C'est tout. »

« Et vous l'avez suivie quand elle était avec Elby ? »

« Oui, mais c'était une fois, peut-être deux. »

« Où étiez-vous la nuit du vingt février ? »

« Oh, allez, mec. Vous plaisantez, j'espère. Je suis un officier de police. »

« Peu importe ce que vous étiez. Dites-moi où vous vous trouviez cette nuit-là. »

« Je ne sais pas. J'étais probablement chez moi. »

« En tant qu'ancien policier, vous savez que *probablement* ne suffira pas. Si vous voulez que je vous lâche, donnez-moi un alibi. »

« Je ne me souviens pas d'aussi loin que ça. »

« Seriez-vous prêt à fournir volontairement un échantillon d'ADN ? »

« Vous êtes fou ? Ils me feraient porter le chapeau en moins de deux. »

« Vous croyez vraiment qu'on vous accuserait à tort ? »

« Peut-être pas vous, mais les flics du comté de Lee ? Oh, oui, vous oubliez que je les poursuis en justice ? Ils m'accuseraient de n'importe quoi rien que pour ne pas avoir à me payer. »

Je n'étais pas d'accord avec sa logique, mais je pouvais comprendre pourquoi il y croyait.

« Puis-je utiliser les toilettes ? »

« Oh, non, mec. Vous n'allez pas me faire ce coup-là. »

Il pouvait me refuser la possibilité de récupérer son ADN aujourd'hui, mais on en obtiendrait. Peut-être qu'il y en avait dans un ancien dossier. Sinon, je finirais bien par trouver un moyen.

Je l'ai laissé et j'ai envoyé un texto à Derrick pour lui demander de transmettre la photo du permis de conduire de Bellows au témoin.

47

DE TOUTE MA VIE, JE N'AVAIS JAMAIS AUTANT MIS LES PIEDS DANS un stade de baseball, ni dans n'importe quelle arène sportive d'ailleurs, qu'au JetBlue Park pendant que nous tentions de résoudre le meurtre de Salter. Ron Weaver avait organisé pour moi une rencontre avec quelques personnes qui travaillaient en contact direct avec les supporters. J'avais sur moi une photo de Tony Bellows que je voulais leur montrer.

C'était une piste à creuser. La connexion avec les Red Sox de Boston revenait trop souvent pour être ignorée. Le parking se remplissait, même s'il restait plus de deux heures avant le début du match.

Un père tenait la main de deux fillettes blondes qui semblaient avoir entre six et dix ans. La plus petite sautillait comme si elle se rendait à Disney World. J'avais hâte de faire des choses comme ça avec Jessie.

J'ai entendu un bruit de moteur étrange au-dessus de ma tête. Un biplan jaune tractant une bannière Geico survolait le stade. Du coin de l'œil, j'ai aperçu une camionnette blanche. Était-ce celle de ce supporter cinglé ?

Le besoin de vérifier m'a submergé et je me suis faufilé

entre deux groupes de supporters en direction de la camionnette. C'était un vieux modèle, un truc de la fin des années
quatre-vingt-dix. Son antenne était surmontée d'une balle de
baseball. Une paire de chaussettes rouges ainsi que l'inscription
« Champions du monde 2018 » étaient peintes sur une vitre
latérale. Soit la femme de ce type était une aussi grande
supportrice que lui, soit il n'était pas marié.

En contournant l'arrière de la camionnette, j'ai examiné un
collage d'autocollants. Plus de la moitié concernaient le main-
tien de l'équipe à Fort Myers :

Touche pas à notre équipe
Déménager, c'est perdre
Contre le déménagement
Déménager = perdre

Je me suis hissé sur la pointe des pieds. En regardant à
travers les vitres arrière teintées, je ne parvenais pas à distinguer ce qui se trouvait sur le plancher. Les vitres fortement
teintées étaient interdites dans de nombreux États, car pour les
policiers, elles augmentaient le danger en les empêchant d'évaluer une situation. Mais avec le soleil généreux de la Floride,
ainsi que la chaleur et l'usure qui l'accompagnaient, elles étaient
autorisées.

Quelque chose sur le plancher ressemblait à un petit animal,
peut-être un chien. J'ai frappé à la portière, mais la chose,
quelle qu'elle soit, n'a pas bougé. Était-elle morte ? Ou est-ce
que je me trompais ? Luttant pour me souvenir du nom du
propriétaire, j'ai pris une photo de la plaque d'immatriculation.

En envoyant un texto à Derrick, j'ai failli percuter un
vendeur de T-shirts juste à l'intérieur de l'entrée. On aurait dit
que plus de la moitié de la foule prenait des photos avec son
téléphone. Ils photographiaient tout sans rien voir, ai-je pensé.
Puis je me suis souvenu que j'avais marché en pianotant sur
mon téléphone, me comportant exactement comme les gens
que je critiquais.

Je me suis dirigé vers la mezzanine, où se trouvaient les bureaux des Red Sox. L'espace de travail du club était plus petit que ce à quoi je m'attendais. Une femme souriante portant un maillot de baseball de Chris Sale m'a accueilli.

« Vous devez être l'inspecteur Luca. Je suis Cathy Burns, la responsable du Service aux Supporters. »

« Ravi de vous rencontrer, madame. »

« Bienvenue au stade JetBlue. C'est votre première visite chez nous ? »

« Non, je suis déjà venu. En fait, mon partenaire et moi étions ici pour le match contre les Yankees. »

« Formidable. »

« Vous savez, je pensais qu'il y aurait plus de gens qui travaillaient pour l'équipe. »

« C'est le cas, mais la plupart sont à Boston. Monsieur Weaver m'a dit que vous vouliez discuter des retours des supporters. »

Des retours ? C'est le jargon d'aujourd'hui pour dire que les supporters vomissent leurs opinions ?

« Je suis conscient que nous vivons à une époque où beaucoup de gens ressentent le besoin de dire aux Red Sox comment ils devraient faire les choses. Les supporters aiment se plaindre. Ils le font depuis les Jeux olympiques de l'Antiquité. Se défouler, c'est normal, tant que ça ne dégénère pas. »

« Nous avons une base de supporters passionnés qui aiment s'exprimer. »

« J'ai quelques questions à vous poser sur certains des cas que vous traitez. »

« Bien sûr, je serai heureuse de vous aider en quoi que ce soit. »

« Ce qui m'intéresse, ce sont les lettres, les appels ou les personnes qui sont inhabituels ou répétitifs à un degré excessif. »

« Nous avons nos habitués. Mais nous comparons ça à des

gens qui écrivent lettre après lettre au rédacteur en chef d'un journal. »

« Est-ce que certains de ces habitués font des choses qu'une personne raisonnable jugerait excessives ou qui dépasseraient les bornes d'une manière ou d'une autre ? »

« La plupart des interactions des supporters visent les joueurs, et c'est moitié-moitié entre « il faudrait recruter ce joueur » et « il faudrait se débarrasser de celui-là ». Et il y a beaucoup de plaintes au sujet du montant de certains contrats, surtout quand un joueur n'est pas à la hauteur. »

La majorité des supporters étaient des gens normaux en quête de divertissement. Il était logique qu'ils s'énervent contre les millions de dollars jetés à des gens qui jouaient à un jeu pour gagner leur vie.

« Je crois comprendre que la perte de Blair au profit des Yanks a été un sujet sensible. »

« Il a été un favori des supporters pendant près de dix ans et il a noué une relation avec eux. C'était une décision commerciale, et j'aimerais pouvoir le leur dire simplement, mais nous devons faire attention à la façon dont nous communiquons les aspects commerciaux avec les supporters. »

Elle était comme une mère protégeant un enfant qui se conduisait mal. « Le nom de Tony Bellows vous est familier ? »

« Oui, comment le saviez-vous ? »

Je n'ai pas eu besoin de montrer sa photo. « Nous sommes tombés sur son nom. A-t-il fait quelque chose qui vous a alertée ? »

« Il était furieux, comme beaucoup de supporters, à propos de Blair et des rumeurs de déménagement de l'équipe dans le comté de Collier. Vous devez comprendre que la majorité de nos supporters sont des traditionalistes. Après tout, les Red Sox jouent à Fenway. C'est le plus vieux stade du pays. Nous avons même installé un tableau d'affichage manuel ici, comme celui de Fenway. »

« A-t-il fait quelque chose qui vous a inquiétée ? »

« Il écrivait des e-mails tous les jours, et une fois, il est monté ici en hurlant pour voir M. Henry – le propriétaire du club. »

« Que s'est-il passé ? »

« M. Henry n'était pas là. Nous le lui avons dit, mais il ne voulait pas partir, et nous avons dû demander à la sécurité de le raccompagner à la sortie. »

« Est-ce qu'il y a eu des contacts physiques ? »

« Il s'est débattu. Quand l'agent de sécurité a essayé de lui saisir le bras, il l'a poussé contre un mur. J'ai essayé de le raisonner, mais au final, il a fallu trois gardes pour le maîtriser, et c'est tout. »

Bellows venait de grimper tout en haut de l'échelle des suspects. « N'importe qui peut monter ici comme ça ? »

« Plus maintenant. Après cet incident, nous verrouillons le couloir. »

« Excusez-moi une seconde. » Un texto de Derrick venait d'arriver. Le nom du propriétaire de la camionnette, que j'avais oublié, était Eugene Smick.

« Quand mon partenaire et moi étions au match contre les Yankees, un supporter a eu une altercation avec Ron Weaver. Cet homme l'insultait et lui a même jeté de la bière dessus. »

« Vraiment ? M. Weaver n'a rien dit à ce sujet. »

« L'homme s'appelle Eugene Smick. »

« Oh, Eugene est un peu émotif. La plupart des gens le trouvent bizarre, mais c'est un type bien. Vous savez, une fois, l'année dernière, ma voiture n'a pas démarré. Il m'a vue sur le parking et il est venu me voir. Je ne le savais pas, mais par chance pour moi, il travaillait dans un garage qui s'appelle Bobby's Auto Service, et il a réussi à faire démarrer ma voiture. »

« C'était gentil de sa part. »

« Ça l'était, mais le mieux, c'est que c'était un problème avec le démarreur, et il m'a dit de passer directement au garage, et qu'il me le remplacerait à prix coûtant. Alors, j'ai appelé mon mari et je lui ai dit que j'allais sur J & C Boulevard pour faire réparer la voiture. »

J & C Boulevard ? C'est là que le corps d'Elby Salter avait été jeté. Mais c'était aussi une zone industrielle où se trouvaient des centaines d'entreprises. Si on travaillait dans le coin et qu'on n'était pas dans le commerce de détail ou le tourisme, il y avait de fortes chances de travailler dans ce secteur.

48

Chester n'était pas ravi que j'aie convoqué Tony Bellows. Par moments, Chester se comportait en politicien, alors que moi, j'étais toujours un flic de la Criminelle.

« Derrick, vérifie le thermomètre. »

« Il indique presque vingt-sept degrés. »

« Il va être bien au chaud. Ton gars arrive à quelle heure ? »

« Il devrait être là dans dix minutes. »

« Parfait. »

Nous avons jeté un œil au retour vidéo. Bellows était avachi sur sa chaise. C'était peut-être parce qu'il avait été flic, ou parce qu'il savait qu'on l'observait, mais sa posture était aussi arrogante en salle d'interrogatoire que dans son appartement.

« On lui en laisse encore combien de temps, Frank ? »

« Ça fait quarante minutes ; allons-y. »

Derrick a frappé un coup sec à la porte et nous sommes entrés.

« Il fait chaud ici, Frank. »

« Ah oui. Va voir pour la clim, tu veux bien ? »

Bellows n'a pas quitté des yeux le mur derrière moi pendant que je m'asseyais.

« Désolé pour la chaleur. »

Un grognement a été sa seule réponse.

Derrick est revenu. « Je l'ai baissée à vingt et un. »

« Merci. »

Derrick a allumé la caméra et a énoncé les formalités d'usage avant de poser la première question.

« Monsieur Bellows, comment connaissiez-vous Elby Salter ? »

« Vous savez foutrement bien comment je le connaissais. »

« Le connaissiez-vous avant que votre femme, Suzanne, n'entame une relation avec lui ? »

« Non. »

« Étiez-vous contrarié par cette relation ? »

Il m'a regardé. « Il a quoi, ce putain de type ? »

« Surveillez votre langage, monsieur Bellows, et répondez à la question. »

« Bien sûr, Sue était ma femme ; elle l'est toujours. »

« Avez-vous harcelé M. Salter et votre femme quand ils étaient ensemble ? »

« Ce n'était pas du harcèlement. Je la suivais parce que, tout à coup, elle ne voulait plus essayer de sauver notre mariage. Je voulais savoir pourquoi. »

« Et cette raison, c'était Elby Salter, n'est-ce pas ? »

« Ouais. »

« Et ça vous a mis tellement en rage que vous lui avez tiré une balle dans la nuque. »

« Écoutez, je suis venu de mon plein gré, sans avocat. Je n'ai pas besoin de ces conneries, c'est compris ? »

J'ai dit : « Après avoir découvert leur relation en les suivant, les avez-vous suivis à nouveau ? »

« Juste une fois de plus. J'en suis presque sûr. »

« Presque sûr ? Vous ne vous souviendriez pas d'avoir suivi quelqu'un ? »

« Comme je l'ai dit, je les ai suivis environ deux fois. »

« Avez-vous déjà suivi Elby Salter quand il n'était pas avec votre femme ? »

Je pouvais presque entendre les rouages tourner dans sa tête pendant qu'il hésitait. Il n'avait pas besoin de répondre ; je savais qu'il avait suivi Salter.

« Je ne crois pas. Enfin, je l'ai peut-être suivi un petit moment après qu'il a déposé Sue. »

« Pourquoi auriez-vous fait ça ? »

« Je ne sais pas. Je l'ai fait, c'est tout. »

« L'avez-vous déjà affronté ? »

« Non. Je ne ferais jamais une chose pareille. »

Derrick a posé une bonne question. « Avez-vous déjà suivi votre femme ? »

« Ouais, bien sûr. Elle avait besoin d'être surveillée, non ? »

« Avez-vous déjà menacé votre femme ? »

« Ce que j'ai dit à ma femme reste entre nous. Ça ne vous regarde absolument pas. »

J'ai dit : « Il me semble que vous vouliez parler à M. Henry, le propriétaire des Red Sox. »

« Quoi, c'est un crime dans le comté de Collier ? »

« On nous a dit que lorsque l'on vous a informé qu'il n'était pas là, vous avez fait une scène. »

« Il était là. La poule mouillée avait peur de me parler, de regarder en face le fait que lui et ses potes entubent les fans qui leur remplissent les poches. »

« Vous avez refusé de partir, et quand un agent de sécurité a été appelé à l'aide, vous en êtes venu aux mains avec lui. »

« Ce putain de vigile de supermarché a posé les mains sur moi. Personne ne pose les mains sur moi. Personne. »

« Quand vous l'avez affronté, a-t-il posé la main sur vous, et c'est pour ça que vous l'avez abattu ? »

« Non. »

« Voulez-vous reconsidérer votre réponse ? »

« Écoutez, je ne lui ai rien fait. »

« Nous avons un témoin qui nous a fait une déclaration sous serment selon laquelle vous auriez dit : « Je vais buter ce riche salaud. » N'est-ce pas ce que vous avez dit ? »

« C'est des conneries. Tout le monde dit des choses qu'il ne pense pas. J'étais en colère, frustré, putain de merde ! Pourquoi vous ne pouvez pas comprendre ça ? »

« L'avez-vous dit ou non ? »

« Oh, et puis merde. Quoi, vous bossez avec ces salauds du comté de Lee ? Ils n'avaient pas le droit de me virer de la police. Je faisais mon putain de boulot. »

« Nous n'avons rien à voir avec ce qui s'est passé dans le comté de Lee, y compris le procès que vous leur avez intenté. Avez-vous menacé Elby Salter ? »

« C'est bon, ça va. J'ai dit des trucs, mais ce n'est pas un crime, et vous le savez. Je ne sais pas ce qui se passe ici, mais je veux mon avocat. »

« Nous allons donc mettre fin à notre interrogatoire. Vous pouvez appeler votre avocat et lui demander de nous rejoindre ici. Vous allez participer à une séance d'identification, avec ou sans votre avocat. »

Il a fallu une heure pour que Sheldon Fisher, un avocat du Syndicat International de la Police, arrive. Les agents du shérif du comté de Lee étaient syndiqués, ce qui n'était pas le cas des agents du comté de Collier. Fisher avait défendu — et perdu — la tentative de Bellows de contester son renvoi de la police. Payait-il toujours ses cotisations syndicales ?

Bellows et Fisher s'étaient enfermés dans une salle privée avant la séance d'identification. Nous ne pouvions pas écouter aux portes. Étant donné que la chirurgie esthétique pour changer son apparence n'était pas une option, je me demandais quels conseils prodiguait l'avocat à trois cents dollars de l'heure.

Au bout de vingt minutes, Fisher a passé la tête par la porte.

« Nous sommes prêts à commencer. Où est le témoin ? »

« Il attend dans le hall d'accueil. »

« Je ne veux pas que mon client passe devant lui. Cela va influencer le témoin. »

« Nous sommes conscients du risque de fausser les résultats. La salle de la séance d'identification est juste au bout du couloir. Le témoin ne sera amené dans la salle d'observation que lorsque les hommes de la parade seront installés. »

« C'est satisfaisant. Finissons-en. »

D'habitude, je n'aimais pas compléter une parade d'identification uniquement avec des policiers. Je voulais généralement avoir au moins deux ou trois civils aux côtés du suspect. Dans ce cas, Bellows avait été policier, donc la capacité à repérer un flic n'aurait pas d'impact sur la procédure.

Notre problème était de trouver quatre agents aussi petits que Bellows. N'y arrivant pas, nous avions réquisitionné deux types du service informatique, ainsi qu'un flic de la cybercriminalité et un de la brigade financière.

Je suis passé dans la salle de préparation. Bellows et les autres avaient reçu des numéros à accrocher autour du cou. Bellows portait le numéro cinq. Il serait le dernier de la parade. Tout le monde était prêt. Je leur ai dit que je les appellerais quand nous serions installés.

Derrick et le témoin étaient dans la salle d'observation assombrie. J'ai averti Fisher de se taire avant de rejoindre mon partenaire. Dès que je suis entré, Derrick a dit : « Il faut que je te parle dès qu'on a fini. Je viens de recevoir un e-mail intéressant. »

J'ai acquiescé et j'ai allumé l'interrupteur de la salle principale. Le témoin a fait un pas en arrière quand la lumière fluorescente a inondé la pièce à travers la vitre sans tain.

« C'est bon. Personne ne peut nous voir d'ici. »

« Vous en êtes sûr ? »

« Absolument. »

J'ai appelé la salle de préparation et une porte s'est ouverte. Les cinq hommes sont entrés dans la pièce et se sont alignés le long du mur du fond.

« Prenez votre temps pour regarder. Nous avons tout le temps nécessaire. Quand vous voudrez voir leurs profils, dites-le-moi. »

J'ai étudié son visage pendant qu'il passait en revue la ligne. Il s'est arrêté sur le numéro trois plus longtemps que sur les deux premiers. *Merde.* Il est passé rapidement devant le numéro quatre pour arriver au numéro cinq. Était-ce un tic ? Il est resté sur lui aussi longtemps que sur le numéro trois, donc nous avions encore une chance.

Il a remonté la ligne, puis a dit : « On peut leur demander de se tourner, s'il vous plaît ? »

J'ai activé l'interphone. « Tournez-vous vers votre gauche, s'il vous plaît. »

Les hommes ont pivoté, présentant leur profil droit. Je voulais que le témoin nous fasse un signe, mais après quelques secondes, il a dit : « On peut voir leur autre côté ? Le côté que j'ai vu quand le type était dans l'Explorer. »

« Tournez-vous dans l'autre sens, messieurs. »

Dès que les hommes ont présenté leur profil gauche, le témoin s'est penché vers la vitre. Il a pris plus de temps pour examiner les hommes, mais a toujours passé rapidement les deux premiers. Il a de nouveau regardé attentivement le numéro trois. Je ne comprenais pas. Il ne ressemblait en rien à Bellows.

Il a pratiquement sauté le quatrième homme et a fixé Bellows plus longtemps que le numéro trois. Le témoin s'est tourné vers Derrick. « C'est bon, j'en ai assez vu. »

49

Derrick m'a pris à part. « Quand tu m'as appelé après être parti du stade pour que je fasse des vérifications d'antécédents, je les ai faites. »

« Et qu'est-ce que ça a donné ? »

« Smick a été hospitalisé à l'hôpital psychiatrique Park Royal il y a moins d'un an. »

« Park Royal ? Pourquoi ? »

« Trouble bipolaire. »

« On ne peut pas obtenir son dossier pour cette période. »

« Je sais, mais les gens atteints de ce trouble peuvent être violents. »

« Il y est resté combien de temps ? »

« Soixante jours. »

« S'il a arrêté de prendre ses médicaments, il a très bien pu devenir violent. »

« On devrait parler à ce type. »

« Sans aucun doute, mais j'ai peur que, si on l'effraie, il se débarrasse des preuves. »

« Tu veux qu'on le mette sous surveillance ? »

« Ce que je veux vraiment, c'est fouiller sa maison et sa

camionnette. J'ai vu un truc bizarre dans sa camionnette. Quelque chose qui ressemblait à un chien, mais ça ne bougeait pas, comme si c'était mort. »

« C'est plus que bizarre. »

« Je vais appeler mon pote Tim Winters et voir s'il peut découvrir si Smick a été admis à Park Royal en vertu du Baker Act parce qu'il représentait une menace pour quelqu'un. Et si, lorsqu'on l'a arrêté, on lui a fait un prélèvement d'ADN. »

« Qu'est-ce que tu veux que je fasse pour Bellows ? »

« Tu sais, ce témoin oculaire me rend nerveux. Si on doit monter un dossier contre lui, on ne pourra pas utiliser la parade d'identification. Il n'a pas réussi à se décider entre Bellows et Bacchus. Si on la fait quand même, la défense va la réduire en miettes. »

« On n'a pas assez d'éléments pour obtenir un mandat de perquisition, c'est ça ? »

« Tout ce qu'on a à présenter à un juge, c'est la piste du mari en colère. Pourquoi tu ne le files pas, pour voir si tu peux récupérer un peu de son ADN ? »

« SALUT, FRANK, J'AI FAIT DES RECHERCHES SUR EUGENE SMICK pour toi. »

« Merci, Timmy. Qu'est-ce que tu as pour moi ? »

« Je sais que tu le sais déjà, mais tu ne peux pas ébruiter ça, d'accord ? »

« Pas de problème. »

« Smick a été conduit à Park Royal en vertu du Baker Act. C'est le policier qui a pris la décision et a invoqué la loi. Il est intervenu à la suite de l'appel d'un voisin. Apparemment, Smick était enragé, menaçant, et tenait des propos incohérents. Il n'arrêtait pas de dire que quelqu'un avait cabossé sa voiture, que c'était l'un des voisins et qu'ils savaient qui c'était, mais refusaient de le lui dire. Le policier a essayé de le raisonner, mais il répétait sans cesse qu'il avait une arme et qu'il allait s'en prendre à ses voisins. »

« C'est triste. »

« Quand tu l'as amené pour harcèlement envers Weaver, tu as fait un prélèvement d'ADN, non ? »

« Oui, mais voilà le problème : comme la loi n'est entrée en vigueur que cette année, on a bien fait les prélèvements, mais le labo est surchargé. Ils ont rendu les prélèvements obligatoires, mais n'ont jamais ajouté le personnel pour les traiter. »

« Tu te moques de moi ? On a ajouté deux techniciens à Collier pour s'en occuper. »

« On a une moyenne de plus de soixante-cinq arrestations par jour. »

« Nous, on en a seulement une vingtaine par jour. »

« Il nous faudrait six techniciens, au minimum, et ils n'en ont ajouté qu'un seul. »

« Tu peux faire quelque chose pour le faire passer en haut de la liste ? »

« Sans motif probable, personne ne peut rien faire. Sauf si tu es le shérif, bien sûr. Tu sais comment ça se passe. »

« J'y travaille. Merci, Timmy, j'apprécie vraiment. »

En faisant les courses, j'ai évalué les chances qu'un juge accepte de me laisser perquisitionner les maisons de Bellows et de Smick. Elles étaient à peine supérieures à zéro. En demander deux en même temps prouvait la faiblesse de la culpabilité de l'un ou de l'autre homme.

J'ai vérifié la recette de la puttanesca que nous avions réalisée au cours de cuisine que Mary Ann m'avait offert pour mon anniversaire. Lentement mais sûrement, mon intérêt pour la cuisine avait grandi. J'avais toujours adoré manger au restaurant et j'appréciais la façon dont les établissements préparaient leurs versions d'un plat, mais avant de rencontrer Mary Ann, cuisiner se résumait à réchauffer de la soupe ou à faire des croque-monsieur.

Je n'étais pas du genre créatif, mais je savais suivre une recette et j'aimais transformer des ingrédients bruts en un repas. Ce plat était une variante d'un plat de pâtes traditionnel qui devait son nom aux dames de petite vertu. Cette variante ajoutait du thon et réduisait la quantité d'anchois. J'aimais bien comment ça se mariait avec le Chianti.

Alors que j'examinais une grappe de tomates mûries sur pied, mon téléphone a sonné. C'était Derrick.

« Ça peut attendre ? Je suis chez Publix. »

« J'ai chopé de l'ADN de Bellows. »

« Comment tu as fait ça ? »

« Je l'ai suivi jusqu'au Panera près de la Old Forty-One. Il a pris un sandwich et un soda. J'ai pris le verre qu'il a utilisé. »

« Il ne t'a pas vu, j'espère ? »

« Non. Il était scotché à son téléphone la moitié du temps. »

« Tu l'as apporté au labo ? »

« J'y vais maintenant. »

« Bien, on se parle plus tard. »

« Attends, il y a autre chose. Ils ont attrapé Jacques Redoux à Miami alors qu'il essayait d'embarquer sur un vol pour Marseille. »

« Ils l'ont interrogé ? »

« Pas en profondeur. Ils nous attendaient. »

« Envoie-moi les coordonnées des types de la Sécurité intérieure qui le détiennent. »

Mettant deux grappes de tomates dans un sac, je me suis précipité vers le rayon des conserves de viande. Quelques boîtes de thon devraient faire l'affaire ce soir, et j'ai pris du Progresso. En me dirigeant vers la caisse, j'ai fait un détour par le rayon des vins. Pas le temps de m'arrêter chez un caviste. Je n'ai pas trouvé de producteur que je connaissais et j'ai attrapé une bouteille à vingt-deux dollars qui avait une jolie étiquette noire et or.

Je suis entré dans la maison en trombe.

« Je suis rentré. »

« Papa est rentré, Jessica. Allons lui faire un bisou de bienvenue. »

J'ai posé le sac sur la table, j'ai embrassé Mary Ann et j'ai attrapé ma petite fille. Elle portait une salopette blanche sur un haut rose. Elle était mignonne à croquer. Je lui ai fait un bisou.

« Tu veux faire un tour à cheval ? »

Jessie a souri et je l'ai hissée sur mes épaules, trottant à travers la maison pendant que Mary Ann déballait les courses. Je suis arrivé dans la cuisine et Mary Ann a dit : « Tu n'as pas pris de spaghettis. »

« Merde ! »

« Frank ! » Elle m'a pris Jessica des bras. « Combien de fois vais-je devoir te dire de surveiller ton langage ? »

« Je suis désolé. Tu ne sais pas ce qui se passe. J'ai la tête qui explose avec l'affaire Salter. Je jongle avec trois suspects et le b..., tout part en vrille. »

50

« Pourquoi as-tu ouvert la bouteille si tu ne comptais pas la boire ? »

Je ne voulais pas lui dire que j'attendais une occasion de quitter la maison pour me remettre à la recherche du meurtrier de Salter.

« Je suppose que je suis juste préoccupé par l'affaire. »

« C'est comme si tu n'étais même pas là. Jessica essaie de te montrer qu'elle mange, et tu ne fais pas attention à elle. »

« Désolé, il y a tellement de choses à faire... »

« On s'est mis d'accord pour ne pas ramener le travail à la maison. Tu te souviens, le temps en famille, c'est le temps en famille. »

« Je sais, mais... »

« Tu y arriveras, Frank. Bois ce vin et détends-toi. Demain sera là plus vite que tu ne le penses. »

Je me suis versé un verre plein et j'ai bu une grande gorgée avant de couper quelques spaghettis pour Jessie.

Heureusement que j'étais un peu pompette après avoir bu toute la bouteille ; c'est la seule chose qui m'a empêché de filer en douce de la maison.

Le lendemain matin, j'étais à mon bureau avant huit heures, en train de rédiger des demandes de perquisition pour les domiciles de Bellows et de Smick. Nous devions être prêts à agir dès que nous aurions plus que de simples soupçons. J'ai imprimé les deux et je les ai posées sur le bureau de Derrick avec une note lui disant que je l'appellerais pour lui donner des instructions.

J'avais essayé de trouver un moyen de relier Bellows et Smick, mais j'avais renoncé à essayer de convaincre un juge de me laisser perquisitionner les deux appartements.

En roulant sur Daniels Parkway, il y avait beaucoup de panneaux indiquant le stade JetBlue. Smick vivait près du stade. Quand je me suis engagé sur Epping Way, j'ai réalisé à quel point il en était proche. Le parking du stade commençait à quelques mètres du bout de sa rue. Derrière son immeuble se trouvait un bâtiment de bureaux qui abritait le siège de Crystex Electronics.

Je suis entré dans le parking et j'ai immédiatement vu la camionnette de Smick. Il était 9 h 30, et il ne restait qu'une seule place. Personne ne travaillait, ou quoi ? La porte d'un petit hall était verrouillée. Une femme tenant un bébé est sortie d'une porte et s'est dirigée vers l'arrière du bâtiment. J'ai sorti mon téléphone et envoyé un texto à Derrick, lui disant où j'étais.

Quand j'ai relevé la tête, Smick était dans le couloir, en train de fermer sa porte. Il a inséré une série de clés dans la serrure ; il semblait y avoir trois verrous. J'ai reculé d'un pas alors que Smick me regardait. Il a pris la même direction que la femme.

Je suis retourné au parking en trottinant. Smick, coiffé d'une casquette de baseball rouge, se trouvait à une vingtaine de pieds de sa camionnette.

« Monsieur Smick ? Eugene Smick ? »

Il s'est retourné. « Ouais. Qu'est-ce que vous voulez ? »

J'ai sorti mon insigne. « Inspecteur Luca, bureau du shérif. »

Il s'est passé une main sur sa barbe naissante, mais il n'a rien dit. Il avait les yeux vitreux.

« Je voulais vous poser quelques questions. »

Smick portait des chaussures de sécurité et un pantalon chino maculé de graisse. « Oh, allez, il me faut mon café, mec. »

« Couché tard ? »

« Il me faut mon café avant d'aller au travail. »

L'une de ses jambes tremblait rapidement. « Je serai bref. »

Il a soupiré bruyamment. « Oh, merde. Il me faut mon putain de café. Vous comprenez pas. »

« Ça vous plaît de vivre près du stade ? »

Il a souri. « Oh ouais, c'est bien, mais je déteste quand l'entraînement de printemps est terminé. Plus que quatre jours maintenant. Merde, j'aimerais qu'il y en ait genre mille de plus. Vous saviez qu'un des terrains d'entraînement, celui à gauche du stade, il a les mêmes dimensions que Fenway Park. Trop cool, non ? »

« Je l'ignorais. »

« On a fini ? »

« Il y a quelques jours, j'étais au match, celui contre les Yankees. »

« On a gagné ce match. Belle remontée. Brecker a frappé un double, et puis Martinez l'a fait marquer pour égaliser. Il y avait deux retraits quand ils ont égalisé. Je commençais à être vraiment nerveux... »

« Vous vous êtes pris la tête avec Ron Weaver à propos de la perte de Blair pour l'équipe. »

Il s'est dressé sur la pointe des pieds. « C'était une connerie monumentale ! Ce sont de putains d'abrutis. Blair est le meilleur champ centre. Ils veulent me sortir leurs conneries comme quoi le petit nouveau, Sanchez, va prendre sa place ? Des conneries, voilà ce que c'est. Blair, il avait une moyenne de ,289, il a réussi vingt-sept doubles, quatorze home runs, et son pourcentage de présence sur les buts est de ,383. »

J'ai désigné son véhicule. « J'ai vu les autocollants sur votre camionnette qui s'opposent au déménagement de l'équipe de Fort Myers. »

« C'était l'une des choses les plus stupides que l'équipe aurait pu faire. On ne laissera pas faire. »

« Qu'est-ce que vous voulez dire par "on ne laissera pas faire" ? »

« Les fans. C'est notre équipe. Sans nous, ils n'ont rien. »

« Je crois comprendre que le nouveau stade aurait eu tout un tas de commodités et aurait été plus grand que celui-ci. »

« Qui a besoin de commodités ? Les entreprises ? Ils vont tout gâcher pour nous. Cet endroit n'a même pas dix ans. On a six terrains supplémentaires ici. Plus des installations de rééducation quand un joueur se blesse. L'année dernière, quand Jimenez s'est blessé à l'épaule, il a été ici presque tout le mois de juin. J'ai pu lui parler un tas de fois. On est devenus de bons amis. Et les GLC Red Sox jouent ici tout l'été. »

« Vous connaissez Elby Salter ? »

Smick a cillé. « Non. »

« C'était l'homme d'affaires derrière le projet de déménagement de l'équipe. Salter possédait le terrain sur lequel le nouveau stade devait être construit. »

« Jamais entendu parler de lui. Je dois y aller. Je suis en retard. »

Smick est monté dans sa camionnette et est parti. J'ai fait le tour du bâtiment en essayant d'identifier quelles fenêtres appartenaient à son appartement.

51

On nous avait obligés à suivre des formations sur l'éventualité de rencontrer une personne souffrant de troubles mentaux. Le programme ne donnait qu'un aperçu, mais c'était une véritable révélation.

Je pouvais visualiser la formatrice, mais impossible de me souvenir de son nom. J'ai attrapé le classeur que nous avions utilisé pendant le cours au fond de ma crédence. Juste sur la couverture se trouvaient son nom et ses coordonnées : Norma Wiedner, membre certifié de l'American Board of Psychiatry and Neurology.

« Docteur Wiedner, ici l'inspecteur Luca du bureau du shérif du comté de Collier. Nous nous sommes rencontrés à la conférence sur la sécurité publique à Orlando. J'ai suivi votre cours et j'en ai beaucoup appris. »

« Je vous remercie. De quelle division faites-vous partie ? »

« La brigade criminelle. »

« Je vois. En quoi puis-je vous aider ? »

« Nous avons une affaire, et franchement, je ne suis même pas sûr que cette piste soit pertinente, mais en apprendre davantage sur votre domaine ne peut pas faire de mal. »

« Certainement pas, non. J'aimerais que plus de services de police aient des programmes solides pour former leur personnel aux maladies mentales. Que voudriez-vous savoir ? »

« J'essaie de comprendre quelque chose sur le trouble bipolaire. Nous avons un individu qui a été admis dans un établissement pour le traitement d'un trouble bipolaire. »

« Comment le sauriez-vous ? Ces informations sont confidentielles. »

« Il y a eu une dispute conjugale, et l'individu menaçait de s'en prendre à ses voisins, ce qui a forcé l'agent à invoquer le Baker Act. »

« Ça a fonctionné comme la loi le prévoit, mais tout diagnostic posé par l'établissement d'accueil est confidentiel. Comment avez-vous obtenu le dossier du patient ? »

« L'individu l'a divulgué volontairement lors de son arrestation pour une infraction non liée. »

« Je vois. »

« Il est possible qu'il ait assassiné quelqu'un, mais le mobile ne semble pas très solide. Que pouvez-vous me dire sur cette maladie ? »

« Un diagnostic de bipolarité ne signifie pas que quelqu'un est violent. En fait, plus de violences sont commises contre les personnes atteintes de maladies mentales que par celles qui en souffrent. Sans traitement, c'est un trouble dégénératif qui peut mener à la psychose. »

« Une perte de contact avec la réalité ? »

« Oui. Les risques sont plus élevés en cas de toxicomanie ou si la personne est au chômage. »

Smick avait un travail. Se droguait-il ? « C'est logique. »

« D'après ce que vous avez dit, il semble malheureusement que cet individu ait eu au moins un épisode maniaque. Sans traitement, le taux de récidive est élevé. »

« Pouvez-vous me réexpliquer ce qu'est un épisode maniaque ? »

« Un état d'activation générale accrue avec une expression exacerbée. »

« Désolé, Docteur, vous pouvez me traduire ça en français courant ? »

« Des humeurs exaltées. Elles peuvent être euphoriques ou irritables. À mesure que la manie s'intensifie, l'irritabilité peut être plus prononcée, menant à une possibilité de violence. De nombreux malades subissent également des pertes de mémoire. Ils n'ont aucun souvenir ou faculté de rappel après un épisode. »

« Si quelqu'un a été traité, disons pendant une période de soixante jours, mais a arrêté de prendre ses médicaments, est-ce que ça pourrait déclencher une crise ? »

« J'en ai bien peur. L'observance du traitement est un problème sérieux en général, mais particulièrement aigu dans le cas des maladies mentales. On estime que près de soixante pour cent des patients ne suivent pas leur traitement. C'est dommage : prendre les médicaments prescrits aiderait à maîtriser leur trouble. »

« Simple curiosité, des séjours plus longs en établissement augmenteraient-ils le taux de patients prenant leurs médicaments ? »

« Oui, mais tout ce qui semble préoccuper les gens, c'est que le coût des soins dans un environnement certifié est plus de quatre fois supérieur au coût de l'incarcération. »

« Je l'ignorais. »

« C'est vrai, mais complètement trompeur. Si quelqu'un commet un crime qui aurait pu être évité en traitant sa maladie mentale, il ira en prison pour des années et des années. Nous devons mesurer le coût du traitement par rapport aux coûts d'une incarcération de dix ans. »

Elle avait parfaitement raison. Un coût financier à court terme pour un gain à long terme, et pas seulement au sens monétaire. Je voulais poursuivre la discussion, mais j'avais un tueur à retrouver.

———

ALLIGATOR ALLEY ÉTAIT DÉSERTE. J'AI RALENTI, ALORS QUE JE roulais à 135 km/h, en approchant de la section qui traversait la réserve indienne Miccosukee. Je ne voulais pas avoir affaire à une de leurs voitures de patrouille. En vérifiant le compteur de vitesse, j'ai eu une idée et j'ai appelé mon coéquipier.

« Derrick, dépose la demande de mandat pour Smick. »

« T'es sûr ? »

« Écoute, l'ADN de Smick est en attente là-haut, dans le comté de Lee. On obtiendra les résultats ADN de Bellows de notre labo plus vite. Comme ça, on avance sur les deux fronts. »

« Je ne devrais pas mentionner dans la demande l'arriéré du comté de Lee ? Le juge pourrait se montrer compréhensif. »

« Surtout pas. Il n'est pas question de compréhension, mais de cause probable. Si un juge sait qu'on attend un échantillon d'ADN, il va nous faire poireauter jusqu'à ce qu'il arrive. »

« Bien vu. Tu es bientôt à Miami ? »

« J'ai fait plus de la moitié du chemin. »

52

J'AI REGARDÉ L'ÉCRAN DE SURVEILLANCE QUI MONTRAIT JACQUES Redoux pendant qu'on l'escortait hors de la grande zone de détention de l'aéroport de Miami. Il semblait plaisanter avec les gardes de la Sécurité intérieure et avait un sourire aux lèvres. Il s'était rasé la barbe. Je me suis dirigé vers une salle d'interrogatoire avec deux bouteilles d'eau.

La pièce morne se trouvait près d'une zone où une poignée d'inspecteurs des douanes fouillaient des bagages. Une odeur de sueur flottait dans l'air. Des questions et des réponses s'échangeaient en plusieurs langues.

Le Français est entré, sa veste de sport bleue jetée sur l'épaule. Sa chemise blanche était très froissée, tout comme son pantalon gris. Très bronzé, Redoux avait des manières décontractées, à la manière d'un concierge d'hôtel.

Je me suis présenté et j'ai demandé aux gardes d'attendre dehors. Nous nous sommes assis de part et d'autre d'un bureau en métal. Il avait moins d'accent que sa cousine Marie.

« J'espère vraiment que nous pourrons mettre fin à ce malentendu. »

Je n'avais pas fait plus de deux heures de route pour un

simple malentendu. « Quel était le but de votre visite aux États-Unis ? »

« C'était pour m'amuser un peu et profiter du soleil. »

« Où avez-vous logé ? »

« À l'hôtel Marseilles. »

Il y avait un hôtel à Miami qui portait le même nom que la ville française à laquelle son organisation criminelle était liée ? Il fallait que j'assimile l'information.

« Montrez-moi le reçu. »

Alors qu'il ouvrait son portefeuille, il a dit : « Oh, ça, c'était la dernière fois. J'avais complètement oublié. Ce doit être le manque de sommeil. Comme vous pouvez l'imaginer, je n'ai pas réussi à dormir la nuit dernière. »

La facture venait du Pestana South Beach. J'y avais séjourné quelques années auparavant. C'était juste à côté du Palais des Congrès de Miami Beach. En venant ici, j'étais passé devant plusieurs panneaux publicitaires pour l'exposition Art Basel. C'était l'une des plus grandes expositions d'art contemporain du pays.

« Vous êtes allé à l'exposition d'art ? »

« L'art ? Non, ce n'est pas pour moi. »

« Votre oncle, Lucien, semble y porter un grand intérêt. »

« Je n'en saurais rien. »

« Et si on arrêtait de faire semblant que vous êtes ici en vacances ? »

« Je suis désolé, mais je ne comprends pas ce que les autorités américaines pensent que j'ai fait. »

« Avez-vous rendu visite à votre cousine Marie ? »

« Elle est à New York, non ? »

« Connaissez-vous Elby Salter ? »

Il a secoué la tête. « Non. Je ne le connais pas. »

Je lui ai tendu une photo de Salter. Il l'a prise et l'a bien regardée. « Cet homme, c'est Salter ? »

« Oui. »

Il me l'a rendue. « Je n'ai jamais vu cet homme. »

J'ai ouvert une bouteille d'eau. « En voulez-vous une ? »

« Oui. Merci. »

Nous avons bu une gorgée chacun, et il avait maintenant mon ADN, même si ça ne me servirait pas à grand-chose s'il était en France. Le délai de détention de quarante-huit heures touchait à sa fin, et il le savait.

« L'honneur de la famille est très important en France, n'est-ce pas ? »

« Bien sûr. Mais nous ne sommes pas les seuls à accorder de l'importance à la famille. »

« Quand quelqu'un attaque ou blesse un membre de la famille, vous prenez ça au sérieux, n'est-ce pas ? »

« Bien sûr. Ce sont des questions élémentaires. Je suis désolé, monsieur l'inspecteur, mais je ne comprends pas la technique américaine. Pourquoi ai-je été placé en détention ? »

« Est-ce que votre cousine Marie vous a demandé, à vous, à votre oncle, ou à qui que ce soit d'autre dans votre famille, de venger un tort fait à sa fille ? »

« La fille de Marie ? Qu'est-ce qui s'est passé ? »

« Nous pensons qu'elle a peut-être été agressée sexuellement. »

Ses épaules se sont affaissées. « Par qui ? Qui est ce salaud ? »

J'ai montré la photo de Salter.

Il cachait quelque chose, mais son langage corporel m'indiquait que ça n'avait rien à voir avec Salter. Ce n'était pas une perte de temps ; je devais voir ce type en personne. Je lui ai posé plusieurs autres questions avant de le remettre à la Sécurité intérieure.

Je n'ai pas levé sa mise en détention. Il tramait quelque chose, et j'allais profiter du long trajet qui m'attendait pour essayer de comprendre quoi.

53

DERRICK A CONFIRMÉ QUE SMICK TRAVAILLAIT. C'ÉTAIT PARFAIT. On n'aurait pas à supporter ses jérémiades pendant la perquisition. Nous nous sommes garés sur le parking derrière deux voitures de patrouille. Avant même qu'on ait pu sortir notre matériel, trois résidents sont sortis de l'immeuble pour voir ce qui se passait.

Par précaution, j'ai frappé à la porte de Smick pendant que Derrick allait chercher une clé auprès du gérant. Deux agents se tenaient à chaque extrémité du couloir pour maintenir les résidents à l'écart.

Derrick a déverrouillé la porte, mais il y avait deux autres serrures pour lesquelles le gérant n'avait pas de clés. Il a fouillé dans la collection de clés à percussion du service et en a sorti deux qui correspondaient aux serrures. Moins de cinq minutes plus tard, il a ouvert la porte en grand.

J'ai été frappé par une odeur caractéristique : celle d'un homme vivant seul. Avant d'entrer, j'ai allumé les lumières en balayant du regard les zones visibles.

Dominée par ce qui ressemblait à un téléviseur de soixante-dix pouces, la pièce principale semblait être en train d'être repeinte. Un mur et demi avait été recouvert de peinture bleue sur ce qui avait été un ton sable. Un poster encadré de Carlton Fisk encourageant du regard une balle à rester dans les limites du terrain était appuyé contre un mur.

Nous nous sommes approchés d'une échelle dans un coin de la pièce. Sur son barreau supérieur se trouvait un rouleau incrusté de peinture séchée. Ça faisait des mois qu'il n'avait pas été trempé dans un bac où la peinture avait durci.

Derrick a dit : « C'est quoi ce délire ? Finis le mur avant de l'abandonner. »

« Je pense que c'est lié à son état. J'ai lu que les personnes atteintes de troubles bipolaires ont des poussées d'énergie durant lesquelles elles s'attaquent à des projets sans jamais les achever, car leur humeur change. »

Un plaid des Red Sox était jeté sur le dossier d'un canapé en velours côtelé usé. Des feuilles de score de baseball étaient empilées sur le coin de la table basse.

« Commence par ici, Derrick. »

Je suis entré dans la cuisine. Le réfrigérateur était couvert d'un assortiment d'aimants des Red Sox. Un puzzle partiellement assemblé sur la table était recouvert de courrier, d'un bol sale et d'une cuillère. J'ai ouvert quelques tiroirs et je suis allé dans la chambre principale.

Pas de tête de lit, et le lit était défait. Je suis allé directement à la table de chevet et j'ai ouvert le tiroir d'un coup sec. Pas d'arme de poing, mais plein de flacons de pilules vides. J'ai enfilé des gants et j'en ai ramassé un. C'était un médicament appelé Lamictal. L'ordonnance datait de plus d'un an.

Il y avait trois autres flacons, dont du Seroquel et de l'Abilify. Tous étaient vides. À moins qu'il ne transporte ses pilules sur lui, Smick ne prenait plus ses médicaments. J'ai pris une photo et j'ai refermé le tiroir.

Un écran et un clavier se trouvaient sur un bureau en métal couvert de papiers. C'était des formulaires d'impôts de l'année

2015. J'ai ouvert le seul tiroir. Une arme de poing était posée sur un magazine *Sports Illustrated*. Un revolver .357. Je l'ai soulevée avec mon stylo et je l'ai mise sous scellés. Il n'y avait rien d'autre d'intéressant, à moins de collectionner les cartes de baseball ou les autographes.

J'ai ouvert le placard. Il paraissait bien vide. Deux jeans et deux pantalons chino étaient suspendus à côté d'une chemise. L'étagère, en revanche, était pleine à craquer. Il faudrait qu'on y jette un œil en profondeur.

Derrick regardait dans un placard de cuisine quand je suis arrivé, tenant le pistolet sous scellés.

« C'est un revolver .357. »

« Tu penses que c'est l'arme du crime ? »

« Je ne sais pas quoi penser, si ce n'est qu'il faut la faire analyser immédiatement. »

J'ai appelé le labo et j'ai confié l'arme à un agent pour qu'il la leur apporte afin de la faire analyser.

Nous passions devant la Hertz Arena quand Derrick a reçu un appel. C'était au sujet d'un corps.

« On dirait qu'on a peut-être une identité pour le corps du quai de Naples. »

« C'est qui ? »

« Ils pensent que c'est un Bahaméen qui a été signalé disparu. Un type du nom d'Abreu. »

« Des Bahamas ? »

« Ouais, il correspond à la description, y compris le tatouage. Il était en portugais. »

« Comment diable a-t-il fini avec une balle dans la nuque ? »

« On dirait qu'Abreu trempait dans le trafic de drogue, et qui sait ce qu'il a fait. »

« Si c'est lié à la drogue et que c'est international, Chester va s'en débarrasser. »

« J'étais pourtant sûr que ça avait un lien avec Redoux. »

« Appelle le labo, vois où ils en sont avec la balistique. »

Il a appelé. « Pas encore. »

« Qu'est-ce qui prend autant de temps, bordel ? »

« Ils ont dit que ce serait fini dans deux heures maximum. »

Mon alarme à pisse s'est déclenchée. Je faisais de mon mieux pour ne plus l'ignorer. De plus, on avait quelques heures à tuer.

« Faut que j'aille pisser un coup. Un pote à moi bosse à Mattress City sur Immokalee. Les toilettes y sont propres. »

Derrick a attendu dans la voiture. Mon ami était en train de convaincre un couple d'acheter un matelas à trois mille dollars. Je lui ai fait un signe de la main et je me suis dirigé vers les toilettes pour hommes.

Elles étaient aussi propres que dans mon souvenir. Pourquoi un magasin de matelas faisait-il autant d'efforts pour garder ses toilettes impeccables alors que de nombreux supermarchés ne le faisaient pas ?

Assis sur le trône, je me suis tapoté l'abdomen pour essayer de faire venir un filet. J'essayais d'évaluer les chances que nous ayons l'arme qui avait tué Salter. Pourquoi quelqu'un garderait-il une arme du crime dans un tiroir de bureau ?

Smick avait des problèmes mentaux et avait été hospitalisé pour avoir menacé ses voisins. D'un autre côté, il avait un travail qui démontrait qu'il pouvait être responsable. Pourquoi ne s'en serait-il pas débarrassé ou au moins ne l'aurait-il pas cachée si c'était l'arme qui avait tué Salter ?

Le doute a commencé à grandir à mesure que mon débit augmentait. Smick avait une camionnette qui nécessitait une immatriculation et une assurance. Il fallait qu'on jette un œil à l'intérieur de son véhicule. J'ai pensé à la voiture d'Elby Salter et au fait que la casse automobile contrôlée par Hamlet n'avait jamais produit les bons documents. Qu'est-ce que Hamlet cachait ?

Allez, Luca. Réfléchis. Qu'est-ce que c'est ? Sors-le, Luca. Puis, je me suis souvenu de quelque chose que mon propre nom avait déclenché : Lucayan Holdings, un nom de société qui était apparu lorsque j'avais fait une recherche sur les entreprises liées à Hamlet.

Pouvait-il y avoir un lien ? Elle était située aux Bahamas. Tu sais ce que je pense des coïncidences.

54

Essayer d'être discret ne fonctionnait pas, alors je lui ai brandi mon insigne sous le nez, et la réceptionniste de Hamlet s'est effondrée comme un parasol bon marché. Comme Derrick allait me prévenir dès que le rapport balistique arriverait, j'ai gardé mon téléphone sur vibreur.

La femme est allée prévenir Hamlet et a disparu plus vite que des échantillons gratuits dans un supermarché. L'« Ouverture 1812 » qui jouait en fond sonore a failli me faire éclater de rire.

Une minute s'était à peine écoulée avant que Hamlet n'arrive dans le couloir d'un pas lourd. On pouvait voir son nez, rouge comme celui de Rudolph, à près de dix mètres. Il a désigné une pièce du doigt et y est entré. Des têtes se sont levées au-dessus des postes de travail alors que je le suivais. Hamlet se tenait dans la même salle de conférence où nous nous étions déjà vus.

« Inspecteur, je fais de mon mieux pour localiser les documents concernant le véhicule d'Elby. »

« Bien, mais je suis ici pour une autre affaire. »

Il a tiré sur la manchette de sa chemise. « Je vous en prie, asseyez-vous. De quoi s'agit-il ? »

« De vos intérêts commerciaux aux Bahamas. »

Il s'est humecté les lèvres. « Qu'y a-t-il à leur sujet ? »

Un texto est arrivé. C'était Derrick. Pas de correspondance balistique. L'arme de l'appartement de Smick n'était pas l'arme du crime. Merde.

« J'aimerais savoir en quoi ils consistent. »

« Eh bien, Caribbean Solutions est notre plus grosse entreprise. Elle se concentre principalement sur la mise à niveau et l'installation de solutions technologiques pour les secteurs privé et public. CS, comme nous l'appelons, a plusieurs contrats avec le gouvernement bahaméen. »

« Est-ce qu'elle travaille avec les banques là-bas ? »

« C'est incontournable si vous voulez survivre. Les services financiers sont juste derrière le tourisme dans les îles. »

« Et Bahamian Enterprises ? »

« Elle se concentre sur les besoins de base de la population. Rien d'exotique. Nous possédons la troisième plus grande chaîne de supermarchés, bien que nous envisagions de nous en retirer. C'est tout simplement trop compétitif, et les marges sont dérisoires. »

« Et pour ce qui est de Lucayan Holdings ? », en prononçant Luc-a-yan.

« Luc-a-yan Holdings est centrée sur le tourisme. Nous avons des participations dans deux ou trois petits hôtels ainsi que dans plusieurs sociétés d'excursions et de sports nautiques à travers l'archipel des Bahamas. »

Mon téléphone a vibré. C'était encore la journaliste à la retraite. Elle avait déjà appelé deux fois. J'ai rejeté l'appel. « Vous louez des bateaux, n'est-ce pas ? »

« Oui, ainsi que du parachute ascensionnel, des sorties de pêche, des jet-skis et nous organisons des visites guidées. Nous exploitons également un service de transport inter-îles. Ce genre de choses. »

« Vous avez eu quelques démêlés avec la justice à ce sujet, non ? »

« Hum. Je ne vois pas à quoi vous faites référence. »

« Lucayan n'a-t-elle pas été sanctionnée par les autorités bahaméennes pour son implication dans un réseau de trafic de drogue ? »

« Oh, ça. C'était un employé malhonnête qui a utilisé un de nos bateaux sans autorisation. Franchement, nous aurions dû porter plainte contre lui pour vol. Nous nous sommes malheureusement retrouvés impliqués là-dedans. »

« On dirait une habitude, puisque c'est la deuxième fois que, comme vous dites, vous vous retrouvez impliqué dans une affaire de contrebande. »

« Nous avons été innocentés de toute responsabilité dans les deux cas. »

« Mais vous avez payé des amendes considérables. J'aurais tendance à dire que ça ressemble à de la complicité. »

« Il était plus simple de payer une amende que de se battre. Les choses ne fonctionnent pas de la même manière aux Bahamas. Nous avons donc décidé de tourner la page. Nous avons aussi considérablement renforcé nos pratiques d'embauche, même si trouver des employés de qualité est un combat permanent dans toutes les Caraïbes. »

« Grâce à quelques services de la part d'amis qui travaillent pour les fédéraux, j'ai vu les documents de l'accord. Ce n'est pas tout à fait comme vous le dites. » Je ne les avais pas vus, mais Hamlet n'avait aucune idée du genre d'accès que nous pouvions avoir, et j'avais besoin d'une avancée.

« Nous avons admis des infractions mineures. »

« Vous avez des partenaires dans vos entreprises bahaméennes, n'est-ce pas ? »

« Nous nous associons tout le temps, surtout dans des

endroits comme les Caraïbes, où les contacts locaux peuvent faire la différence entre le succès et l'échec. »

« Vous le faites souvent avec la famille Salter, n'est-ce pas ? »

« Oui, entre autres. »

« Les autres membres de votre groupe de réunion mensuelle ? »

« S'associer en affaires et conclure des marchés avec des entités qui ont des objectifs et des caractéristiques similaires n'est pas une infraction à la loi. »

J'ai décidé de tenter ma chance. « Je crois savoir que certains de vos amis du poker sont également impliqués aux Bahamas. »

« Nous avons des partenaires minoritaires dans beaucoup de nos investissements. »

« Les Salter sont-ils partenaires dans l'une de vos sociétés bahaméennes ? »

« Vous ne pouvez pas vous attendre à ce que je suive des détails comme ça. Nous avons près de trois cents structures d'investissement et des dizaines de partenaires. »

Il savait très bien si Salter était impliqué ou non. Hamlet cachait l'implication d'Elby Salter. Les questions ont commencé à fuser dans ma tête. Y avait-il un lien entre le groupe secret et le trafic de drogue ? Un outsider avait-il fait de Salter un exemple ? Ou Elby Salter avait-il découvert ces activités clandestines, avait fait des vagues et avait été tué pour qu'il se taise ?

Nous n'avions jamais exploré la piste de la drogue. La façon dont Salter avait été tué correspondait aux méthodes des narcotrafiquants. La DEA avait peut-être quelque chose sur l'une des sociétés appartenant aux Salter.

En quittant le bureau de Hamlet, j'avais la tête qui tournait. Hamlet envoyait des voitures en Chine. Est-ce que lui ou un autre membre du groupe faisait entrer des cargaisons dans le pays, des cargaisons qui pourraient servir à dissimuler de la drogue importée ?

Le temps de sauter dans le Cherokee, mon enthousiasme était retombé. Un grand réseau de drogue, c'était un peu tiré par les cheveux. Ces gens étaient déjà riches. Pourquoi prendraient-ils un tel risque ? Mais il y avait des accusations de trafic de drogue. Pas une, mais deux.

Alors que j'attendais de pouvoir m'engager sur la Route 41, une voiture a tourné pour entrer sur le parking. Le conducteur me semblait familier. C'était Tony Bellows. J'ai passé la marche arrière. Il y avait une voiture derrière moi. J'ai fait un signe de la main, mais le conducteur n'a pas bougé.

J'ai ouvert la portière et j'en suis sorti d'un bond. L'insigne en l'air, j'ai dit : « Dégagez le passage ! Maintenant ! »

Dans un crissement de pneus, j'ai reculé. En passant la première, j'ai regardé Bellows entrer dans le bâtiment. Il a disparu dans un ascenseur. Le temps que j'arrive dans le hall, l'ascenseur redescendait déjà.

J'ai étudié l'annuaire des entreprises de l'immeuble de quatre étages. Hamlet Holdings occupait un étage entier. Le reste des sociétés était des conseillers financiers, des cabinets d'avocats et des comptables.

Bellows et Hamlet. Quel était le lien ? L'ex-flic pouvait-il être le tueur à gages ? Ces hommes éminents étaient-ils si malins ? Avaient-ils découvert le secret de la femme de Bellows et l'avaient-ils utilisé pour régler le problème qu'ils avaient avec Salter ?

Où diable étaient les résultats ADN de Bellows ? J'ai sorti mon portable, prêt à passer un savon monumental aux mecs du labo, quand le téléphone a vibré dans ma main. C'était le labo.

55

Nous avions une correspondance ADN. Il était temps de l'interpeller. Je m'assurais toujours que l'équipe savait comment je voulais qu'une arrestation se déroule. Il y aurait Derrick et moi, ainsi que quatre agents. C'était peut-être excessif, mais arriver en force était généralement une bonne garantie. Nous étions réunis dans mon bureau. J'ai donné à chaque membre un croquis des lieux.

« Je ne veux pas qu'on prenne le moindre risque. Ce type a prouvé qu'il était capable de tuer. S'il se sent acculé, on ne sait pas ce qu'il pourrait faire. »

Derrick a dit : « Frank et moi, on prendra l'avant. »

« Et je veux deux hommes pour couvrir l'arrière et un de chaque côté. Je me fiche de la chaleur qu'il fait, tout le monde en gilet pare-balles. »

Un léger grognement a été couvert par la sonnerie de mon portable. C'était Mary Ann. J'ai envoyé une réponse automatique par SMS et j'ai dit : « Je ne pense pas qu'il y ait quelqu'un avec lui, mais on ne peut jamais en être certain. » Mon téléphone a de nouveau sonné. Encore Mary Ann. « Désolé, il faut que je réponde. »

« Mary Ann, je suis en plein... »

« On est à l'hôpital. Jessica est tombée... »

« Est-ce qu'elle va bien ? »

« Elle s'est cogné l'arrière de la tête. C'était une lourde chute. Elle saigne, mais rien de grave. »

« Où es-tu ? »

« Au NCH sur Immokalee. »

« J'arrive dès que je peux. »

« Tu n'es pas obligé de venir, Frank. Je voulais juste que tu le saches. Elle va s'en sortir. »

« Tu es sûre ? »

« Oui. Je te rappelle plus tard. »

J'ai raccroché. Derrick a demandé : « Qu'est-ce qui se passe ? »

« Jessie est tombée et s'est cogné la tête. Elles sont aux urgences. Il faut que j'y aille. »

« Ne t'en fais pas, Frank. On gère la situation. Je vais demander à Reilly de venir. Va t'occuper de ta famille. »

Il maîtrisait en effet la situation. « Je te revaudrai ça, mec, merci. Et sois prudent. »

« COMMENT VA JESSICA ? »

« Elle est incroyable. Pas besoin de points, juste un pansement papillon. Elle n'a même pas pleuré quand ils lui ont rasé l'arrière de la tête. Mary Ann et moi, on était en larmes, mais elle jouait avec le stéthoscope du médecin. »

« Une belle frayeur, hein ? »

« Tu l'as dit. Ils s'inquiètent un peu pour une commotion, alors on va la surveiller cette nuit, juste par précaution. »

« Je suis sûr qu'elle ira bien. »

« Tu es prêt à en finir ? »

« J'attends que ça. »

J'ai frappé à la porte et je l'ai ouverte d'un coup. C'était la première fois depuis que j'avais appris les tactiques d'interrogatoire que je ne rendais pas la pièce inconfortable pour un suspect.

Eugene Smick se rongeait une cuticule.

« Monsieur Smick, je suis l'inspecteur Frank Luca, et voici l'inspecteur Derrick Dickson. »

« Je me souviens de vous. Vous étiez chez moi. »

« C'est exact. Voudriez-vous répondre à quelques questions pour nous ? »

Il a haussé les épaules. « Vous ne pouvez pas me les enlever ? »

« C'est le protocole, mais voilà ce que je peux faire. Je peux en enlever une. Laquelle voulez-vous que j'enlève ? »

Il a levé son bras droit. « Celle-ci. »

Derrick a récité les formalités. J'ai décroché une menotte et j'ai dit : « Vous avez le droit d'avoir un avocat présent durant cet interrogatoire. »

« Je n'en ai pas besoin. »

« Savez-vous pourquoi vous avez été arrêté ? »

« Je n'ai rien fait. »

« Votre ADN a été retrouvé sur le corps d'Elby Salter et dans son véhicule. Pouvez-vous expliquer comment cela se fait ? »

« Tout est possible aujourd'hui avec la technologie. »

« Vous saviez que c'était M. Salter qui était derrière la tentative de faire déménager l'équipe de Fort Myers. »

« C'était une putain d'idée stupide. »

« Et vous ne vouliez pas que ça arrive, n'est-ce pas ? Vous habitez si près du JetBlue Stadium. »

« Je leur ai dit de ne pas le faire. J'ai envoyé des lettres, mais personne ne m'écoutait. Et il n'y avait pas que moi. Vous savez, il y avait des millions de fans qui ne voulaient pas qu'ils déménagent. Pas un seul n'était d'accord avec ça. »

J'ai remarqué un tremblement dans sa main gauche. « Pourquoi avez-vous arrêté de prendre vos médicaments ? »

« Ils ne servaient à rien. Et ils coûtaient beaucoup d'argent pour rien. »

« Le comté va payer pour vos réserves pendant que vous serez en détention. »

« Combien de temps vais-je rester ici ? »

« Votre avocat pourra vous le dire. »

« Quelle heure est-il ? »

« Deux heures et quart. »

Il s'est levé d'un bond. « Je rate le match. Il faut que vous me sortiez de là. Je n'ai rien fait. Je ne peux pas en rater un. Je n'ai jamais raté un match de ma vie. »

« Nous ne pouvons pas faire ça pour l'instant, mais laissez-moi voir ce que je peux faire pour que vous le regardiez à la télé. »

———

Nous sommes sortis dans le couloir et Derrick a dit : « C'est tout, Frank ? »

« On a fait notre boulot, gamin. Ça nous dépasse complètement. On a assez de preuves matérielles, y compris l'arme du crime que tu as trouvée dans sa camionnette. Pousser quelqu'un comme lui à avouer ne fera que l'agiter. Il va subir une évaluation, et à ce stade, il sera interné pour aliénation mentale. »

« Et nous qui pensions que c'était Fred Baylor qui travaillait pour Hamlet. »

« Je sais. Je n'aurais jamais cru qu'il faisait juste remplir sa déclaration d'impôts. »

« Tu penses que si Smick avait pris ses médicaments, il n'aurait pas tué Salter ? »

« Je ne sais pas, mais c'est ce que les médecins semblent penser. »

« Peut-être qu'un jour, avec la technologie, ils trouveront un moyen d'implanter un appareil comme ils le font pour certains patients diabétiques. »

« C'est une sacrée bonne remarque. Pourquoi n'ont-ils pas développé quelque chose comme ça ? »

Mon portable a sonné. C'était la vieille journaliste, Rosanne Roberts. « Laisse-moi répondre à ça. »

« Mme Roberts, comment allez-vous ? Je suis désolé de ne pas vous avoir rappelée, mais ça a été la folie. »

« Ce n'est pas grave. À mon âge, on apprend à attendre. »

« Que puis-je faire pour vous ? »

« J'ai fait quelques recherches supplémentaires. Après vous avoir parlé de ces deux incidents, il fallait que je voie ce que je pouvais trouver. Bref, toujours est-il qu'il y avait cette femme, Matthews, qui a déposé une... »

« Oui, nous la connaissons, mais elle n'a pas voulu parler à cause d'un accord de non-divulgation. »

« Oh, d'accord, mais saviez-vous que cette femme a fait la même chose à deux autres hommes ? »

« Elle les a accusés d'inconduite sexuelle avec sa fille ? »

« Exactement, on dirait qu'elle a réussi à obtenir de l'argent des deux pour qu'elle garde le silence. Je n'en suis pas certaine, mais cette histoire avec Elby Salter semble sans fondement. »

Le réconfort qu'une affaire de pédophilie n'avait pas eu lieu était altéré par le fait de savoir que quelqu'un avait porté des accusations infondées de la plus haute gravité et s'en était tiré impunément.

56

ANNABELLE PARLAIT AVEC UNE FEMME QUI AVAIT UN GROUPE d'enfants alignés derrière elle. Elle a désigné l'une des pièces exposées. La femme a hoché la tête et a emmené ses enfants.

Annabelle a souri en me remarquant et s'est décalée pour me faire de la place. « C'est animé, ce matin », a-t-elle dit.

« Comment vas-tu ? »

« En fait, je vais plutôt bien. Le déménagement s'est passé aussi bien qu'un déménagement peut se dérouler, et j'aime mon nouveau logement. »

« C'est une bonne chose. Je sais à quel point il peut être difficile d'aller de l'avant. »

« Je ne vais pas te mentir, ça demande un vrai ajustement, mais c'est dans ces moments-là que tu découvres qui sont tes vrais amis. »

« Je n'en doute pas. »

« Ce qui est drôle, c'est que je suis en fait plus heureuse que je ne l'ai été depuis longtemps. »

« Tant mieux pour toi. Je voulais passer en personne pour te communiquer quelque chose que j'ai appris sur Elby. »

Elle a reculé d'un tout petit pas. « Oh. De quoi s'agit-il ? »

« Comme tu le sais, une plainte pour agression sexuelle avait été déposée contre lui et nous avons appris l'existence de rumeurs de comportement déplacé durant l'enquête. »

Son froncement de sourcils s'est accentué.

« Eh bien, il s'avère que la femme qui a déposé la plainte a l'habitude de faire ce genre de choses. Elle a porté la même accusation contre deux autres hommes. Je ne sais pas si ça peut te réconforter, mais je tenais à ce que tu saches que cela semble sans fondement. »

« Tu ne sais pas à quel point j'apprécie cela. Comme tu peux l'imaginer, tout cet épisode a été perturbant. Je voulais croire Elby, mais au fond de moi, j'avais des doutes. »

« C'est tout à fait normal. Je suis désolé pour tout ce que nous avons pu sous-entendre durant l'enquête, mais c'était une piste que nous devions explorer. »

« Elby avait ses défauts, mais une chose pareille aurait été impardonnable. »

C'était agréable d'apporter de bonnes nouvelles à Annabelle. Elle avait traversé des moments difficiles, mais il semblait qu'elle allait s'en sortir.

J'ai aussi pensé que Chadwick méritait de savoir que son frère n'était pas un pédophile. J'ai sorti mon téléphone et composé son numéro.

CHERCHANT À OBTENIR LA CLÉMENCE DU PROCUREUR, L'AVOCAT commis d'office de Smick nous a aidés à obtenir des aveux complets. Mais connaître les détails ne m'a pas apporté la satisfaction que je ressentais habituellement en découvrant les particularités d'un crime.

Au lieu de ça, je me sentais déprimé et j'ai quitté le bureau. Ça ne changerait rien, n'est-ce pas ? Quoi que je fasse, je ne pourrais pas empêcher des gens comme Smick de faire ce qu'il a fait.

J'ai surpris Mary Ann en rentrant tôt à la maison. Jessie dormait dans son parc.

« Tu as eu les aveux de Smick ? »

« Ouais, avec tous les détails déprimants. »

« Que s'est-il passé ? »

« Il a braqué Salter avec une arme sur le parking du stade et il est monté dans son SUV. Il a dit qu'ils avaient tourné en voiture pendant des heures. »

« Le pauvre, il a dû être mort de peur. »

« Salter a essayé de le soudoyer, il est allé à un distributeur et lui a donné trois mille dollars pour qu'il le laisse partir. Mais ça n'a pas marché. Smick a forcé Salter à monter sur la banquette arrière et l'a ligoté. Ensuite, il a abattu Salter à un feu rouge, à l'angle de Livingston et Vanderbilt. Tu te rends compte ? À un putain de feu rouge. »

« Mon Dieu. Quelle horreur. »

« C'est un malade, voilà ce que c'est. Après s'être débarrassé de Salter, il a conduit jusqu'à son lieu de travail, il a tout nettoyé et a trafiqué le moteur pour faire croire qu'il était en train de gripper. Smick a versé de l'acide muriatique sur le véhicule et l'a vendu à la casse de Carmine. »

« C'est si triste. »

« Je ne sais pas, cette affaire m'a vraiment plombé. »

« Eh bien, c'est fini maintenant. »

J'ai haussé les épaules. « Peut-être que je deviens trop vieux pour ce boulot. Il est peut-être temps de monter en grade. »

« Toi ? Derrière un bureau ? »

« Pourquoi pas ? »

« Qu'est-ce qui se passe, Frank ? »

« Je ne sais pas. Je veux que le monde dans lequel Jessie grandira soit sûr, qu'il soit meilleur que celui dans lequel j'ai grandi. »

« Et tu y contribues. »

« C'est n'importe quoi. Qu'est-ce que je fais ? Je nettoie les dégâts une fois que tout est parti en vrille. Voilà ce que je fais. Je ne peux pas empêcher que des choses comme ça arrivent. Quoi que je fasse, les gens feront toujours des folies. »

« Tu n'es pas Dieu, Frank. Tu fais ce que tu peux. Ne te fais pas d'illusions. Ce que tu fais change les choses. Sans toi, beaucoup de ces meurtriers seraient encore en liberté. »

« Peut-être. Je vais me changer. »

J'ai sauté sous la douche, espérant me laver de la crasse de cette affaire.

MARY ANN METTAIT LES PIEDS DE JESSIE DANS LA PISCINE pendant que je finissais de préparer le dîner. La recette d'une sauce aux figues pour des travers de porc que j'avais lue me semblait trop bonne pour ne pas l'essayer un jour comme celui-ci. J'ai badigeonné les travers de porc, je les ai recouverts de papier d'aluminium et je suis allé chercher une bouteille de vin. Le chef recommandait un vin puissant, alors j'ai sorti une syrah de Californie.

Au moment où je débouchais la bouteille, le téléphone de la maison a sonné. Personne ne nous appelait jamais dessus. J'ai tapoté mon pantalon ; où était mon portable ? Pensant que quelqu'un avait peut-être essayé de m'appeler sur mon portable, j'ai répondu.

C'était une femme. « Inspecteur Luca ? »

« Oui. Qui est à l'appareil ? »

« Un instant, je vous prie. M. Salter souhaiterait vous parler. »

Chadwick m'appelait ?

« Monsieur Luca, c'est Prescott Salter à l'appareil. Je tenais à vous remercier d'avoir apporté à notre famille une forme de conclusion avec l'arrestation du meurtrier de mon fils. »

« J'apprécie, monsieur, mais je ne fais que mon travail. »

« Eh bien, nous vous en sommes reconnaissants. Si nous pouvons faire quoi que ce soit pour vous ou pour le service, n'hésitez surtout pas à demander. »

« Merci. Il y a quelque chose que j'aimerais que vous envisagiez, puisque vous êtes actif dans le domaine caritatif. »

« Nous pensons qu'il est de notre devoir d'aider les autres. »

« Je ne demande pas cela uniquement en raison des circonstances du meurtre de votre fils, mais de manière générale. Et je ne dis pas que d'autres causes ne sont pas louables, mais la santé mentale n'attire pas autant de fonds que, disons, la recherche sur le cancer. Tout ce domaine aurait besoin d'un coup de pouce, que ce soit pour la sensibilisation, le traitement, la recherche, l'accès aux soins... bref, il y a un besoin. »

« C'est une demande intéressante et altruiste, inspecteur. Votre mère a fait du bon travail en vous élevant. »

« Je l'ai perdue trop tôt, monsieur, mais c'est une autre histoire. Merci pour votre appel. »

DEUX JOURS PLUS TARD, JE REGARDAIS LES INFORMATIONS TOUT en faisant griller des champignons portobello. J'ai souri lorsque le présentateur a annoncé qu'un donateur anonyme avait fait un don de 10 millions de dollars à l'Association pour la santé mentale du Sud-Ouest de la Floride.

Merci d'avoir pris le temps de lire *Réduire Salter Au Silence*. Si vous avez apprécié, n'hésitez pas à en parler à un ami ou à poster une courte critique. Le bouche-à-oreille est le meilleur ami d'un auteur.
Merci, Dan

Dan a une lettre d'information mensuelle qui présente ses écrits, des articles sur le renforcement de l'estime de soi et de la confiance en soi, ainsi que des articles éducatifs sur le vin. Il met également en avant les livres d'autres auteurs qui sont en promotion. Inscrivez-vous - www.danpetrosini.com

LIVRES DE DAN PETROSINI

LA SÉRIE MYSTÈRE LUCA

SUIS-JE LE TUEUR ?

DISPARUS

LE MEURTRE DE SERENITY

TROISIÈME CHANCE

UNE AFFAIRE BIEN FROIDE

FLIC OU TUEUR ?

RÉDUIRE SALTER AU SILENCE

FAUX PAS D'UN TUEUR

ENJEUX INCERTAINS

LE TUEUR DE GRAND-PÈRE

VENGEANCE DANGEREUSE

OÙ SONT-ILS ?

ENTERRÉ AU LAC

LE TUEUR DE LA RÉSERVE

JAMAIS PERSONNE N'EST À L'ABRI

MEURTRE, ARGENT ET CHAOS

LA TRAHISON DORÉE

SECRETS À SUSPENSE

LE DILEMME DE CORY

LA FUITE DE CORY

LA TRANSFORMATION DE CORY

Dan est un auteur à succès figurant sur les listes de best-sellers de USA Today et d'Amazon. Il a écrit sa première histoire à l'âge de dix ans et aime raconter des histoires ou des blagues.

Dan trouve ses idées d'histoires en explorant la question : « Et si ? »

Dans presque toutes les situations où il se trouve, Dan se demande : « Et si ceci ou cela se produisait ? Et si cette personne mourait ou faisait quelque chose d'inhabituel ou d'illégal ? »

Le tourbillon incessant de son esprit lui fournit une matière abondante pour tisser des histoires intéressantes.

Passionné de livres et de films aux rebondissements imprévisibles, Dan façonne ses histoires pour empêcher les lecteurs d'en deviner l'issue. Il écrit tous les jours, force les mots à sortir si nécessaire, et a écrit plus de vingt-cinq romans à ce jour.

Ce n'est pas une question de vouloir écrire, pour Dan, c'est une nécessité.

Dan est convaincu que les gens peuvent réaliser leurs rêves s'ils se concentrent et agissent, et il les y encourage.

Son dicton préféré est : « Le prix de la discipline est toujours inférieur au coût du regret ».

Dan rappelle aux gens de chasser la négativité de leur vie. Il la croit contagieuse et conseille d'éviter les personnes négatives. Il sait qu'adopter un état d'esprit véritablement positif donne l'impression que la vie est truquée en votre faveur. Quand il s'en écarte, il se dit : « On ne peut pas passer une bonne journée avec une mauvaise attitude. »

Marié, père de deux filles et propriétaire d'un bichon maltais capricieux, Dan vit dans le sud-ouest de la Floride. Originaire de New York, Dan a enseigné dans des universités locales, écrit des romans et joue du saxophone ténor dans plusieurs groupes de jazz. Il boit aussi beaucoup trop de vin et ne se prend jamais, au grand jamais, au sérieux.

Il publie une newsletter bimensuelle présentant des articles, ses écrits, ainsi que des offres spéciales et de bonnes affaires.

www.danpetrosini.com